Las formas
del querer

Inés
Martín
Rodrigo

# Las formas del querer

# Inés Martín Rodrigo

Premio Nadal de Novela 2022

Ediciones Destino
Colección Áncora y Delfín
Volumen 1560

© Inés Martín Rodrigo, 2022
Autora representada por Silvia Bastos, S. L. Agencia literaria

Premio Nadal de Novela 2022

© Editorial Planeta, S. A., 2022
Ediciones Destino, un sello editorial de Editorial Planeta, S. A.
Avda. Diagonal, 662-664, 08034 Barcelona (España)
www.planetadelibros.com
www.edestino.es

Primera edición: febrero de 2022
ISBN: 978-84-233-6089-5
Depósito legal: B. 1.111-2022
Composición: Realización Planeta
Impresión y encuadernación: Rotoprint, S. L.
*Printed in Spain* - Impreso en España

No se permite la reproducción total o parcial de este libro, ni su incorporación a un sistema informático, ni su transmisión en cualquier forma o por cualquier medio, sea este electrónico, mecánico, por fotocopia, por grabación u otros métodos, sin el permiso previo y por escrito del editor. La infracción de los derechos mencionados puede ser constitutiva de delito contra la propiedad intelectual (Art. 270 y siguientes del Código Penal).
Diríjase a CEDRO (Centro Español de Derechos Reprográficos) si necesita fotocopiar o escanear algún fragmento de esta obra. Puede contactar con CEDRO a través de la web www.conlicencia.com o por teléfono en el 91 702 19 70 / 93 272 04 47.

El papel utilizado para la impresión de este libro está calificado como papel ecológico y procede de bosques gestionados de manera sostenible.

*Para mi sobrino Rodrigo,
que me enseñó a querer
de la forma más extraordinaria*

Y entonces ¿quién sabe? Quizá cuiden de nosotros ciertos recuerdos, como ángeles.

MARGUERITE YOURCENAR

# I

El cortejo avanzaba demasiado lento detrás del coche fúnebre de color blanco. ¿Acaso no habían podido encontrar uno negro, como todos? Si seguían a ese ritmo, no habría nadie para cargar con los dos ataúdes cuando el conductor, un veinteañero que en su vida se había puesto un traje, aparcara en la entrada del cementerio. Esos eran los únicos pensamientos que en aquel instante ocupaban la mente de Ismael. Ni rastro de tristeza, aunque no tenía por qué sentirla. Pese a que esa noche apenas había dormido, no estaba cansado. Ni siquiera tenía calor, y eso que el verano recién estrenado ya hacía estragos aquel 21 de junio.

El día anterior se había reencontrado con Noray en Madrid. Su llamada lo había sacado de la incómoda duermevela matutina que te deja siempre una noche de insomnio, mientras cabeceaba delante del ordenador en la oficina. Hacía unos días que había regresado de su luna de miel con Estrella. Nada más aterrizar en su lejano destino, tras un vuelo larguísimo lleno de parejas acarameladas y algún que otro jubilado despistado, Ismael optó por entregarse a las bondades del todo incluido, en especial las relacionadas con la ingesta masiva de alcohol en las comidas —cócteles de todo tipo, principalmente— y también en las cenas —el mismo vino blanco que el único camarero del resort con el que logró entenderse le recomendó la primera noche—. Era un estado bastante novedoso para él. No el de casado, que también, aunque a ese procuraba no darle demasiada importancia, como quien en la universidad comparte piso con un compañero que no plancha. Ismael se dejaba mecer por la ingrávida sensación de sentirse ebrio e intentaba disfrutarla sin reparar en que habría un día siguiente, y otro, y otro más. Una de las mañanas, la primera de su estancia en aquella isla en la que un par de nubes inquietas pretendían amenazar el reinado del sol radiante bajo el que los muchos extranjeros que allí se alojaban disfrutaban cociéndose, Ismael se despertó sudoroso y excitado. Acababa de soñar con Noray. No era la primera vez que le pasaba mientras Estrella estaba tendida a su lado, pero en esa ocasión algo de aquel ensueño, más bien pesadilla, lo sobresaltó, e Ismael trató de despertar hasta que, con mucho esfuerzo, consiguió despegar los párpados y abrir los ojos. Se levantó de la cama, cogió del minibar una botella de agua fría, con gas, pues parecía que allí desconocían que existía otro tipo, común y corriente, y salió descalzo a la terraza de la habitación. El turismo, del que vivían la isla entera y el resto de las diminutas ínsulas del país, obligaba a que todo estuviera dispuesto para su uso y disfrute bien temprano cada mañana, y aun así había días en los que algún turista llegaba a las instalaciones antes que el personal del hotel. Mientras el viento hacía volar las colchonetas de las hamacas de la piscina, Ismael miró a su mujer con la nostalgia de un tiempo pasado que le costaba visualizar en el futuro. Sabiéndose observada, Estrella simulaba dormir, con los ojos legañosos medio abiertos, tras echarlo en falta en la enorme cama que ocupaba el centro de la suite. Sus padres se habían empeñado en regalarles aquel viaje para que disfrutaran de la luna de miel; a Ismael la idea le horrorizó desde el momento mismo en el que Estrella se la había planteado, pero llevaba un tiempo dejándose llevar, boda incluida, y aquel fasto era la culminación del despropósito en el que había permitido que se convirtiera su vida, hasta que la muerte los separara.

Sin haberse desprendido aún de la visión de Noray en el sueño que terminó siendo pesadilla, aunque no recordara exactamente el motivo, Ismael entró de nuevo en la habitación y se acercó a su mujer. Estrella era hermosa, por dentro y por fuera. Su bondad a veces lo hería, porque sabía que no lograría estar a su altura, que nunca le daría la vida que ella le había regalado con una única condición: que dejara de ver a Noray, que la borrara de su vida, de su mente..., de su corazón. Lógico, por otra parte, después del espectáculo que esta montó el día de la boda. Y eso que Ismael pensaba que Estrella no estaba al tanto de todo lo demás. Tras la ceremonia, Noray se dio al vino que a ellos tanto trabajo les había costado maridar y con una cogorza monumental se lio, en mitad del convite, con el hermano de Estrella. El morreo de exhibición dejó mudo al pobre muchacho, que luego no pudo hacer el brindis de honor que su padre se había empeñado en que protagonizara.

Con la boda finiquitada y el vestido de novia ya encaramado a lo alto del armario, donde se quedaría meses olvidado, Estrella fue tajante:

—Solo busca llamar tu atención, y lo consigue, siempre caes. Tienes que acabar con esto.

Ismael sabía que era un ultimátum y por eso al día siguiente a primera hora fue a ver a Noray. La pilló en casa de milagro, pues estaba a punto de salir hacia su pueblo. Hablaron poco, lo que pudieron dada la tremenda resaca de ella. Ismael le dijo que ya no podía seguir con aquella farsa y le juró que era la última vez que la veía. Sin darle tiempo para que dijera algo, cualquier cosa, tal vez las palabras que él tanto deseaba escuchar, se marchó dando un portazo, como había visto hacer infinidad de veces en las películas, con la misma forzada teatralidad, y regresó a casa con Estrella.

—¿Qué pasa, cariño?

La pregunta de su mujer, que se removía perezosa entre las sábanas, sacó a Ismael del incómodo recuerdo y lo trajo de vuelta al presente compartido.

—Nada, he tenido un mal sueño. Vuelve a dormir, anda.

Estrella cerró los ojos con tanta fuerza que casi se le saltaron las lágrimas que poco después, ya sola en la habitación, inundarían su rostro. Suspiró y no dijo nada. Sabía qué le pasaba a Ismael, qué era lo que lo atormentaba desde que había pronunciado el «Sí, quiero». Pero, incapaz de afrontar la verdad, por mucho que le doliera vivir en una mentira, fingió un bostezo y se dio la vuelta buscando refugio en el sueño. Ismael la besó, cómplice en aquel embuste, y se metió en el baño. Tras verse reflejado en el espejo, con el rostro tan blanco como la cal, pues procuraba no salir de debajo de la sombrilla y cuando lo hacía se aplicaba por todo el cuerpo una crema con factor de protección cincuenta, le vino una arcada y vomitó hasta el último resto de la cena del día anterior. Cuando logró recomponerse, todavía con las piernas temblorosas por el esfuerzo, decidió ir a dar un paseo por la orilla, a salvo todavía de los ansiosos turistas que en cosa de una hora bajarían tras haber arrasado con el bufet del desayuno.

El viento seguía soplando con fuerza, lo que había ayudado a limpiar el horizonte, que ahora se vislumbraba azul, radiante y se reflejaba en el mar, extrañamente en calma pese a la ventolera. A Ismael le gustaba caminar, lo relajaba. Prefería hacerlo solo, como casi todo, en realidad. Hasta que conoció a Noray. Entonces pasó de ser el chico introvertido de la cafetería de la universidad, escondido siempre detrás de un libro, de un periódico o de lo que tuviera a mano, a convertirse en la sombra de ella, en su eco y su reflejo. En aquel transitar por un amor irracional, como lo son todos, se había perdido, había renunciado a ser él mismo, o lo que creía ser, y se había entregado a Noray. Abstraído en aquellas cavilaciones, Ismael no se dio cuenta de que había llegado al final de la playa. Levantó la vista, anclada hasta ese momento en sus pies, por los que resbalaba el agua tibia en un vaivén divertido, y vio a un grupo de gaviotas en mitad del espigón que delimitaba aquel terreno costero. Se fijó en una de ellas. ¿Le sostenía la mirada o eran imaginaciones suyas? Se acercó más, todo lo que pudo, y ahí seguía la gaviota, observándolo retadora. Las demás habían vuelto a emprender el vuelo en busca de restos de basura o del bocadillo que no dudarían en robar de las manos inexpertas del niño que disfrutaba de su primera experiencia playera. Pero la gaviota de Ismael no se movía, y una extraña fuerza lo llevaba hacia ella. Llegó incluso a extender la mano para intentar tocarla, acariciarla, como quien se acerca a la cría de león que parece sonreír, dentro de la jaula, en el zoológico. Pero unos segundos después la gaviota desapareció. Ismael la buscó por los alrededores. Hasta se adentró en el mar, olvidando que llevaba puesta la camiseta del pijama. De pronto, una ola lo sorprendió y lo hizo caer. Ismael notó cómo el agua le inundaba la nariz, la boca, y se dejó mecer hasta que la propia ola, ya dócil, lo devolvió a la orilla. Tendido sobre la arena, tan suave que parecía serrín, Ismael tomó aire. Respiró hondo y profundo, sin ansiedad, paladeando el sabor de la sal, como cuando era un crío y echaba tragos de agua aprovechando los pocos despistes de su madre, vigilante siempre bajo la sombrilla y con su hermano a buen recaudo. Poco después, al abrir los ojos, allí estaba ella, la gaviota, a su lado. Lo miró, a modo de despedida, y reemprendió el vuelo.

    Estrella aún dormía cuando regresó a la habitación. Al echar mano del móvil para matar el tiempo con el juego de la serpiente, lo único con lo que se entretenía esos días, vio que tenía una llamada perdida de Noray. Tras su último encuentro, la mañana después de la boda, Ismael pensó que habría borrado su teléfono de la agenda, como él se comprometió a hacer en un intento por convencerse a sí mismo, más que a su mujer, de que podría vivir sin ella. Por eso le sorprendió ver su nombre en la pantalla de aquel aparato que hacía nada había incorporado, obligado por el trabajo, a su rutina diaria. Solía olvidarlo en cualquier parte y Estrella le había advertido ya varias veces de que si no tenía más cuidado lo terminaría perdiendo. El caso era que tampoco le importaba mucho; Ismael solo lo utilizaba para comunicarse con su jefe y escribir, cuando se acordaba, a su madre, que había descubierto los mensajes de texto y se pasaba el día preguntándole qué había comido, si había visto la noticia que fuera en el telediario o contándole la última ocurrencia de su abuela Enriqueta. Sin hacer ademán siquiera de devolverle la llamada, Ismael borró su rastro de la memoria del teléfono, temeroso de que su mujer la encontrara. Fue la última vez que había visto el número de Noray en la pantalla hasta esa mañana de resaca insomne, en la oficina.

Durante unos segundos dudó si responder y a punto estuvo de rechazar la llamada, pero finalmente contestó. La conversación duró solo unos minutos. Noray no le dio muchos detalles. Nunca se los daba, aunque tampoco él preguntaba, porque sabía que con ella era difícil que hubiera respuestas concretas.

—Hola, Isma. ¿Cómo estás? ¿Qué tal os fue en la luna de miel? Te llamé hace días, no sé si lo viste... pero no me devolviste la llamada.

Noray nunca lo llamaba Isma, odiaba los diminutivos, le parecían una forma absurda de vivir sin querer abandonar la infancia, como los ingenuos niños perdidos, dispuestos a seguir a Peter Pan allá donde fuera, lo mismo daba que decidiera tirarse por un barranco. Fue una de las primeras cosas que le contó al poco de conocerse, una noche durante un concierto en un colegio mayor ubicado en la Ciudad Universitaria de Madrid. Ismael siempre se quedaba embelesado escuchando a Noray, sin importar de qué estuviera hablando. Quizá fue eso lo primero que lo atrajo de ella: su manera de hablar, distraída, sin mirar a los ojos de su interlocutor, concentrada en cada frase mientras se atusaba el pelo, ni muy largo ni muy corto, una media melena de un color rubio tostado, como las almendras garrapiñadas. Noray no era un nombre común, pero es que ella no era una chica corriente. Se notaba, de hecho, que se esforzaba en no serlo. Tenía la asombrosa capacidad, propia solo de quienes moldean las palabras como el panadero amasa el pan, con el mismo cuidado, conscientes de la fragilidad de su materia prima, de volver excepcional lo anodino, y las conversaciones con ella siempre se escapaban de la norma, ya fuera en mitad de un café o al salir de la filmoteca. Noray empezaba a hablar y nunca sabías dónde te llevaría la charla. Pero aquella mañana su voz sonó hueca, parecía uno de esos contestadores automáticos que te responden cada vez que intentas cambiar de compañía telefónica o dar de baja el agua al terminar una mudanza.

—¿Qué pasa, Noray? ¿Va todo bien? —Ahora el robot era Ismael.

Una de las cualidades que Ismael más valoraba era la claridad. No le gustaban los rodeos. Cuando había algo que decir, algo importante, algo que le preocupaba y no le dejaba dormir, presumía de no perder el tiempo, de ir al grano, mientras que la gente se perdía en circunloquios. Pero él no. Él hablaba siempre claro, ya fueran buenas o malas noticias. Y así fue, al menos, hasta que conoció a Noray. Ella puso su vida patas arriba y trastornó su inexperto corazón. Por eso Ismael había acabado casándose con una mujer a la que, por más que había intentado convencerse, obligarse, como si los sentimientos pudieran dirigirse, no amaba; porque tenía la sensación de que Noray no sabía lo que quería, lo que sentía, lo que buscaba... Noray siempre había sido un misterio para él, y eso era lo que lo volvía loco de ella.

Tras un cúmulo de frases inconexas, incluida la forzada pregunta de «¿Qué tal te va la vida de casado?», Noray se derrumbó. Pero no empezó a llorar. Desde aquella tarde, hacía ya tantos años que parecía una vida distinta, ajena, en la que sus padres les habían dicho a ella y a su hermana Clara que se separaban, Noray procuraba derramar pocas lágrimas, como si con cada una estuviera entregando un trozo de la fortaleza de su soledad, igual que la de aquel superhéroe del que se enamoró en su niñez y por culpa del cual perdió un par de dientes de leche. Esa aparente resistencia al llanto, al desahogo, Ismael la interpretaba como un trauma más de los muchos sin resolver que estaba convencido de que Noray acumulaba en su subconsciente. Pero ¿qué sabía él? «Qué gran psicoanalista se ha perdido este país», bromeaba Noray, escondiéndose detrás del sarcasmo cada vez que Ismael intentaba ir más allá, sacar conclusiones de sus reacciones y comportamientos, para él inexplicables o, cuando menos, difícilmente comprensibles. Aunque aquello era distinto. Mientras su jefe lo reclamaba al otro lado del cristal de su despacho moviendo sus peludos brazos, visibles gracias a las camisas de manga corta que lucía como si fueran de seda, Ismael pensó que nunca había notado así a Noray.

—Tienes que venir a casa. Te necesito —le dijo ella.

—¿Pero estás en Madrid?

Cuando Noray se enteró de que Ismael se casaba con Estrella se instaló en la casa de sus abuelos, Tomás y Carmen, en su pueblo. Los adoraba, siempre estaba pendiente de ellos, y esa actitud suya tan protectora, esa entrega incondicional, despertaba a veces los celos de su madre, Olivia. Con sus abuelos, Noray mantenía una relación sana y disfrutable, de esas que padres e hijos nunca podrían tener porque los une un vínculo demasiado estrecho. Al saltar una generación, los lazos siguen existiendo, pero la presión sanguínea disminuye y es cuestión de dejar hacer sin exigir, ni esperar, nada a cambio.

—Sí...

Fue lo último que Noray le dijo antes de que el móvil le resbalara de las manos, aún con la llamada en marcha, y se arrodillara junto a la cama, en una maraña de sábanas que todavía no se habían desprendido de su olor. Ismael no le devolvió la llamada. Sabía que no serviría de nada. Noray no contestaría y él solo conseguiría ponerse más nervioso. Fue a ver qué tripa se le había roto a su jefe y, después de contarle una milonga que vinculaba a su madre con una cañería rota, cogió un taxi y se dirigió al piso de alquiler en el que Noray vivía, en el barrio de Chueca.

El portero del edificio lo conocía y lo dejó entrar sin llamar al timbre. Subió las escaleras de dos en dos. Tan atolondrado llegó que ni esperó al ascensor, y eso que era un tercer piso. Una vez recuperado el aliento, Ismael llamó a la puerta un par de veces. Cuando iba a empezar a aporrearla, imaginándose lo peor, Noray abrió. Sin decir nada, se le echó en los brazos. Lo esperaba. Su olor almizclado, que ya había arrebatado a las sábanas y se había traído con ella, lo envolvió. Ismael se sintió tan feliz y desdichado, tan frágil que temió que si en ese momento se separaba de ella su cuerpo se rompería en mil pedazos y ya no sería capaz de recomponer el puzle en el que, de nuevo, se convertiría su vida. Pero Noray se apartó, invitándolo a entrar en el piso, y no pasó nada. Ismael siguió intacto, al menos por fuera.

—Han muerto —le dijo ella, y se dio la vuelta, dándole la espalda.

Al oír aquella frase, «Han muerto», a Ismael se le pasaron por la cabeza los rostros de todas las personas que Noray y él conocían y a las que, por la reacción de ella, seguramente ambos querían. Fue como eso que dicen que sucede cuando alguien está a punto de fallecer y su vida se le reproduce, durante unos instantes, cual nítida película de celuloide, pero en este caso protagonizada por otros. Incapaz de seguir con aquella ruleta rusa mental que no sabía dónde terminaría apuntando, a quién, Ismael movió la cabeza en un gesto de negación casi involuntario y cogió a Noray de los brazos con toda la delicadeza que pudo.

—¿Quiénes han muerto?

Pero ella permaneció en silencio, con la cabeza inclinada hacia el suelo, observando, con la mirada perdida, el balanceo de las pelusas que se habían acumulado en el parqué después de varias semanas sin barrer ni pasar la aspiradora por el piso.

Ismael insistió, zarandeando esta vez un poco a Noray.

—¿De qué estás hablando, Noray? ¿Qué ha pasado?

Tampoco hubo respuesta. Ya bastante alterado, a punto de perder la calma que tanto trabajo le estaba costando mantener, Ismael soltó un grito cuyo eco se oyó en el enorme patio que circundaba el edificio.

—¿Me haces venir y lo primero que se te ocurre decirme es eso? ¡Joder, Noray!

—Mis abuelos. Están muertos, Ismael.

Volvía a llamarlo Ismael. Al menos las palabras parecían regresar a su sitio, aunque todo lo demás no encajara. A sus preguntas de cuándo había sucedido y qué había pasado, Noray respondió, al principio, con evasivas.

—Están muertos y punto. Tienes que ayudarme a organizar su funeral.

—¿Yo? ¿Y por qué no has llamado a Marta?

Como un animal herido, Ismael reaccionó dándole a Noray donde más le dolía, aunque él no lo supiera. Noray pensó en su amiga, en el peso que cargaba a sus espaldas, y trató de rehuir la culpabilidad con una respuesta airada.

—Si quieres irte, vete.

—No, claro que no —reculó Ismael—. Pero... ¿y tu madre? ¿Y tu hermana? A ver, Noray, por favor, ¿quieres explicarte?

—Ellas aún no lo saben. Los han encontrado esta mañana en su casa... A su vecina Tere le extrañó no ver salir a mi abuelo al patio a coger las hierbas que le prepara siempre a mi abuela en infusión.

—¿Pero a qué hora ha sido eso? Si tú me has llamado cuando acababa de llegar a la oficina...

—Tere es una cotilla, ya lo sabes. —No, no lo sabía, pensó él—. Como te acabo de decir, le extrañó no ver a mi abuelo a la hora habitual, así que fue a ver si les pasaba algo. Llamó varias veces a la puerta y como no le abrían fue a por la llave que tiene... Qué sé yo, son cosas de los pueblos. Entró y los buscó por todos lados, hasta que se los encontró en la cama. Al principio pensó que estaban dormidos, pero... Tere me ha llamado a mí porque, como llevo un tiempo allí con ellos, conmigo tiene más confianza... Y, además, no soporta a mi madre. Mi abuela dice, bueno, decía, que siempre le ha tenido envidia, porque su hija no ha salido del pueblo en toda su vida, mientras que mi madre se sacó la oposición a la primera...

—¿Pero qué tiene que ver eso con la muerte de tus abuelos? —la detuvo Ismael, que empezaba a perderse en aquel relato tan disperso como disparatado.

—¡Y yo qué sé! Bueno, ya está bien, basta de explicaciones. Tenemos que ponernos en marcha cuanto antes. Mi tía Antonia, ¿te acuerdas de ella?, ¿una de las hermanas de mi abuela? —Claro que se acordaba, Ismael se acordaba de todo lo que Noray le había contado desde que se conocieron—. Bueno, pues ella y mi otra tía, Juana, se han empeñado en celebrar el velatorio en casa, así que a nosotros nos tocan los trámites con la funeraria. Mis abuelos llevan toda la vida pagando al Ocaso en una oficina de su barrio de Usera, así que valdrá cualquiera, supongo...

Superado el desconcierto inicial, y sin hacer más preguntas, Ismael siguió a Noray. Después de una búsqueda rápida por internet, se dirigieron a la primera funeraria que encontraron. El requisito principal era que estuviera lo más cerca posible de la casa de Noray, para no tener que coger el coche y ahorrarse así un tiempo precioso, dadas las circunstancias. Una vez allí, Ismael se sintió como el protagonista de una comedia de situación. Los recibió una joven extremadamente delgada, con uniforme, y empezó a enseñarles un amplio repertorio que incluía féretros de todo tamaño y condición: de la gama estándar a la alta y la ecológica, esta última con dos modelos «especialmente destinados a los clientes más exigentes», el Alma, en madera de paulonia; y el Mandrágora, en madera maciza de aliso. Y, si se trataba de un traslado internacional, también disponían del modelo Oriente, en madera de pino. Los precios, sin el descuento por pago en efectivo, iban desde los ochocientos hasta los cuatro mil euros. Tras escuchar con atención, como quien ojea el catálogo estacional de una marca de muebles, Noray escogió un ataúd fabricado en madera de álamo con acabado en brillo y barnizado en color avellana.

—Sobre la tapa lleva una cruz de madera, un cristo metálico y una bocallave metálica también. El interior va tapizado en raso, con un cojín y un cubredifuntos.

Aquellas palabras a Ismael le dejaron mal cuerpo. Noray, en cambio, las recibió con una entereza que sorprendió incluso a la joven que los estaba atendiendo.

—Perfecto. A ellos les hubiera encantado. Su paseo favorito era el que termina en el viejo álamo, junto al Corchuelo. Procuraban ir cada domingo después de misa. En lugar de tomarse el vermú en el bar, cogían el hatillo y se iban allí.

Cuando sus pensamientos regresaron de allá donde estuvieran, probablemente bajo el viejo álamo, en el Corchuelo, Noray pagó en efectivo para que les aplicaran el descuento y se marcharon. «El Ocaso se ocupará del resto», dijo ella al salir de la funeraria, pero Ismael solo podía pensar en cómo era posible que Noray dispusiera de tanto dinero en efectivo. Lo máximo que él sacaba siempre del cajero eran cincuenta euros, unas ocho mil pesetas según el cálculo que seguía haciendo a pesar de que Estrella, sus padres y hasta su abuela Enriqueta se burlaran de su atavismo.

Ya de vuelta en casa, Noray debía llamar a su madre para darle la noticia, por lo que Ismael le propuso bajar mientras tanto a comprar algo de comida al restaurante chino de la esquina, uno de los pocos que quedaban en el barrio, pues la mayoría ya habían empezado a trasladarse a Lavapiés.

—Puedo subir cerdo agridulce, que te encanta, y unos rollitos de primavera... Así te dejo intimidad para que hables con tu madre —le sugirió él, pero Noray se negó.

—Intimidad es lo último que necesito ahora y, además, no tengo hambre. Desde esta mañana el estómago me duele horrores —«Otra vez no, por favor, esta vez no», pensó Ismael—. Quédate, por favor. No sé si podré hacerlo sola, no sé si podré con nada de esto yo sola...

Noray se llevó las manos a la cara e Ismael, en un acto reflejo, acudió a abrazarla, pero ella se zafó y fue a coger el teléfono. Llevaba sin ver a su madre desde que se había instalado en casa de sus abuelos, según le explicó antes de marcar el número, el único de toda su agenda que se sabía de memoria. Ese distanciamiento, pensó Ismael, denotaba una frialdad impropia de su relación. Noray y Olivia tenían caracteres muy distintos, eso era cierto, pero entre ellas había una complicidad extraña y nada forzada, instintiva, donde los silencios no tenían cabida. Cuando sus padres se separaron, Noray se esforzó por adoptar, en la medida que pudo y sobre todo en el momento que pudo, una especie de papel de madre para con la suya, invirtiendo los roles preestablecidos, naturales, pero sin perturbar el equilibrio emocional de ninguno de los miembros de la familia.

Era Noray quien, con cada nuevo desengaño de Olivia, motivado siempre por cualquier tontería, pues a todas sus citas les encontraba algún pero, consolaba a su madre cuando llegaba a casa. Pasado el primer trago, Noray enjugaba las lágrimas de Olivia, que al final terminaban siendo más fruto de la risa que del desconsuelo. Clara, su hermana pequeña, las observaba a una distancia prudencial, dolorosamente consciente de que aquella órbita que ambas sin proponérselo habían trazado a su alrededor a lo largo de los años era impenetrable, incluso para ella. Durante los días acordados que semanalmente debían pasar con su padre tras la separación, Alberto solía siempre buscar algún momento para preguntarles a sus hijas, desde una fingida indiferencia en el tono, cómo le iba a Olivia, qué tal se estaba apañando. Alguna vez incluso se le llegó a escapar, ante las atónitas miradas de Noray y de Clara, si su madre salía con alguien. Pero las hermanas permanecían siempre en un mutismo cauteloso, porque mantenían la secreta esperanza de que sus padres se reconciliaran.

Olivia tardó varios tonos en contestar. De hecho, Noray estaba a punto de colgar cuando, por fin, su madre respondió. No esperó mucho para decírselo, probablemente porque no sabía cómo hacerlo. Ismael oyó los sollozos de Olivia al otro lado del teléfono y se escondió tras la barra de la cocina, simulando buscar algo en el aparador que estaba encima del fregadero. «Me ha llamado Tere para decírmelo... Sí, sí, claro, imagino que antes habría hablado con las tías... Ellas no se atrevían a decírtelo, y me pidieron que lo hiciera yo... También, también lo sabe ya el tío Sixto... Sí, mamá, ya se han ocupado de todo, hasta de avisar al cura... Don Eduardo ha dicho que no es necesario que pasen por el trauma de la autopsia, que bastante han sufrido ya, y está claro que ha sido un ataque al corazón, así que para qué marear más la perdiz... No, no le falta razón, la verdad... Pues sí, mamá, la vida y sus macabras casualidades, ¿qué quieres que te diga?... ¿Y qué quieres que haga, si se han empeñado en velarlos en casa?... Pues no tengo ni idea de si ellos lo dejaron dicho o no... Sí, el Ocaso ya está al tanto, hemos ido Ismael y yo... Pues porque sé que las funerarias te dan muy mal rollo... No, obviamente no son mi lugar preferido... Mira, no te he avisado antes para ahorrarte el velatorio, que sé que no soportas las costumbres del pueblo... ¿Pero cuándo te ha importado a ti lo que digan los demás?... Pues yo qué sé, habrán pasado allí el día, se habrán regocijado en su pena, habrán ido las plañideras del pueblo y ya está... Por lo visto, esta noche Tere y Manolo duermen allí, que dice la tía Antonia que a ellos nunca les han dado miedo los muertos... ¡Pues, hija, mamá, porque ya sabes cómo son las tías! La abuela siempre dijo que la única valiente de la familia era ella... Venga, deja de llorar, por favor... ¿Vas a estar tranquila esta noche?... ¿Seguro? ¿No prefieres que vaya a dormir contigo?... Bueno, lo que quieras. Mañana a primera hora Ismael y yo estamos en tu casa... Sí, viene Ismael... Sí, está aquí conmigo... No, no te lo voy a pasar... Pues porque no, porque no le tienes que decir nada. Lo que sí te voy a pedir es que llames a Clara, yo hoy ya no tengo fuerzas para más... Vale. Ah, y convéncela de que no coja un vuelo, es una locura... Lo sé, lo sé, pero inténtalo... Está bien, hasta mañana.»

Al colgar Noray, Ismael pensó en cómo reaccionaría Clara cuando su madre se lo contara. Vivía con Carlos, su novio de siempre, en Edimburgo. Se trasladaron después de que una empresa de cazatalentos le ofreciera a Carlos un puesto imposible de rechazar, pese a que aún no había terminado la carrera de Ingeniería Informática. Los dos hablaban inglés mejor que la media curricular española y decidieron probar suerte allí. Clara esperaba que, como había prometido, Noray convenciera a sus abuelos para que se animaran a emprender aquel viaje que, según había contado siempre Carmen, se pirraba por hacer desde que Tomás se había jubilado. ¿Por qué Edimburgo? Pues vete tú a saber, tratándose de su abuela, que creía que el tartán era un pastel con mucho merengue, todo era posible. Pero los achaques siempre terminaban interponiéndose: que si hacía mucho frío, que si se iban a marear en el avión, que si se perderían sin saber inglés, que si la comida no les iba a gustar... Lo que empezó siendo un inocente argumento fruto de la pereza, pues ni Tomás ni Carmen tenían edad ya para aquellos trotes, terminó al final convertido en una dolorosa excusa para ocultar la verdadera razón de su negativa a viajar, que solo Noray conocía.

—Espero que a mi hermana no se le ocurra arruinarse comprando un billete en primera, que de esos seguro que todavía encuentra —dijo Noray.

—¿Y tu padre? ¿No le vais a decir nada? —le preguntó Ismael, extrañado ante la ausencia, física y emocional, de Alberto en todo aquel asunto.

—Está de vacaciones con Ana. —Su padre llevaba un tiempo viviendo con su última pareja, aunque Olivia nada sabía aún de eso y sus hijas habían decidido que, al menos de momento, su madre siguiera sin estar al corriente—. A Cuba se han ido, ni más ni menos... No le voy a fastidiar el viaje con esta noticia. Ya se enterará cuando vuelva.

Ismael asintió y se quedó inmóvil. Acababa de acordarse de Estrella. Con el trajín, no se había dado cuenta de que llevaba todo el día sin dar señales de vida.

—¿Qué pasa? —le preguntó Noray al ver que estaba ensimismado.

—Nada.

—No, nada no, Ismael, esa cara no es de nada.

—Es Estrella...

—Ya...

—No le he dicho nada, y no sabe dónde estoy.

—Pues vete, no me importa.

—No pienso dejarte sola. Pero tengo que llamarla.

—¿Quieres que sea yo la que baje a por esa comida china que te morías por probar hace un rato? —le preguntó Noray con sorna, e Ismael la miró con dureza, pues no se merecía aquellas palabras; ella se dio cuenta y dio marcha atrás—: Anda, baja a tirar la basura, que lleva dos días muerta de risa en el cubo, y aprovechas para llamarla.

Ismael accedió a la propuesta de Noray. Cogió la bolsa de la basura, extrañamente vacía, y bajó a la calle. Tras el bofetón de calor con el que lo recibió la noche madrileña, se sentó en el pequeño escalón que separaba la puerta de la acera, sacó el móvil del bolsillo trasero de los pantalones y vio como parpadeaban tantas llamadas perdidas de su mujer que no quiso ni contarlas. Cerró los ojos, tomó todo el aire que los treinta grados le permitieron y marcó el número de Estrella.

Al poco rato, Ismael llamó al portero de Noray.

—Tendrías que haber cogido las llaves —le dijo ella tras abrirle.

Ninguno quiso hablar de la conversación que Ismael había tenido con Estrella. Noray se despidió con un apático «buenas noches» y se metió en su habitación. Ismael se descalzó, se desvistió, quedándose en calzoncillos, y se instaló en el sofá. Estaba seguro de que pasaría una noche toledana, y no precisamente por el calor o porque el sofá fuera incómodo, que no lo era, como había tenido ocasión de comprobar muchas veces en situaciones bien distintas pero igualmente tórridas. En un intento por olvidar la charla con su mujer, cuyas palabras resonaban en su conciencia como un taladro, volvió a pensar en Noray y en Clara. Ismael sabía que, en el fondo, Noray esperaba que su hermana acudiera al funeral; con ella sería más fácil afrontar lo que viniera a continuación, fuera lo que fuese.

Pero Clara no apareció a la mañana siguiente.

Tanto Noray como Olivia hicieron caso omiso de las normas no escritas del pueblo, que en esta situación en concreto establecían ir de luto riguroso el día del funeral y, si se podía, también las semanas siguientes, al menos hasta que las campanas volvieran a tocar a muerto. A su lado, Ismael parecía un oficinista, como así era, pues, sin tiempo para pasar por casa —ni ganas, por temor a cruzarse con Estrella—, llevaba la misma ropa que el día anterior, cuando recibió la llamada de Noray en su despacho.

Llegaron al pueblo —fueron en el coche de Olivia, que se empeñó en que su hija no condujera aquel día— con el tiempo justo para pasarse por la casa de Tomás y Carmen, donde el velatorio estaba a punto de acabar. Ismael se fijó entonces en el coche fúnebre estacionado en la puerta.

—¿Te has dado cuenta? ¡Es blanco! —le susurró a Noray mientras entraban.

—¿Y qué más da del color que sea? —le respondió ella. Acto seguido le soltó la mano; sin darse cuenta, se la había cogido al salir del coche.

Todos los vecinos estaban tan metidos en sus papeles, los hombres por un lado y las mujeres por otro, separados incluso por estancias, que ni siquiera cuchichearon al percatarse de la ausencia de Clarita, y de que Alberto tampoco había acudido a las exequias. Los únicos comentarios fueron las típicas frases de pésame —«Te acompaño en el sentimiento», «Que Dios los tenga en su gloria», «Que su alma descanse en paz»—, que Olivia y Noray recibieron asintiendo. «Ayer, al poco de sonar las campanas y correrse la voz desde la casa del cura, la gente empezó a traer montones de platos, guisos, docenas de huevos, para que sobrellevemos la pena. Ya sabes, prenda, es la costumbre», escuchó Ismael que su tía Antonia le decía a Noray, con los ojos como platos al observar la mesa de la cocina rebosante de comida. Nunca la había visto así, ni siquiera cuando sus abuelos volvían de la compra semanal, que hacían en el pueblo de al lado tras haberse acostumbrado a esa gran superficie que al principio habían mirado con recelo.

Ismael se escabulló del velatorio y salió justo cuando los dos féretros estaban siendo introducidos en el coche fúnebre por la puerta de atrás de la casa, por el patio en el que, cada mañana, Tere veía a Tomás coger las ramitas de poleo para la infusión de Carmen. Su mirada huyó de la imagen de los ataúdes y se quedó clavada en el blanco reluciente del Mercedes enviado por la funeraria.

Acabada la misa, y después del pésame multitudinario que la familia recibió a pie de iglesia, Ismael, todavía absorto en lo inapropiado que le resultaba aquel color tan neutro, se colocó en una discreta tercera fila. Poco después, el cortejo fúnebre, encabezado por Noray y Olivia, echó a andar detrás del vehículo. Su paso casi sincronizado recorriendo la carretera de gravilla que llevaba al cementerio era tan lento que parecía que el tiempo, para ellas, se hubiera detenido.

# 2

Habían pasado ya varias semanas desde el funeral de Tomás y Carmen. El calor estaba justificado, a punto de que terminara julio, pero la atmósfera era irrespirable. Y no se trataba solo de un fenómeno meteorológico. Aparentemente, la vida había vuelto a su imposible normalidad. Olivia, a sus escarceos amorosos, con Alberto todavía, pese a los muchos años transcurridos, como pertinente testigo. Clara, a matar el tiempo en Edimburgo mientras Carlos se pasaba el día trabajando. Antonia y Juana, las hermanas de Carmen, a sus esperas en casa, sin desesperar, pendientes de que la comida no se les quedara fría a sus maridos, que siempre se entretenían tomando chatos más de lo debido. Ismael, a su vida de casado, yendo y viniendo cada fin de semana a casa de sus suegros en Jaén, donde Estrella se había instalado hasta que terminara el verano. Y los vecinos del pueblo, a sus rutinas de mestresiestas y, llegada la noche, charlas al fresco en sillas plegables con asientos raídos por el uso estival.

Todos parecían haber conseguido volver a sus costumbres, a sus manías y hábitos, a sus vidas pendientes de hacer como una cama un domingo a mediodía. Todos menos Noray, que era incapaz de seguir adelante. Después del entierro se había quedado en el pueblo con la excusa de poner un poco de orden en la casa de sus abuelos, hecha un desastre tras el velatorio. «Así podré ver qué ropa nos quedamos y qué donamos a la parroquia», les dijo a su madre y a Ismael cuando se despidió de ellos, apremiándolos a que se montaran en el coche de Olivia y regresaran a Madrid lo antes posible. Quería que la dejaran sola. Necesitaba experimentar la tristeza que la embargaba, regocijarse en ese duelo imprevisto al que se había visto abocada. Y seguir escribiendo, hasta llegar al final.

Insomne impenitente, cuando ya no aguantaba más delante de la pantalla del ordenador, Noray se arrastraba medio sonámbula por los cuartos que durante tantos años habían habitado Tomás y Carmen. Las mismas habitaciones en las que su hermana Clara y ella habían crecido, donde habían apurado su infancia hasta el último momento. Noray podía pasarse horas escuchando los relatos de su abuela, cuya memoria familiar hacía las delicias de su nieta mayor, y Clara no paraba quieta en casa, hasta el punto de que Tomás bromeaba diciendo que le iba a poner un puesto de pipas en la plaza del pueblo. Las dos, cada una a su manera, eran felices siempre que pasaban tiempo con sus abuelos, experimentaban el dulce regocijo de regresar a eso que algunos llaman hogar, sobre todo desde el instante en el que el suyo se desmoronó. Por eso Noray había decidido instalarse allí durante la última etapa de su tumultuosa vida, buscando su amparo, el alivio de sus palabras. Ante su ausencia física, perseguía su rastro, lo que de él quedaba, por toda la casa. Abría sus armarios de par en par y olía su ropa, se la llevaba directamente a la nariz y aspiraba con ansia. Imaginaba su última conversación, el instante exacto en el que su abuelo apagó la luz de la mesilla presidida por su fotografía de recién casados... Cuando Noray no estaba escribiendo sentía molestias en todo el cuerpo, como si el dolor físico fuera un reflejo cruel de su aflicción. Su abuela, siempre previsora, tenía un buen acopio de pastillas en la caja de alpargatas que usaba como botiquín y Noray fue haciendo uso de ellas. Allí hasta encontró una caja de Optalidón, pese a que hacía tiempo que no se vendía en farmacias. Gracias a aquellas píldoras rosas que llevaban décadas alegrando el día a día de las amas de casa de medio país, Noray consiguió atenuar las jaquecas, cada vez más frecuentes, y la dismenorrea que padeció también esos días. Pero lo que no podía parar, lo que le resultaba imposible detener, era aquel diálogo mudo, aunque atronador en su mente, con los fantasmas de sus abuelos.

A Tomás a veces se lo encontraba sentado en el sillón orejero que había en la cocina chica, como ellos llamaban al comedor, y otras, vagando por el salón al que daban las habitaciones y que nunca tuvo otro uso más que ese, ser un espacio amueblado. Su abuelo sonreía al mirarla. Era lo que siempre hacía cuando tenía algo entre manos con su nieta mayor. Noray era su ojito derecho, y Tomás no intentaba disimularlo. Cuando Olivia se quedó embarazada para sorpresa de todos, hasta de ella misma, temió que su padre se disgustara al saber que no era un niño. Desde que su hija les había presentado oficialmente a Alberto, al que pese a los iniciales recelos terminaron incorporando con entusiasmo contenido a la familia, Tomás no había parado de imaginar la cantidad de cosas que haría con su primer nieto: los partidos del Atleti que le llevaría a ver al Calderón; las mañanas de domingo que se pasarían intercambiando cromos de fútbol en la plaza del pueblo; los paseos por el Corchuelo intentando —en balde, pues allí nunca soplaba el viento, ni a favor ni en contra— que volara la cometa que habrían fabricado juntos; el primer ojo morado tras un rifirrafe con el capitán del equipo contrario en la liga de futbito...

Aunque cuando la cogió en brazos por primera vez en el hospital, al poco de dar a luz Olivia, Tomás no podía saber que acabaría compartiendo todos esos momentos con su nieta, al observarla se le iluminó la mirada. Tan arrobado estaba que Olivia y Alberto no tuvieron más remedio que dejarle que escogiera el nombre. «¿Pero qué nombre es ese, alma de cántaro?», se quejó Carmen cuando su marido llegó del registro. Tomás no se fiaba un pelo de que su hija y su yerno no se echaran atrás, así que se empeñó en ir él mismo, y ningún empleado del ente público puso pega alguna a su voluntad. Como respuesta, Tomás le dio a su mujer el pesado diccionario y le dijo: «Busca la palabra y lo entenderás». Carmen obedeció y, una vez que la encontró, leyó en voz alta su significado: «Poste o cualquier otra cosa que se utiliza para afirmar las amarras de los barcos». «Esta niña va a ser el sostén de ese matrimonio, ya lo verás», continuó Tomás con orgullo, pero sin desvelar el auténtico motivo escondido tras la elección de aquel extraño nombre. Ahora, después de tantos años, mientras deambulaba por esa casa que había sido suya y antes de otro, el espectro de Tomás ya nada podía hacer para evitar que la luz que Noray siempre había desprendido se fuera apagando poco a poco.

Durante esos días, a Carmen su nieta se la encontraba casi siempre leyendo en la biblioteca, forjada gracias al legado de Filomena, una de las grandes amigas de su abuela. Era el lugar favorito de Noray, donde tantas veces se había refugiado, a lo largo de los años, buscando amparo en el mundo de la fantasía. También la veía en la cocina, junto a la lumbre, pelando patatas. «A una persona se la conoce por cómo pela las patatas.» Era lo que Carmen siempre decía, porque era lo que les había oído, desde niña, a su madre y a su abuela. Generaciones enteras de mujeres de la familia Soler repitiendo la misma cantinela, que en realidad era una lección de vida: «El que se lleva mucha carne de la patata es un poco despilfarrador y el que arrastra con el cuchillo solo la piel es más bien tacaño». El equilibrio entre ambos extremos, igual de perniciosos, era el modo ideal de pelar patatas, manzanas, zanahorias y lo que se terciara. Y también el estado adecuado para vivir, pensaba Noray cada vez que veía a su abuela cuchillo en mano después de que su abuelo lo hubiera afilado en la pila que había al lado del pozo, en el patio. Noray solía siempre acercarse a ella pizpireta, tarareando la canción que en ese momento estuviera sonando en el discman que sus padres le habían regalado por haber accedido a dejarse melena para la primera comunión.

Ni Olivia ni Alberto eran creyentes, y mucho menos practicantes, pero dada la vinculación de las niñas con el pueblo y con sus abuelos maternos, consintieron en que participaran de una ceremonia que tenía más que ver con el Carnaval, por la pomposidad de los disfraces de sus protagonistas, que con un oficio religioso. Con lo que el entonces matrimonio no contaba era con la testarudez de su primogénita. «Pues no pienso dejarme el pelo largo», les advirtió Noray en cuanto se lo dijeron. No le importaba tener que pasar por «el rollo de la catequesis» ni aprenderse de memoria la Biblia si hacía falta, ¿pero el pelo largo? Con lo feliz que era ella sin tener que someterse a la tortura diaria de desenredar los tirabuzones que había heredado de su madre, sin llevar coleta en los entrenamientos de baloncesto y sin empezar a sudar como un pollo según arrancaba la primavera...

A Alberto los argumentos de su hija le parecieron bastante lógicos y difíciles de refutar. Pero en aquella época, Olivia aún batallaba en su interior con el sometimiento a los dictámenes sociales del pueblo, por lo que no paró hasta dar con la forma de convencerla. Aunque el mérito fue más bien de Carmen, pues fue ella quien le sugirió a su hija que la música, ese gusanillo que empezaba a correrle por el cuerpo a Noray, podía ser el anzuelo perfecto para que picara. Y así fue. «Pero me llevas a la peluquería en cuanto salga por la puerta de la iglesia, aunque sea domingo», dijo Noray, consciente de que había caído en la trampa, pero con el discman ya en su poder. Tajante en su determinación, como demostraría en tantas ocasiones a lo largo de su vida, Noray se cortó la melena, aunque no inmediatamente. Esperó, al menos, a que llegara el lunes.

Absorta en aquellas correrías de su infancia, la memoria, juguetona, condujo a Noray al momento en el que su abuela se puso por primera vez los cascos del discman que obró el milagro de la comunión. Eran muy aparatosos y de los extremos sobresalían dos almohadillas negras que Noray conservaba impolutas, nadie sabía cómo. Carmen estaba en el patio. Sentada en la mecedora que, una tarde del invierno anterior, Tomás había rescatado prácticamente nueva de los contenedores de basura que había frente a la casa de Tere y Manolo y en los que siempre andaban husmeando sus perros, tenía la falda arremangada y las piernas metidas en un barreño.

—¿Qué haces, abuela? —le preguntó Noray con inocente curiosidad.

—Nada, cariño. Es que he pasado muy mala noche, con unos dolores horribles por el dichoso reúma, y estoy a ver si se me calman las piernas.

—¿Con agua?

—No, mujer, he echado un sobrecillo de esos de Espidifren.

—¿De Espidifen?

—Sí, de eso.

—Querrás decir que te lo has tomado.

—No, no, nada de tomarse, que luego se me revuelve el estómago. He vertido los polvitos en el agua para que hagan efecto directamente en las piernas. Es mucho más rápido.

Sin conocer aún las peculiaridades del efecto placebo, Noray se echó a reír mientras Carmen la miraba extrañada; no entendía cómo no podía ver la lógica de su planteamiento. Noray la besó, le colocó los cascos y le dio al *play*.

—No es esa señora del moño —en alusión a María Dolores Pradera— que tanto te gusta, pero a mí me encanta. A ver qué te parece...

Su abuela asintió divertida. Un rato después, el dolor había desaparecido y Carmen disfrutaba de la música que le había puesto su nieta con el suave vaivén de la mecedora.

—¡Pues no suenan mal estos muchachos modernos!

—No grites, abuela, que te van a oír hasta en el Corchuelo —le dijo Noray tronchándose de risa—. ¿Por qué no me cuentas la historia de cómo conociste a Mari Miura?

—¿Qué dices? —volvió a gritar Carmen.

Noray le dio al *stop* antes de contestarle.

—Digo que me cuentes la historia de cómo conociste a Mari Miura.

—¿Pero otra vez? Si te la sabes de memoria...

—Es que me hace mucha gracia todo lo que me cuentas de esa mujer.

—No me extraña, hija, no me extraña... —asintió Carmen, y empezó a relatarle el principio de aquella amistad.

Era lo que siempre sucedía. Cuando Noray le pedía a Carmen que hiciera memoria, ella accedía encantada. Lo que comenzó como un juego entre abuela y nieta con el que ambas se divertían por igual acabó siendo, con el paso de los años, una narración continuada, ininterrumpida, mucho más seria, dolorosa por momentos, sobre la historia de toda su familia. Eran tantos los nombres de los protagonistas, de las ciudades y los pueblos, las anécdotas, los detalles y los acontecimientos vividos, que Noray acabó apuntándolo todo con sumo cuidado para que nada de aquello cayera nunca en el olvido, ni en el suyo ni en el de los demás.

Las lágrimas sorprendieron a Noray sentada a la mesa de la cocina. El café que se había preparado nada más levantarse, solo y cargado, buscando la lucidez que había perdido tras un sinfín de horas en vela escribiendo, se había quedado frío y el trago le supo a rayos. Llevaba varios días sin salir de casa, refugiada en la oscuridad que le aseguraban las contraventanas, cerradas con la excusa de combatir el calor, tecleando y charlando con los fantasmas de sus abuelos, que se resistían a abandonarla, pues debían terminar de contarle su historia antes de desaparecer para siempre. Noray sabía que sin ellos estaba perdida. El silencio del que Tomás y Carmen la habían hecho cómplice pesaba tanto en su conciencia que lo único que a esas alturas estaba en condiciones de decidir era cómo y cuándo ponerle fin.

Aquella mañana, tras aceptar la invitación a comer de su tía Antonia, Noray decidió hacer una última visita al cementerio. Después cogería el autobús de línea que partía del pueblo en dirección a Madrid.

Pero, justo cuando iba a salir de casa, se encontró en la puerta con Jose el Gaseoso, que al verla se ruborizó, como siempre que se cruzaban en alguna bocacalle del pueblo, cosa que ya casi nunca pasaba. Vestía el uniforme de la Guardia Civil con el que su padre aventuró que no llegaría a sentirse cómodo en toda su vida, pero que él llevaba con soltura y entusiasmo desde el mismo día de su graduación en la academia. Su familia era dueña de una pequeña fábrica de gaseosas que había en el pueblo. Siendo un crío, Jose empezó a ayudar a su padre a llevar la mercancía a los bares de la comarca, donde los conocían como los Gaseosos, apodo que él heredó pese a ser el benjamín del clan. Ya de adolescente, sin carné pero todo un consumado conductor, Jose siguió asumiendo las tareas derivadas de la fábrica hasta que Noray lo animó a soñar. Se conocían desde muy niños y, aunque ella vivía en Madrid y le sacaba media cabeza y Tomás y Carmen no veían con buenos ojos que su nieta se hablara con el Gaseoso, los dos se quisieron a su manera y durante el breve tiempo que siempre dura el primer amor, si es que así se puede llamar a lo que ellos tuvieron. Fue Noray quien convenció a Jose para que se presentara a las pruebas de ingreso en la Guardia Civil, ante el enfado de su padre, que ya se imaginaba a su hijo heredando el negocio y liberándolo de la carga de no poder jubilarse hasta que se muriera. «Es lo que realmente quieres, así que hazlo. Hazlo o te prometo que no vendré el próximo fin de semana», lo amenazaba ella cuando salía el tema entre ambos. Pero cuando Jose aprobó los exámenes de acceso, no sabía que Noray ya había conocido a Ismael. Su entrada en la academia de la Guardia Civil coincidió más o menos con su ruptura, vía telefónica, con Noray, decisión que esta tomó sin que nada en su comportamiento previo presagiara el desenlace. Y ahí terminó su historia, aunque no su amor o no, al menos, el que Jose continuó sintiendo por Noray, secretamente según él pensaba, pero del que el pueblo entero estaba al tanto. Hasta ese mismo día, en el que se presentó en casa de sus abuelos, de servicio.

—Hola, Noray. ¿Te ibas?

—Sí, voy a comer a casa de mi tía Antonia, que se ha empeñado.

—Solo serán unos minutos. ¿Pasamos dentro?

—¿Lo que tengas que decirme no me lo puedes decir aquí o qué?

—No, es mejor que lo hablemos dentro, por favor.

Jose la cogió del brazo y la condujo hacia el patio, un gesto que extrañó a Noray, pues en su ademán no percibió el calor que su cuerpo siempre desprendía cuando entraba en contacto con ella.

—¿Y bien? —le dijo apoyada en el pozo.

—Antes de nada, me gustaría darte el pésame. Quise acercarme durante el funeral, pero había tanta gente y, además, estabas muy bien acompañada...

—No empieces, Jose, no seas crío, que ya somos mayorcitos.

—Está bien, está bien. Perdona, tienes razón. He sentido mucho la muerte de tus abuelos, de veras, eran...

—Sabes de sobra cómo eran, lo sabe todo el pueblo, sí. Ve al grano, que a mi tía se le va a agriar el gazpacho.

—Como sabes, don Eduardo, el médico, certificó su muerte, y dijo que había sido un ataque al corazón, que se les había parado en mitad de la noche; un infarto, vamos. Y dijo, también, que no era necesario hacerles la autopsia, que estaba todo muy claro.

—Sí, lo sé, me lo dijeron mis tías. ¿Y?

—Pues que al sargento le parece un poco sospechoso, casualidad, diría más bien yo, que los dos sufrieran un infarto la misma noche y al mismo tiempo. Tu abuela estaba enferma, lo sabía todo el mundo, pero tu abuelo... Unos días antes había estado gestionando no sé qué papeles en el ayuntamiento, que lo vi yo, y estaba perfectamente el hombre, hasta me saludó y todo, cosa que no acostumbraba a hacer, la verdad...

—¿Y para eso te manda tu sargento, para interrogarme a mí? ¿Qué pasa, que la gente no puede morirse cuando le dé la realísima gana? Mis abuelos se pasaron la vida juntos y ha querido Dios, ese Dios al que tanto os empeñáis en honrar y adorar, que se hayan muerto juntos, porque no podía ser de otra manera. Joder, para una puta vez que vuestro Dios acierta y resulta que os ponéis suspicaces...

—Vale, cálmate, cálmate. Puede que tengas razón.

—Pues claro que la tengo, Jose, claro que la tengo. Y, si quieres, puedo ir yo misma a soltarle mi particular sermón de las siete palabras a tu sargentito de mierda.

—No te pongas impertinente, que no te hace justicia, Noray.

—Y tú no te pongas melodramático, que aquí no has venido a darme el pésame, sino en misión de servicio.

—Tranquila, esta investigación termina aquí, conmigo.

—Muy bien, me alegro mucho.

Al pronunciar esa última frase, Noray no pudo más y se abrazó a Jose, que la estrechó entre sus brazos, ahora sí, con ese calor que siempre le ofrecía. Permanecieron así un rato, respirando al unísono, leyendo cada uno los pensamientos del otro, hasta que Jose lo comprendió todo. Entonces la separó, le dio un beso en la mejilla y se marchó.

En el breve camino hasta la casa de su tía Antonia, Noray recordó con nostalgia el tiempo que había compartido con Jose, cuando el amor podía ser divertido, aunque ambos supieran que no era un juego. Y quiso regresar a ese instante fugaz en el que fue feliz a su lado.

—¿Pero, prenda mía, qué haces? ¿Estás pensando en las musarañas?

Su tía Antonia, que la esperaba en la puerta con el mandil perdido de tomate, sacó a Noray de sus pensamientos.

—Ay, perdone, me retrasé haciendo el bolso.

—No pasa nada, vamos.

En cuanto entró, Noray se sintió abrumada por el luto que desprendía la casa. Su tía había bajado de la troje cuantos objetos se le habían ocurrido para hacer más ostentoso el duelo, como el corazón de Jesús que solo sacaba por el Corpus. Noray no dijo nada y siguió a su tía hasta el comedor, donde ya estaba preparada la mesa. Su tío se había vuelto a entretener en el bar, así que cuando entró oliendo a tabaco y con el sabor agridulce del vino de pitarra aún en la boca, ellas ya iban por el gazpacho, especialidad de la casa y causante de las llamativas manchas en el mandil de Antonia.

—¡Ya has vuelto a fumar! Mira que te lo tengo dicho, Agustín, que tienes los pulmones tan negros como el hollín.

Noray pensó que su tío, educado en una sociedad en la que el hombre era el dueño y señor de su casa, no iba a cambiar a esas alturas de su vida. Pero le gustó ser partícipe de aquella conversación, aparentemente intrascendente. Le hizo regresar a un presente sin preocupaciones, en el que todo giraba alrededor de discusiones inocuas, donde la sorpresa de lo cotidiano era la máxima aspiración. Así había sido también para sus abuelos, pese a su final.

—Tía, voy a pasarme ahora por el cementerio —dijo Noray retomando la conversación.

—¿Ahora? ¿Con esta calorina? Anda, espérame y vamos juntas en cuanto baje un poco la flama, mujer —le dijo Antonia.

—Déjelo, prefiero ir sola, y además luego tengo que coger el autobús. Es mejor que se quede en casa. Échese en la cama, aunque no se duerma. Intente descansar. Han sido días muy duros para todos.

—Bueno, hija, como quieras. Con lo cabezota que eres no voy a convencerte, así que haz de tu capa un sayo. Eso sí, ni se te ocurra llevar flores, que se van a mustiar en un periquete.

¿Flores? Noray ni se lo había planteado. Bastante tenía con intentar comprender qué impulso irracional la llevaba a sentir la necesidad de acercarse al cementerio. Se despidió de sus tíos con sendos besos y prometió volver pronto. Antonia sabía que su sobrina no cumpliría su promesa, por lo que, antes de que saliera por la puerta, le robó un abrazo y le dijo al oído: «Déjalos marchar, cariño». Al oírla, Noray se estremeció. Segundos después se apartó de su tía y se fue.

El sol abrasador la cegó, en contraste con la oscuridad en la que hasta entonces se había guarecido y, siguiendo su reflejo, se encaminó al camposanto, ubicado a las afueras del pueblo. Aquella mestresiesta de cuarenta grados a la sombra había dejado las calles vacías. En el trayecto, de no más de diez minutos a paso ligero, Noray solo se cruzó con un gato que se asustó al verla y salió disparado en busca de algo de sombra. Al levantar la mirada para seguir el recorrido del minino, Noray se preguntó si continuando aquel repecho estaría el sendero por el que su tía Antonia tiró el torrezno destinado a borrar la verruga que a Clara le salió en el labio superior cuando era una renacuaja. Según su tía, el mejor remedio para ese tipo de males era casero y, por tanto, no tenía que ver con la medicina. Consistía en restregar la corteza de un torrezno por la verruga y después tirar el trozo de tocino en una zona del pueblo de la que Clara nada debía saber, pues en el caso de que alguna vez pasara por ella la excrecencia volvería a aparecer. Pese al descreimiento de todos en casa, sus abuelos y sus padres dejaron que Antonia se saliera con la suya, y la verruga desapareció, para siempre, además.

Las chicharras, atronadoras, acompañaron a Noray a lo largo del camino y lograron silenciar sus pensamientos hasta que, casi sin darse cuenta, se encontró delante del panteón de la familia Soler. Entonces, ignorando lo que la rodeaba, incluyendo a dos albañiles que sudaban la gota gorda mientras cementaban la superficie de la última tumba ocupada, probablemente esa mañana, leyó los nombres de sus abuelos. Noray había convencido a su madre para que en las lápidas solo figuraran los datos básicos, nada de leyendas memorables tipo «Tu familia no te olvida» o «Deja una hija y dos nietas», y mucho menos sus fotografías. Quería que fuera lo más aséptico posible.

Se arrodilló y apoyó la mano derecha sobre el mármol. Le sorprendió que, pese al calor sofocante, se conservara frío. Cerró los ojos e intentó respirar, no sin dificultad por el polvo que un remolino de viento caliente había levantado en la zona sur del cementerio. «Abuela, ¿estás despierta?» Era la pregunta con la que Noray martilleaba a Carmen todas las noches en las que, siendo niña, se trasladaba a su cama para ver si atrapaba el sueño. «Sí, hija, sí», respondía su abuela minutos después de que Noray hubiera oído varios ronquidos. Al poco tiempo, Carmen se volvía a quedar dormida y su nieta repetía la misma pregunta. Así podían estar hasta el amanecer. Noray nunca había dormido bien, ni siquiera cuando era un bebé, y aquella condición suya empeoró tras la separación de sus padres. Luego vino todo lo demás. Resistente a los somníferos, solo logró esquivar el insomnio durante un tiempo, cuando conoció a Ismael. Las primeras noches que pasó con él fueron como una cura de sueño. Sentir su cuerpo pegado a ella la calmaba. Incluso dejó de tomar pastillas. Hasta que Ismael, herido, no pudo más y se obligó a fijarse en Estrella, fingiendo un amor que solo era, como mucho, cariño.

Al acordarse de todo aquello, todavía de cuclillas, con la mano sobre la fría lápida, Noray se dio cuenta de que llevaba sin pensar en Ismael desde que se habían despedido después del funeral de sus abuelos. Era como si su mente, entretenida en reconstruir el pasado, lo hubiera estado esquivando, consciente de que le ocultaba algo. Noray se irguió y las rodillas le crujieron. Ese sonido metálico la sacó del letargo y de pronto se sorprendió pronunciando en voz alta, aunque apenas audible, pues la pareja de albañiles siguió a lo suyo, las palabras que había ido a decirles a sus abuelos, aunque no lo supiera cuando salió de su casa: «Estáis a salvo».

# 3

Ismael no había vuelto a saber nada de Noray desde que la había dejado en el pueblo. Cada una de las mañanas que siguieron a aquel día, al sonar el despertador a las siete en punto pensaba en escribirle un mensaje; también cuando bajaba a tomar el café de las doce al bar que estaba justo debajo de su oficina; y al llegar a casa a comer, a eso de las cuatro, gracias a las ventajas que según sus compañeros tenía la jornada intensiva en verano, aunque él no terminaba de vérselas. El mismo pensamiento lo acompañaba mientras se obligaba a dormitar la siesta, pues poco más se podía hacer en aquellas tardes solitarias y soporíferas en las que el asfalto de Madrid se derretía bajo los balcones. Más de una noche se sorprendió comenzando a redactar las palabras que no se veía capaz de decirle a Noray en persona, pero el nombre de Estrella, como si hubiera saltado una alarma, aparecía en la pantalla del móvil. Era la llamada que habían acordado hacerse a diario mientras ella siguiera en casa de sus padres. Ismael respondía siempre con celeridad, temiendo que su mujer adivinara lo que segundos antes había estado a punto de llevar a cabo. En esos momentos, la culpa lo reconcomía. «Hola, cariño. ¿Qué tal el día?» La misma frase de arranque una y otra vez. Y la misma respuesta de Ismael: «Bien, mucho calor». Dos autómatas sin nada que decirse rellenando veinte minutos de obligada conversación. «Qué tristeza...», pensaban ambos al colgar.

Pero la anormalidad cotidiana a la que la pareja había logrado acostumbrarse se truncó el último viernes de aquel julio interminable. El plan era el de las semanas anteriores: al salir del trabajo, Ismael cogería el coche y en unas tres horas y media llegaría a Jaén. Estrella estaría esperándolo bajo el fresco de la parra que cobijaba el patio trasero de la casa de sus padres. Pasarían juntos el fin de semana y, entrada la noche del domingo, para evitar atascos, Ismael regresaría a Madrid. Pero al llegar a la oficina aquel viernes se dio cuenta de que había olvidado «el maldito móvil» en casa, según le contó a Estrella desde el teléfono fijo de su despacho.

—¿Pero qué más da? Si nunca lo usas —le dijo su mujer.

—¿Y si a mi madre le da por escribirme? Yo qué sé, Estrella, basta que no tenga conmigo ese trasto en todo el fin de semana para que pase algo y sea yo el último en enterarme —se justificó Ismael, invadido por una extraña sensación que lo llevó a acercarse a casa a por el móvil antes de ponerse en camino.

Al coger el ascensor, tuvo que hacer memoria. Ni siquiera se acordaba de dónde lo había dejado la noche anterior. «Espero que, al menos, tenga batería», pensó. Metió la llave en la cerradura y en cuanto abrió la puerta vio cómo se iluminaba la pantalla del móvil en la encimera. La cocina estaba justo a la entrada, antes de que se desplegara el largo pasillo alrededor del cual se distribuían el salón, el baño y las dos habitaciones del piso cuya hipoteca hacía, cada mes, un buen roto en la cuenta común que tenían Ismael y Estrella.

—Vaya, hombre, ya lo decía mi madre: «El desayuno es la comida más importante del día, no te lo saltes nunca». Si me hubiera tomado un café esta mañana, ahora no estaría aquí perdiendo el tiempo, coño.

«Lo que me faltaba, ahora hablo solo», pensó Ismael.

El presentimiento por el que se había acercado a casa hizo que mirara el móvil antes de metérselo en el bolsillo del pantalón. Tenía varias llamadas perdidas, todas del mismo número desconocido. Empezaba por 91, así que estaba claro que era de Madrid. En condiciones normales no habría devuelto la llamada, pero la misma incómoda sensación volvió a acuciarlo y marcó.

—Clínica Belén, buenas tardes.

Ismael se quedó mudo. Tras varios segundos de silencio, al otro lado del teléfono se volvió a oír: «¿Hola? Buenas tardes. ¿Hay alguien ahí?». Entonces reaccionó.

—Hola, buenas tardes. Soy Ismael Solana. Tengo varias llamadas perdidas de este número.

—Buenas tardes, señor Solana. ¿Tiene a algún familiar ingresado? ¿O, quizá, alguna cita pendiente de confirmar?

—No, no, ninguna de las dos cosas.
—Muy bien, deje que compruebe con mis compañeros de centralita a ver qué puede ser. Lo pongo en espera. No se retire, por favor.
Unos minutos después llegó la respuesta.
—¿Conoce a Noray Vázquez Soto?
Era ella, lo sabía... Aquel maldito presentimiento...
Ismael no esperó a que la operadora le explicara la razón de la llamada. Al oír el nombre de Noray colgó el móvil y salió corriendo hacia la clínica. Pero la combinación de viernes, finales de julio y Madrid lo retuvo casi una hora en el coche. Encerrado en aquel atasco infernal, con la M-30 convertida en una serpiente interminable que exhalaba $CO_2$, Ismael era incapaz de pensar con claridad; estaba bloqueado y en varias ocasiones a punto estuvo de darle al coche de delante. En aquel momento, Estrella acababa de tumbarse en la hamaca que los dos habían colocado en el patio de la casa de Jaén, no sin enojo de los padres de ella, que no terminaban de verle el sentido a aquel artilugio cuando había sillas y tumbonas de sobra. Pero Ismael no pensaba en Estrella. Se había olvidado de su mujer.
Cuando consiguió llegar al hospital, el aparcamiento estaba completo.
—¿Pero no estabais todos en la playa?
Al salir de la M-30 había bajado las ventanillas delanteras del coche, porque no le gustaba el aire acondicionado —le irritaba la garganta y hasta le provocaba dolor de cabeza o, al menos, eso decía, para fastidio de Estrella—, y su grito asustó a una

pareja de padres primerizos que acababa de recibir el alta. Hasta que Ismael se cruzó en su camino representaban una escena idílica, perfecta: la madre llevaba al recién nacido en brazos y el padre trataba, torpe e inútilmente, de darles sombra con un periódico. Entonces, la voz de Ismael, desesperada, despertó al bebé, que se puso a llorar en mitad del parking.

—Tío, ¿qué te pasa? ¿Sabes lo que nos ha costado que se durmiera? —lo recriminó el padre.

—Lo siento, tienes razón. Es que he recibido una noticia... —Ismael no pudo continuar con su justificación, porque no sabía qué había pasado—. Os vais, ¿verdad?

—Sí, tenemos el coche dos filas más adelante —contestó la madre, que le dedicó una mirada compasiva.

—Genial. Os sigo. Muchas gracias y disculpadme. Tenéis un niño precioso.

—Es niña, colega —le aclaró el padre—. Hoy no das una...

Ismael puso cara de circunstancias y los siguió al ralentí. La pareja tardó un buen rato en organizar toda la parafernalia que llevaba a cuestas. Al fin y al cabo, era la primera vez que salían a la calle ejerciendo de padres. La desesperación de Ismael iba en aumento. Cuando estaba a punto de volver a gritar, el padre arrancó el motor y pusieron rumbo a su nueva vida. Más que aparcar, Ismael dejó el coche tirado en el hueco que la familia había dejado.

Al llegar a la recepción de la clínica, no encontraba las palabras, la lengua se le trababa y empezó a tartamudear. «¿Qué cojones me pasa?», pensó. Ismael llevaba tiempo huyendo de sus propios sentimientos para no seguir sufriendo, pero la posibilidad de una vida sin Noray hizo que se diera de bruces, de nuevo, contra ellos.

—¿Noray Vázquez Soto, por favor? —acertó, finalmente, a preguntar.

—Sí, está en la habitación 205.

Ismael se dio la vuelta y se dirigió a los ascensores.

—Eh, espere, espere. Debido al estado de la paciente, tiene que identificarse.

—¿Estado? ¿Qué estado? —Las gotas de sudor que le corrían por la frente se volvieron frías y el rictus se le congeló—. Soy Ismael Solana. Me han llamado varias veces.

—¿Es usted el señor Solana? —A Ismael le sorprendió la familiaridad, pues en su vida había puesto un pie en ese hospital—. ¡Por fin! Llevamos toda la mañana intentando localizarlo. Será mejor que antes de ir a la habitación pase por el despacho del doctor Sánchez. Él le informará de todo. Está en la segunda planta, en la unidad de psiquiatría.

Sin hacer más preguntas, extrañamente dócil, Ismael obedeció.

El doctor Sánchez era un tipo fornido, con una estructura de armario de cuatro puertas y cara de bonachón. Más que psiquiatra, parecía jugador de baloncesto, o de rugby. Al estrecharle la mano, Ismael pensó que le rompía los nudillos. Su voz no se correspondía con lo que se esperaba de ese cuerpo: era suave y dulce, casi melódica. Ismael se dejó mecer por el habla de aquel médico atleta, que le contó que Noray había llegado al hospital inconsciente, tras haber ingerido «una buena dosis, aunque no letal», de barbitúricos. La había encontrado doña Concha, su vecina. Era la mujer más chismosa que Ismael había conocido, y mira que las amigas de su madre podían rajar de cualquiera con desmesura. El primer día que los vio en el descansillo salió de su piso sin intentar disimular la curiosidad y le preguntó cómo se llamaba. «Ismael», le dijo él. Desde entonces, siempre que se cruzaban o que doña Concha se hacía la encontradiza, lo saludaba por su nombre y lo interrogaba con cuestiones que lo incomodaban. Pero ahora resultaba que esa tendencia a husmear en la vida de los demás había salvado a Noray.

A doña Concha le extrañó que llevara unos días —«dos, por lo menos», según explicó llegado el momento— sin salir de casa, y decidió «tomar cartas en el asunto». Se plantó delante de su puerta y, al ver que no respondía, bajó a avisar al portero. Este, alarmado por si al final el asunto lo salpicaba, cogió su juego de llaves de los pisos del edificio y subió con doña Concha al tercero. Tras abrir la puerta, encontraron a Noray en su cuarto, tendida en la cama. La vecina empezó a zarandearla y como no se despertaba llamaron a urgencias de la Clínica Belén. Era donde había nacido Noray, según ella misma se había visto obligada a contarle a doña Concha en uno de los primeros interrogatorios que le hizo, y la vecina dedujo que allí tendrían «su expediente». Cuando acudieron los sanitarios, la mujer cogió la mochila con la que habitualmente veía salir a Noray de su piso y, ayudada por el portero, se encaramó a la ambulancia que las trasladó al hospital.

«Así fue como llegó aquí. Le hicimos un lavado de estómago y ahora está sedada. Su vecina dejó sus cosas y, una vez que vio que estaba fuera de peligro, pidió que lo llamáramos a usted. Su número está en la agenda que encontramos en la mochila. Disculpe que hayamos tenido que abrirla, pero era la única forma de dar con algún allegado.» Ismael, incapaz de articular palabra, ni siquiera para preguntar por qué doña Concha se había acordado de él y no de los padres de Noray, a los que seguro que conocía, se dejó guiar por el doctor Sánchez hasta la habitación 205.

Noray estaba sumida en el profundo sueño de la sedación. Aunque su respiración no era plácida, sino agitada, a Ismael le pareció que estaba serena, quizá más de lo que nunca la había visto. Se acercó un poco más y comprobó que sus ojeras se habían oscurecido hasta semejar dos surcos interminables. Cauto, no se atrevió ni a tocarla.

—Deje que descanse. Iremos quitando la sedación poco a poco. Pero ya está fuera de peligro, eso es lo importante —le dijo el doctor Sánchez, y se marchó.

Ismael bajó la persiana, temeroso de la claridad. De pronto se sintió agotado, tan falto de fuerzas que prácticamente se dejó caer en el característico sillón de acompañante hospitalario que había junto a la cama. Fue entonces cuando se fijó en la mochila que doña Concha había traído del piso de Noray y en la que habían encontrado la agenda de la que había salido su número. Ismael recordó el día en que Noray la compró. Estaban juntos pasando un fin de semana en Ibiza. Ismael le dijo a Estrella que los amigos de la facultad habían organizado una escapada para despedir a Modesto, que había conseguido trabajo en Londres, y no podía hacerles el feo de no ir. «El único engañado es él», pensó Estrella tras escuchar la burda mentira de Ismael. Esa mochila era un recuerdo más de sus muchos errores cometidos.

Pesaba bastante, como todos los bolsos de Noray. Los llenaba siempre como si fueran maletas, aunque bajara a la panadería de la esquina de su calle, donde de vez en cuando se daba el capricho de comprarse una palmera de chocolate, el único dulce con el que perdía la mesura. Ismael tiró de los dos cordones que preservaban el interior y la abrió. Dentro encontró un tomo bastante grueso de folios mecanuscritos encuadernado con una espiral, los bordes ya algo doblados. Lo cogió y ojeó las primeras páginas. Acto seguido, se recostó en el sillón y empezó a leer en la penumbra.

# 4

Llevo tanto tiempo intentando dar forma a las palabras que ahora me dispongo a escribir que tengo miedo de que, a estas alturas, hayan perdido el sentido que esperaba encontrar en ellas. Pero he de hacerlo. No puedo seguir escondiéndome tras la apariencia de una vida normal. Ninguna lo es. Lo sé. Pero la mía y las de todos los que me rodean, las de quienes me han traído hasta aquí, a quienes debo mi propia existencia, han sido extraordinarias. Uso el pretérito perfecto de un verbo, ser, que define el tiempo que pasamos en este mundo, y lo hago con plena conciencia de ello, pues muchos de los que aparecerán en las páginas que vienen a continuación ya no están conmigo y a otros ni siquiera los conocí. Me he tomado la libertad de apropiarme de sus voces, de ponerlas al servicio de mi particular fantasía, para rellenar los huecos que la memoria, siempre subjetiva y parcial, mentirosa, va dejando por el camino, sobre todo cuando son otros quienes depositan en ti sus recuerdos, te los legan convencidos de que los cuidarás, sabrás qué hacer con ellos, cómo transmitirlos. En este ejercicio de inventiva hay frases, lo confieso, conversaciones enteras, que me han dado consuelo o, al menos, anestesiado el *dolor acumulado. Aunque nunca existieran. Quién lo sabe y qué importa ya. Ni yo misma sé si tendré las fuerzas suficientes para llegar a poner el punto final a este relato. Siempre he vivido en los márgenes de la realidad, en el borde en el que esta se confunde con la ficción, sirviéndome de la imaginación desbordante que heredé de mi abuela Carmen y que ella me ayudó a cultivar, y desde ahí quiero contar esta historia, que es la de todos. Lo necesito, y no porque vaya a encontrar respuestas —las habrá, seguro, y algunas no me gustarán, pero no he de obviarlas—, sino porque estoy convencida de que lo que no se nombra no existe. Y esto pasó, nos sucedió, aunque cualquier parecido con la realidad sea pura ficción. Literatura, al fin y al cabo.*

Como cada mañana, mi abuelo Tomás y su hermano Sixto se habían levantado al alba. A esas horas, su madre, Pepa, ya llevaba un buen rato ocupada en la cocina. Su padre, que se llamaba Arsenio y del que sé poco más que su nombre, pues solo eso quisieron contarme de él y no merece invención alguna, había muerto dos años antes de un navajazo en una refriega por unas tierras que se disputaba con un primo segundo. Su imprudencia dejó a su mujer con una mano delante y otra detrás y dos hijos casi púberes a los que alimentar. Pepa sabía que se arrepentiría el resto de su vida, pero no tuvo otra opción que sacarlos de la escuela de don Francisco, el cura republicano que había revolucionado el pueblo con sus ideas inspiradas en la *Enciclopedia* de Diderot, y ponerlos a trabajar en el campo. Mi abuelo y su hermano eran conscientes de que los vecinos sentían lástima por ellos y, especialmente, por su madre. Al enviudar, el rostro de Pepa se llenó de repente de arrugas, aunque había sido una de las muchachas más hermosas de la región. De belleza resplandeciente, llegó a tener una proposición medio formal del hijo del que por aquel entonces era alcalde del pueblo, pero desde niños Pepa solo tuvo ojos para Arsenio, sobrino de Fidel el Escarabajo, el alguacil. Se casó con él en contra de la voluntad de sus padres y se fueron a vivir a un chamizo que la familia de Arsenio tenía cerca del molino. «Lo repararé con el sudor de mi frente y lo convertiré en un palacio para ti», le aseguró él la primera noche que allí durmieron.

Pero los años fueron pasando y la prometida reforma se limitó a unos cuantos remiendos que terminaron cuando nacieron primero mi abuelo y su hermano un año después. Si bien desde pequeños su padre se afanó en contarles mil fantasías y aventurarles el oro y el moro, ellos mantuvieron siempre los pies en la tierra gracias a su madre. Esa responsabilidad que Pepa inculcó a sus hijos todos los días de la vida que con ellos pasó —cierto es que alguno hubo bueno, no todo fueron pesares y desgracias— hizo que no se les cayeran los anillos cuando tuvieron que aceptar trabajos que su padre, sin duda, habría considerado deshonrosos. Cualquier encargo les venía bien, ya fuera sembrar la cosecha que correspondiera según la época del año, pastorear el ganado o abonar con estiércol las tierras de quien los reclamara. Cuando regresaban a casa al final de la jornada, su madre los recibía con dos tazones llenos de leche migada y una sonrisa tan triste como el porvenir que les esperaba. Recuerdo que la primera vez que vi a mi abuelo, después de cenar, sorbiendo, sin hacer mucho ruido, la leche que calentaba siempre hasta el punto de ebullición y en la que luego echaba el pan que poco antes había migado, puse cara de asco, como habría hecho cualquier otra niña de mi edad. Él, lejos de reñirme, se echó a reír, y el líquido se desparramó por el hule de la mesa de la cocina. «¿Lo quieres probar?», me dijo tras recoger el estropicio con una bayeta húmeda. Y al principio me resistí, pero luego pensé que, viniendo de mi abuelo, aquello no podía estar tan malo, así que accedí a probarlo... y me gustó. Ahora, cada vez que estoy nerviosa, es decir, casi todas las noches, me preparo un vaso de leche migada tan caliente que cada trago me abrasa el paladar. Igual que hacía él.

Aquel día, aunque aún no había salido el sol, el calor ya empezaba a colarse por las rendijas del portón de la cocina que daba al pequeño huerto que abastecía a la familia de mi abuelo. Vestida de negro de la cabeza a los pies, como Dios mandaba, Pepa sudaba por todos los poros de su castigada piel; pero no estaba dispuesta a desprenderse del luto, ni siquiera en verano. Antes de que aparecieran sus hijos, para que no chistaran, les metió en las alforjas el pan sobrante del día anterior y dos trozos del único chorizo que tenían en la despensa. Al entrar en la cocina, mi abuelo y su hermano Sixto cogieron los aperos y se despidieron de su madre. Esa jornada les tocaba bregar con las impertinencias del tío Mondongo. Gracias a las muchas y variadas descripciones físicas que mi abuelo me fue haciendo de él a lo largo de los años, me lo imagino con cara de bestia, tuerto y con el labio leporino, escupiendo tabaco de mascar después de cada frase. No hay fotos que atestigüen eso, pero sí testimonios que lo definen como un mastuerzo, el más cruel de todos los terratenientes de la zona y el que más pronto y mejor pagaba, así que mi abuelo y su hermano solían ser de los fijos en la cuadrilla que trabajaba sus muchas hectáreas.

Fue justo al mediodía, según recordaba con frecuencia y exactitud mi abuelo; el sol se les clavaba en la coronilla como aguijones de avispa. Al tío Mondongo no le gustaba que se tomaran un descanso «ni pa mear; si os entran ganas, os bajáis la bragueta y listo, abono pa la tierra», por eso los únicos que seguían trajinando a esas horas en aquella ladera del campo, bordeando el camino vecinal, eran los muchachos de la Pepa, como los conocían en el pueblo. En esas estaban cuando una de las veces que mi abuelo levantó la vista para secarse el sudor de la frente oyó a lo lejos:

—¡Que vienen los moros! ¡Que vienen los moros!

Su hermano Sixto seguía ensimismado en su tarea, azada en mano, medio atontado por el calor. Mi abuelo lo zarandeó y le instó a que parara.

—¿Pero qué haces? Sabes que si nos escaqueamos el tío Mondongo no volverá a llamarnos.

—Calla y escucha, hombre.

Sixto obedeció y se quedó perplejo al oír los gritos, mezcla de petición de auxilio y advertencia, que llegaban desde el pueblo. Tiró la azada, miró a mi abuelo y ambos echaron a correr sin mirar atrás.

Quién sabe las horas que estuvieron en camino. En algún punto del trayecto perdieron incluso, fruto de la premura, las alpargatas, y tuvieron que continuar descalzos. Por sugerencia de mi abuelo, evitaron la vía principal que conectaba el mundo rural, su mundo, con la vida en Talavera, esa gran ciudad que en realidad no lo era tanto pero que ellos se imaginaban como una inmensa urbe porque nunca habían puesto un pie en ella. Hasta ese funesto día. De sus faenas como jornaleros conocían al dedillo los caminos que rodeaban el pueblo y se extendían varios kilómetros. Los fueron siguiendo sin detenerse, a ratos corriendo y a paso ligero cuando el aliento les faltaba. Y como ellos muchos más. Aquellos senderos, antes solo frecuentados por bandoleros y malhechores, se llenaron entonces de familias enteras, de madres que cargaban con recién nacidos y tiraban a rastras de otros niños mayores a los que les habían robado la infancia. Esas imágenes, que, a través del relato de mi abuelo Tomás, yo recreé en blanco y negro porque los colores también son parte importante de la imaginación, me estremecieron cuando tiempo después me encontré con ellas en los libros, en los documentales, en todas las obras llamadas a contar nuestra historia. La misma que ahora estoy narrando yo, en primera persona, para que se sepa.

 Aunque en su huida no la nombraron ni una sola vez, mi abuelo y su hermano Sixto no pararon de pensar en su madre: ¿qué sería de ella?, ¿volverían a verla? Su recuerdo, mortificante, los acompañó todo el trayecto, hasta que sus caminos se separaron. Al evocarlo, transcurrido el tiempo suficiente para que pudieran hablar de ello sin que les doliera, la memoria de ambos se tornaba difusa en ese punto. Sus versiones eran parecidas, casi iguales, pero ninguno sabía cómo mi abuelo había terminado en Zaragoza y Sixto, en Valencia. Es posible que al llegar a Talavera, que hasta entonces solo conocían por el nombre que figuraba en un cartel indicador medio caído a la salida del pueblo, se hubieran despistado, por el caos reinante y la multitud despavorida en busca de refugio. Cuando se dieron cuenta ya era demasiado tarde. No valía la pena ponerse a buscar. En aquella marabunta nunca se encontrarían. De unos y otros escuchaban noticias desconcertantes que hablaban de sublevación, de revuelta, de resistencia, de bandos..., de guerra. Esa contienda que, sin saber cómo, mi abuelo Tomás y su hermano Sixto se vieron librando cada uno en un extremo, geográfico e ideológico, de este país nuestro.

No volvieron a verse hasta varios años después. Cuando se reencontraron en la casa familiar y constataron la dolorosa ausencia de su madre, a la que su hermana Eulalia dio por muerta tras semanas de búsqueda después de que los moros arrasaran con todo, mi abuelo y su hermano fueron incapaces de abrazarse. Evitaron mirarse a los ojos y solo se dieron la mano, en un gesto de cortesía al que se obligaron para evitar el disgusto de su tía Eulalia. En el rostro de Sixto, huesudo y demacrado a consecuencia de su reclusión en el campo de concentración de Albatera —nadie, ni siquiera Isabel, su mujer, sabe cómo consiguió escapar de allí—, estaba clavado a fuego el rencor, la desdicha de haber caído, por un golpe del destino, en el bando equivocado por perdedor, solo por eso.

La expresión de mi abuelo, por el contrario, no había cambiado. Ahora mismo, mientras escribo esto, lo estoy viendo, me lo imagino, esta vez en color, con tanta nitidez que temo estar volviéndome loca. Pero bendita y bienvenida sea esta locura creativa si me permite retenerlo en la memoria y explicarme, así, tantos porqués hasta ahora sin respuesta. Su participación en la batalla del Ebro, de la que milagrosamente logró salir con vida, le había dejado algunas cicatrices, todas ellas superficiales. Desde que se dio cuenta de que había perdido el rastro de su hermano, luchó cuanto pudo para que su corazón y sobre todo su alma no se ennegrecieran por el odio irracional de una guerra entre iguales. Y lo consiguió. Pero me temo que nunca llegó a perdonarse haber abandonado a su madre al grito de «¡Que vienen los moros!» sin mirar atrás.

Aunque mi abuelo no solía hablar mucho de ello, y mira que yo le insistía, a veces demasiado, tal era mi ansiedad narrativa, sé que la culpa lo atormentó durante largo tiempo, y su congoja solo se atenuó cuando conoció a mi abuela Carmen. Era la sobrina de don Francisco, el cura republicano al que nadie había vuelto a ver después de que una madrugada lo sacara a pasear un grupo enviado por el alcalde del pueblo, que había sido elegido por la gracia de Dios, la única que importaba entonces.

Mi abuela llegó al pueblo con su madre, Aurora, y sus dos hermanas pequeñas, Antonia y Juana, poco después de que estallara la guerra. Su padre, un pobre infeliz con más buena voluntad que ideas en la cabeza —así me lo describió ella—, se unió a las filas del bando sublevado persuadido por su amigo Delfín, que acababa de dejar embarazada a una joven de la aldea colindante y necesitaba una excusa para poner pies en polvorosa.

—Tenemos las de ganar, compadre. Esos rojos se van a enterar. Van por ahí violando a monjas y quemando iglesias. Es hora de darles su merecido.

—¿Pero y nuestras familias? ¿Quién cuidará de nuestras mujeres y de nuestros hijos?

—Esto va a ser pan comido, hombre, no te preocupes.

Apoyada en el quicio de la puerta de la cocina, mi abuela esperaba, como le había indicado su madre, a que su padre y Delfín terminaran de hablar para ofrecerles un poco de vino dulce y algo de queso para picar. Pero, al ver la trascendencia de aquella conversación y consciente de que su padre era de voluntad quebradiza, mi abuela decidió interrumpirlos.

—¿Quieren algo de aperitivo?

Su padre, que no se había dado cuenta de que su hija mayor los observaba, se sorprendió al verla.

—Esta muchacha es más lista que los ratones coloraos —dijo Delfín, y le dio un pellizco a mi abuela en el muslo derecho con el que casi le rozó la nalga.

Si eso llega a pasarme a mí a la edad que mi abuela tenía cuando le sucedió a ella, no sé cómo habría reaccionado. Seguramente le habría dado un empujón al tal Delfín, por muy amigo que fuera de mi padre, y hasta un tortazo, sin importarme quién estuviera delante ni las consecuencias que mi reacción tendría. Pero, claro, las mujeres de entonces estaban expuestas, sometidas a la voluntad de los hombres, y me revuelvo de rabia en la silla al pensar que a veces sigue siendo así. A lo largo de las muchas décadas que conforman la historia de nuestros países, las mujeres hemos aceptado, porque no nos quedaba más remedio, comportamientos que no eran normales en absoluto, ni tolerables. Y cuando por fin nos hemos rebelado, ellos, los hombres que carecen de hombría y decencia, nos han atacado con una violencia en ocasiones silenciosa, pero sutil y destructiva. Mi abuela vivió lo suficiente para poder ver esa revolución, aunque ella no era muy partidaria de esa palabra, *revolución*, y hasta la animé a que me acompañara a alguna manifestación del 8 de marzo cuando empecé a sumarme a ellas, consciente ya de la importancia de salir a la calle para defender derechos tan frágiles que nunca están a salvo. Pero no quiso. Ese no era su sitio, me decía. Y yo la comprendía, claro que la comprendía, y lo sigo haciendo.

Pese a lo incómodo de ese recuerdo al que yo la aboqué, al menos mi abuela me confesó que la presencia de Delfín siempre la hacía sentirse insegura. En más de una ocasión había escuchado a las mujeres que cosían con su madre y con su abuela María en el lavadero cuchichear sobre él y la «pobre muchacha» a la que había «desgraciado», sin saber qué podía significar aquello, claro. Refugiada todavía tras el fino velo de inocencia que deja la niñez cuando finaliza, mi abuela no era consciente de que ya empezaba a atraer las miradas de los jóvenes de la aldea, que hasta entonces se habían limitado a jugar con ella sin reparar en sus intensos ojos color miel.

El caso es que aquel día mi abuela no logró evitar que la conversación entre su padre y su amigo Delfín terminara de otro modo, y una semana después tuvo que presenciar como los dos partían al amanecer sin que su madre se atreviera siquiera a salir al zaguán de su casa para despedirlos.

Los meses fueron pasando y no había noticias de su yerno, así que la señora María, consciente de que la comida escasearía cada vez más, hasta que nada hubiera para llevarse a la boca, decidió enviar a su hija y a sus tres nietas al pueblo en el que su hijo Francisco estaba de cura. Sabía que su condición de reconocido republicano podía acarrearle problemas, pero confiaba en que la Iglesia mediara en el asunto y la fe que su hijo profesaba fuera su salvoconducto. La idea era que la madre de mi abuela trabajara como sirvienta en la casa del nuevo alcalde; así al menos lo había acordado la señora María con su hijo Francisco, que desconocía los planes que el regidor elegido por arte de divino birlibirloque tenía para él. Fue mi abuela la que aquella fatídica madrugada abrió la puerta al grupo de hombres que venía buscando a su tío.

—A ver, ¿dónde está el cura? ¿Dónde se esconde ese rojo de mierda?

Aún con legañas en los ojos, cobijada en el silencio que a esa hora reinaba en la casa, mi abuela no supo qué contestar. Por mucho que, según Delfín, fuera «más lista que los ratones coloraos», no entendía qué pasaba ni a qué venía tanta bulla un domingo si, como decía su tío Francisco, era el Día del Señor. Pasado el tiempo, la memoria de mi abuela nunca falló ni dudó al recordarlos: eran cuatro hombres fornidos, del mismo tamaño, como elegidos adrede, y uno de ellos cargaba con un pesado rifle medio oxidado por la falta de uso. Al fijarse en el arma, mi abuela se asustó y, con un movimiento inconsciente, se interpuso en su camino.

—Mi tío no está —dijo, imprimiendo a su voz toda la seguridad que le permitían sus temblorosas piernas, que casi no la sostenían en pie.

—¡Bobadas! —gritó el tuerto de la cuadrilla, y la apartó de un empujón.

No hizo falta que el grupo entrara más allá del comedor. Don Francisco, con la cara lavada y serena, salió a su encuentro y, tras ayudar a mi abuela a levantarse del suelo, les dijo:

—Aquí estoy. No montéis más escándalo.

El hombre que portaba el arma lo agarró del brazo y lo sacó a la calle. Pese al griterío que había en la casa del cura, ningún vecino se atrevió a salir. Ocultos tras las ventanas y las puertas, fueron testigos del paseíllo del párroco republicano discípulo de Diderot. Pero nadie dijo nada. Nunca. Aquella dolorosa verdad sepultó al pueblo en un silencio eterno.

La primera vez que mis abuelos se vieron fue en el Corchuelo. Ella cargaba con dos cenachos, camino del lavadero: uno, lleno de las hortalizas que había recogido en el huerto de la Trini, una vecina tan excéntrica como generosa, y el otro, repleto de ropa sucia. Aunque no era muy ducho como jinete, mi abuelo Tomás iba a caballo y, al bajar la mirada, se quedó prendado de aquel rostro atribulado por las circunstancias que le había tocado vivir. En ese instante supo que el resto de su vida, ya fuera esta larga o corta, solo podría amar a aquella muchacha, únicamente tendría ojos para su mirada triste y no se detendría hasta verla resplandecer. Así me lo contó mi abuelo en su momento, y del mismo modo lo traslado yo a estas páginas.

Pero no lo tuvo fácil, sobre todo al principio. Mientras su madre se ocupaba de la casa del alcalde —y de lo que no era la casa, aunque entonces sus hijas no lo sabían—, mi abuela Carmen debía sacar adelante la suya, lo que incluía hacerse cargo de sus hermanas, Juana y Antonia, todavía unas niñas. Sabiendo que ella difícilmente podría escapar de su destino, mi abuela, que había aprendido a leer y a escribir gracias al empeño de su tío Francisco, acordó con su madre que al menos Antonia y Juana recibieran una educación, por muy precaria que esta fuera.

Un nuevo cura, don Remigio, designado por el alcalde a instancias del gobernador civil, ocupó el lugar de don Francisco tanto en la parroquia como en la escuela, aunque se instaló en una vivienda distinta, seguramente por vergüenza torera. En realidad, los pocos niños que había en el pueblo recibían la lección en la sacristía de la iglesia, ya que un obús de a saber qué bando impactó en la escuela durante la guerra y así se quedó el edificio a lo largo de varias décadas —nadie recuerda la fecha exacta en la que fue reparado, pero el caso es que hoy luce reconstruido—. Fue precisamente en la sacristía donde mi abuelo se atrevió a dirigirse a mi abuela por primera vez. Ella salía por la puerta tras haber dejado sentadas a sus hermanas en los dos pupitres de la primera fila que desde el principio las animó a ocupar. «Y de aquí no os mueve nadie, ¿entendido?» Ante la ausencia de su madre, que debía cumplir con todos los quehaceres que el alcalde considerara oportunos, ya fueran domésticos o carnales, mi abuela Carmen adoptó su voz, renunciando a la complicidad que podría haber tenido con sus hermanas pequeñas y, también, a la libertad de equivocarse la primera, en lo que fuera.

Distraída, seguramente dándole vueltas a la cabeza, al salir se chocó con mi abuelo, que había ido a la sacristía para entregar un mantón que su tía Eulalia llevaba todo el año cosiendo para la Virgen de los Dolores, patrona del pueblo. A Eulalia, creyente de las de misa diaria, le parecía un milagro que la imagen de la Dolorosa hubiera sobrevivido a la guerra, y en ofrenda decidió regalarle aquel paño bordado con hilos de alpaca, según le dejó bien claro a mi abuelo antes de dárselo.

—No lo vayas a perder por el camino —le advirtió, y mi abuelo no pudo evitar esbozar una media sonrisa al sentir que, por unos segundos, su tía lo había devuelto a los días de juegos despreocupados con su hermano Sixto.

—No se preocupe, mujer. Llegará sano y salvo, se lo prometo.

En realidad, según me reconoció, mi abuelo aceptó el encargo de su tía Eulalia porque sabía que mi abuela llevaba todos los días a sus hermanas a la escuela, y esperaba poder hacerse el encontradizo. Cuando la cabeza de ella dio en su pecho sintió que el corazón se le desbocaba, como hacía cada dos por tres el caballo percherón en el que iba montado la primera vez que la vio y que no había logrado meter en cintura. Entonces dejó caer el manto de la Dolorosa al suelo y mi abuela se agachó para recogerlo.

—Lo siento, no lo había visto. No sé en qué iba pensando...

Aquellas disculpas fueron música celestial para los oídos de mi abuelo, que la miraba embobado. Cuando se dio cuenta de que ella iba a retomar su camino sin haber tenido ocasión de decirle nada, que la quería o que seguramente mañana llovería, lo mismo daba, la cogió del brazo y la detuvo.

—Espera, espera, no salgas corriendo. Y, por favor, llámame de tú. Soy Tomás, el sobrino de Eulalia. —Prefirió omitir a su madre, en parte porque aún lo torturaba la culpa, y también porque no sabía si ella conocía su historia.

—Encantada, Tomás. Yo soy Carmen, la hija de la sirvienta del alcalde. —Ella decidió no mencionar a su padre, quién sabía dónde estaría, si yacía en algún cementerio o había iniciado una nueva vida jaleado por su amigo Delfín. Y su madre... Su madre perdió su nombre entre los vecinos del pueblo, junto con su dignidad, el día en el que entró a trabajar en la casa del alcalde.

Mi abuela le dio el manto a mi abuelo y él cogió su mano, que ella soltó de inmediato. Pero ya era demasiado tarde. Había sentido algo. Un escalofrío le había recorrido el cuerpo y no estaba dispuesta a renunciar a lo que aquella sensación significaba. A eso no. Salió corriendo sin despedirse y en mitad de la plaza se volvió. En sus labios, mi abuelo creyó leer la frase que muchos años después, por sus bodas de oro, yo le acompañé a grabar en sus alianzas de casados: «Me salvarás». Era el comienzo de su historia de amor. No tiendo a idealizar los sentimientos, y mucho menos cuando se trata de los asuntos del querer, pero viendo a mis abuelos, habiendo sido testigo de la entrega con la que se amaban, sé que las almas gemelas existen, si bien pueden adoptar formas tan variadas como lo es siempre el amor. Su relación, que compartieron conmigo hasta hacerme partícipe de ella y dejarme contarla a veces en beneficio de mi propia ficción, es la prueba evidente de ello. A eso me agarro cada vez que pienso en mis padres… y en mí.

Aunque aquel día las palabras de mi abuela no eran una afirmación. Con ellas formulaba una pregunta, casi un ruego, que mi abuelo no tardó en atender y al que respondió como solo podía hacerlo: pidiéndole que se casara con él. Pasado un tiempo, el adecuado, en el Corchuelo, donde se veían cada tarde desde aquel primer encuentro pese a las reticencias de la tía Eulalia y a las suspicacias de la madre de mi abuela. Según mi abuelo, el «Sí, quiero» que recibió fue tan contundente y sonoro que hasta la Trini creyó oírlo desde su huerto mientras recogía unas alcachofas para la cena.

Esa misma noche, ambos se lo comunicaron a sus familias, que, por supuesto, se opusieron con rotundidad. Pero mi abuela amenazó con fugarse y mi abuelo, con dejar de ir a misa los domingos. Finalmente, y para que la boda no fuera un escándalo en el pueblo, que a esas alturas todavía estaba para pocos jolgorios, don Remigio, custodio del manto de la Dolorosa bordado con hilos de alpaca, accedió a casarlos el primer viernes de septiembre en la ermita del Cristo, antes de que amaneciera. Mi abuelo siempre sostuvo que fue el día 3. Mi abuela, por el contrario, juraba y perjuraba que había sido el 4. Y el certificado de matrimonio marcaba el 5, nadie sabía cómo ni por qué. Esa fue la explicación que le dieron a mi madre cuando, en su niñez, les preguntó a sus padres a qué venía eso de celebrar tres aniversarios de boda cada año. Satisfecha con la aclaración recibida, mi madre no cuestionó nada y se fue a la cama encantada con la posibilidad de comer tarta de postre durante varios días aquella semana antes de volver al colegio.

# 5

Si alguna vez en su más tierna infancia, mientras veía a su madre coser y remendar los manteles que un día formarían parte de su ajuar, soñó con vestirse de novia, mi abuela Carmen nunca imaginó que lo haría de negro. Pero esa fue la condición que mis abuelos tuvieron que aceptar cuando lograron convencer a sus familias, o a lo que de ellas quedaba, de que lo suyo era amor de verdad, «un amor de cuento de hadas», según ellos mismos me lo describieron siempre. Nunca me cansé de escucharlos relatar los comienzos de su historia, y he llegado a convertirlos, en mi imaginación, en dos personajes tan de ficción como de carne y hueso. A veces tengo dudas de si a ellos les habría gustado verse así reflejados por mí, si estarían orgullosos o les daría apuro exponer su intimidad. Pero me tranquiliza pensar que si me legaron su memoria, si accedieron a que escarbara en sus recuerdos, fue para que la transmitiera, para que no se perdiera, pues nada hay más arbitrario que el paso del tiempo. Quizá por eso escribo, y lo hago consciente de mi responsabilidad, pero sabiendo, también, que la literatura es lo más importante de mi vida, y por ella estaría dispuesta a sacrificarlo todo. Al fin y al cabo, es otra forma de amar, a través de las palabras.

El color negro fue idea de la tía Eulalia. La pobre mujer cargaba con la ausencia de su hermana como si fuera una losa más pesada que la que tendría que haber cubierto su tumba, inexistente. Y la madre de mi abuela estuvo de acuerdo con ella desde el primer momento. Aunque legalmente no era viuda, para regocijo del alcalde, que podía hacer con su vida lo que se le antojara, pues su mujer, Blanca, miraba para otro lado —en concreto, hacia el huerto de la Trini, pero esa es otra historia y procede contarla más adelante—, se sentía como si lo fuera desde que su marido salió de casa, petate al hombro, en compañía de su amigo Delfín. El caso fue que las dos mujeres, que hasta entonces no habían hecho más que discutir y ponerse a caldo —nunca a la cara, que ante todo eran dos señoras, «con mandil, pero dos señoras de la cabeza a los pies», como puntualizaba mi abuela cada vez que ambas salían en sus narraciones—, consiguieron llegar al primero de los muchos acuerdos que terminarían convirtiéndolas en grandes amigas. Fijándome en ellas, en Eulalia y mi bisabuela Aurora, en una fotografía en blanco y negro que mis abuelos conservaban en el arcón en el que guardaron todas sus pertenencias cuando ambas murieron, me doy cuenta de lo importantes que fueron en el devenir de la historia que ahora estoy contando. No me gusta la palabra *matriarcado*. Tampoco *patriarcado*. Creo que son dos términos que a base de manosearlos unos y otras han perdido su significado real, el que nos importaba, porque nos definía. Pero está claro que en mi familia fueron las mujeres quienes se echaron la vida a los hombros y tiraron hacia delante. Y por añadidura en un país y en una época en la que ni siquiera existían legalmente. Yo lo tengo muy presente, y tal vez al representarlas como lo hago busque también rendirles un merecido tributo, pero lo recuerdo para que no se olvide.

Volviendo a ese tiempo pasado que no siempre fue mejor, mi abuelo Tomás intentó resistirse a acudir al altar de negro. Y hasta pataleó un poco, medio en broma, medio en serio, como el niño que nunca llegó a ser porque no le dejaron.

—¡Será posible que el maldito luto sea lo que las una! Me niego. No pienso ir vestido de negro. Yo así no me caso. ¡Que no me caso, y punto! —dijo cuando se enteró.

Pero mi abuela lo persuadió de que lo mismo daba el color de los trajes que llevaran puestos al sagrario.

—Lo que importa es el blanco impoluto de nuestros corazones...

—¿Sabes lo que te digo?

—¿Qué?

—Que hasta cuando te pones más cursi que un repollo con lazos te quiero —le respondió él, y la cogió en volandas, robándole el único beso que consiguió de ella antes de casarse, un hecho contrastado por ambos en todas las ocasiones que les pregunté, incrédula perdida.

Es este un diálogo inventado, o recreado, más bien, con las perlas de la memoria familiar, como todos los que dan forma, y sentido, a esta historia. Pero siempre que mi abuela Carmen lo representaba, metiéndose en su papel y también en el de mi abuelo, adoptando su propia voz y la de él, tan distintas y sin embargo armónicas, yo veía su sonrisa infinita, surcada ya de finas arrugas, y me daba cuenta de que sí, de que todo, pese al dolor, había merecido la pena. Y ahora, mientras tecleo estas frases quizá incoherentes para aquel que nunca ha amado, en la habitación en la que hasta hace nada durmieron juntos, abrazados, veo su vida, y la mía, desde otro lugar, un sitio seguro, a salvo de juicios y opiniones, ese refugio que solo te da la escritura cuando es sincera.

Pepe el retratista fue el encargado de tomar la imagen de los novios para la posteridad. El hijo de Maruja era el fotógrafo oficial del pueblo gracias a la cámara plegable que había comprado en uno de sus viajes mensuales a Madrid para recoger los recibos de la contribución que luego cobraba a cada vecino. Nunca contó, por más que mi abuelo le intentó sonsacar, cuánto le costó ni cómo había conseguido reunir el dinero para hacerse con ella.

—Yo solo digo que con la luz del amanecer no salen buenas fotos, así que vosotros sabréis —les advirtió Pepe a mis abuelos, intentando justificar su falta de pericia con el aparato.

—Tú dispara y listo —le dijo mi abuelo, deseoso de poder besar por fin en condiciones a su recién estrenada esposa.

—Oye, muchacho, eso de disparar suena fatal en estos tiempos que corren. Así que cuida el lenguaje, no vaya a ser que tengamos un disgusto y ya lo que nos faltaba...

Sin demorarse más, el aficionado fotógrafo tiró de la cuerda que colgaba del objetivo y accionó el mecanismo del pesado artilugio. En la imagen, que todavía se conserva, algo movida —ya lo advirtió Pepe: el amanecer no es una hora adecuada para sacar fotos, como tampoco el mediodía— pero intacta en el marco de plata de ley que la tía Eulalia les regaló con motivo del enlace, mis abuelos salen sonriendo. Me detengo en mi relato y la fotografía de la mesilla colocada en el lado que mi abuelo ocupaba en la cama. Los miro, tan lejos en el tiempo y tan cerca en la memoria compartida, y estoy segura de que era la primera vez que ambos sonreían en toda su vida adulta, al menos sin que el gesto fuera forzado.

No eran pobres de solemnidad, pero cerca andaban, por lo que, después de la boda, se trasladaron a la casa familiar de mi abuelo Tomás, quien retomó la empresa fallida de su padre y adecentó todo lo que pudo aquel chamizo que nunca llegó a ser un hogar para nadie. La ausencia de su hermano Sixto, que al poco de regresar de la guerra se marchó a Talavera a intentar ganarse la vida, facilitó que pudieran instalarse allí, temporalmente, sin remover demasiado el pasado, ni Roma con Santiago.

Además de llevar su casa, mi abuela Carmen siguió ayudando a su madre con las tareas domésticas y encargándose de sus hermanas. Antonia y Juana eran ya dos jovencitas hechas y derechas que, gracias a Dios, tenían la cabeza sobre los hombros y no llena de pájaros como algunas de las muchachas que iban con ellas a recibir las lecciones de don Remigio. Mi abuelo Tomás, por su parte, se tragó el orgullo y aceptó la propuesta del alcalde, que le ofreció ser alguacil tras morir de viejo pellejo su tío abuelo Fidel el Escarabajo. Aunque tuvo lugar en un desgraciado contexto, sobre todo para él, mi abuelo disfrutaba contándome que aquella fue la primera ocasión en la que mi abuela le habló de hijos, o al menos los mencionó en una conversación, para convencerlo de que aceptara el puesto. Y, pese a los años cumplidos y transcurridos, se sonrojaba de pura felicidad rememorando cómo los ojos le hicieron chiribitas.

—Tienes que aceptar, qué remedio nos queda. ¡Si hay días en los que pasamos más necesidad que los pavos de Eustaquio, que se fueron detrás del tren creyendo que era un gusano, imagínate cuando tengamos niños...! ¿Qué será de ellos?

—Está bien, tienes razón.

—Claro, como siempre.

—Bueno, como casi siempre.

Según ambos recordaban, aquella charla, tan espontánea como trascendental para el destino de todos los que vinimos detrás, terminó entre risas y lágrimas mezcla de felicidad y desdicha, que son las únicas que no saben a sal, por agridulces.

Al día siguiente, mi abuelo Tomás empezó a trabajar a regañadientes como nuevo alguacil del pueblo. Pero, desde la primera vez que tuvo que cargar con el pesado cuerpo del alcalde, desplomado en el bar de Valen tras la última ronda de Anís del Mono, y meterlo en la cama, ausente su mujer, supo que no aguantaría mucho tiempo la situación. Un día tras otro, el alcalde delegaba en él toda su rutina, papeleo incluido. Lo trataba con un desdén y un desprecio que mi abuelo no había conocido nunca, ni siquiera en los más altos mandos del ejército con los que tuvo que lidiar en sus días como soldado raso, cuando desayunaba, comía y cenaba cáscaras de naranja. Las impertinencias y la chulería del alcalde lo sacaban de quicio. En sus relatos de aquellos días me confesó que alguna vez estuvo tentado de abrirle la cabeza con la famosa botella destilada en Badalona causante de sus melopeas. Pero se contenía al pensar en mi abuela y en sus futuros hijos. Soñaba con tener tres, dos niños y una niña. Incluso había elegido ya los nombres: Arsenio, como su padre; Pepa, como su madre, y Juan, porque se quedó fascinado con la figura de John Wayne un día que lo vio en el periódico —llegaba a la alcaldía con una semana de retraso, pero llegaba—, y alguien le había dicho que era la traducción de ese nombre al cristiano. Y así estuvo, con la paciencia contenida gracias al ensueño, hasta que llegó la noche que lo cambió todo.

Mis abuelos habían ido a cenar a casa de don Francisco. Pese a su desaparición, aquel seguía siendo el hogar del cura rojo, como se le terminó conociendo en el pueblo y sus alrededores. Cuando estaban a punto de hincarle el diente al postre, un dulce de membrillo que les había regalado la Trini, oyeron un ruido en el umbral de la puerta, la misma por la que, tiempo atrás, se habían llevado de paseo al cura. Mi abuelo se levantó, alarmado, y se acercó con precaución a la entrada. Al abrir la puerta, los ojos se le encendieron, iracundos: su suegra yacía en el suelo con la llave en la mano, temblorosa. Estaba llena de cardenales, sangraba por la ceja derecha y tenía la mandíbula desencajada. Ante la actitud de mi abuelo, que se había quedado paralizado, sus tres hijas corrieron a socorrerla. La sentaron en la silla en la que cada tarde sesteaba antes de regresar a la casa del alcalde y le lavaron la cara y las heridas y contusiones con jabón Lagarto. Al ver el color rojo intenso del agua en la palangana, mi abuelo reaccionó y salió corriendo. En apenas unos minutos atravesó el pueblo como alma que lleva el diablo. Entró en el chamizo que le servía de casa y fue derecho a coger la escopeta que, según justificó el día que mi abuela la descubrió, guardaba en el fondo del armario, entre las polainas, por si alguna vez sus quehaceres de alguacil lo obligaban a ir de cacería con los mandamases. Pero nadie lo conocía mejor que mi abuela, así que cuando, poco después, se plantó en la puerta del alcalde con el arma en ristre, allí estaba ella, esperándolo.

—Quita de en medio, Carmen, que no respondo, eh...

—No, no pienso dejar que te condenes por culpa de ese desalmado. A nadie le duele más que a mí ver cómo está mi madre, lo que ha hecho con ella, pero así solo empeorarás las cosas. Vamos a casa, y mañana será otro día. Ya veremos qué hacer...

En su atribulada memoria, mi abuelo recordaba, quizá para justificar aquel acto de vehemente ira surgido de su marcado sentido del honor y la justicia, haber apartado a mi abuela con suavidad y aporreado la puerta. Abrió Blanca, que acababa de llegar de ayudar a la Trini en el huerto, un día más. Dejó pasar a mi abuelo sin pedirle explicación y lo condujo hasta la cocina, donde el alcalde acababa de abrirse una botella de Anís del Mono. Mi abuelo le apuntó con la escopeta, dispuesto a descerrajarle un tiro en la sien. Pero de pronto, en esos pocos segundos que cambian una vida entera, se imaginó su futuro con mi abuela, lejos de allí, y bajó el arma.

—¡Mal rayo te parta! ¡Eres un hombre despreciable! Algún día, todo esto te pasará factura y veremos tu cadáver pasar, estoy convencido.

Mi abuelo dio media vuelta, cogió de la mano a mi abuela, que observaba la escena junto a la mujer del alcalde entre atónita y aterrada, y se marcharon.

Nada se comentó en el pueblo del incidente, ni siquiera en el bar de Valen, donde los parroquianos bebían para después no tener que recordar. Así quedó la cosa, enterrada en el caprichoso olvido hasta que una mañana de la semana siguiente, muy temprano, cuando todavía no había cantado el gallo, según evocaban ambos con sorprendente precisión horaria, mis abuelos recibieron en casa una visita inesperada. Era Blanca, y venía acompañada de la Trini. Fue esta quien, ante la vergüenza que embargaba a su amiga, tomó la palabra.

—He hablado con mi hermano y ya está todo solucionado. Te ha buscado un puesto como mozo de carga en el economato que la Policía Armada tiene en el barrio de Usera.

—Pero eso está en Madrid, ¿no? —respondió mi abuelo, sin creer lo que oían sus oídos.

—¡Pues claro, cagalindes! ¿Dónde quieres que esté? Os instalaréis en un piso que tengo allí, en el número 43, si la memoria no me falla, que seguro que no, de la misma calle de Marcelo Usera. Creo que hasta puedes ir andando al economato, o al menos eso tengo entendido. El piso no es nada del otro mundo, eh, no os vayáis a creer, pero está adecentado y podéis ponerlo a vuestro gusto, bonito, con cenefas y esas cosas. Ah, y no os preocupéis por el dinero. Ya me lo pagaréis cuando ahorréis algo o ya veremos cómo lo hacemos.

Mis abuelos miraron a aquellas dos mujeres que tanto compartían sin que nadie lo supiera y asintieron. A toda prisa, se trasladaron a Madrid con la promesa de volver pronto. Hay noches, esas noches de fatigosa vigilia que últimamente se suceden demasiado en mi calendario, en las que pienso, seguramente para consolarme, que todo pasa siempre por algo y siempre cuando debe suceder, ni antes ni después. Y la mudanza de mis abuelos, por mucho que a ambos les doliera dejar a sus familias, separarse de esas raíces que los habían ayudado a echar las suyas propias, cambió sus vidas para que el destino pudiera luego hacer de las suyas. De no haberse producido ese cambio, de no haber iniciado un nuevo periplo vital, esta página hoy estaría en blanco, y también todas las que vendrán después, aunque estén solo en mi imaginación.

Ausentes mis abuelos, la Trini se encargó de que mi bisabuela Aurora dejara la casa del alcalde y también de que ni un solo día faltara comida en su plato, ni en los de sus dos hijas pequeñas. Juana y Antonia se despidieron de su hermana mayor, a la que seguían viendo como a una madre prematura, con la tristeza de saber que el tiempo perdido nunca se recupera. Blanca, acostumbrada a bregar con la carga que Dios le había dado —y su padre, que la obligó a casarse con aquel mamarracho—, reunió por fin el valor que durante años le había faltado y amenazó al alcalde con denunciarlo ante el Gobierno Civil por haber saqueado el ayuntamiento, cosa que no era del todo incierta. Las cuestiones monetarias eran las que más preocupaban al regidor, por lo que, ante el órdago de la mujer que en el registro figuraba como su esposa pero a la que ni siquiera llegó a desvirgar, cerró el pico y se plegó a su nueva situación.

# 6

Aunque a mi abuela Carmen le costó dejar a su madre y a sus hermanas en el pueblo, no tardó mucho en adaptarse a su nueva vida en Madrid, según ella misma me reconoció, con cierto apuro, la primera vez que me relató su traslado a la capital. Le gustaba salir a pasear por la mañana, poco después de que mi abuelo Tomás se marchara al economato. Solía desayunar cada día lo mismo: un café largo de leche y un trocito de pan empapado con el aceite sin refinar que la Trini se empeñó en que se llevaran en la maleta cuando se marcharon, aun a riesgo de que lo pusiera todo perdido. Después se arreglaba, atusándose el pelo, que por la noche cubría con una redecilla con los bigudíes justos, y pasaba a buscar a Mari Miura. Al mudarse al piso de Marcelo Usera, mi abuela se hizo íntima de su vecina de escalera, y con ella empezó una amistad que solo rompió la muerte, impasible ante los sentimentalismos. Mientras sigo tirando de recuerdos, enhebrándolos mediante palabras dispersas, pienso en la relación que yo tengo con Marta, en lo mucho que le debo, y evoco a todas esas mujeres de mi familia y sus aledaños que me enseñaron a valorar la amistad, a cuidarla y protegerla. La generalización, como el plural mayestático, solo sirve para sentar tópicos y poca cátedra, pero creo que los hombres quieren de otra forma, y por eso sus amistades son distintas, aunque igualmente valiosas.

De vuelta a aquellos días, mi abuela no podía sospechar, mientras caminaba por la ribera del Manzanares lanzando migas a los patos, que ya parecían saber a qué hora llegaba cada día con Mari Miura, que su marido no compartía con ella aquel inusual estado de algo parecido a la felicidad. A mi abuelo le reconfortaba saber que llevaba dinero a casa —eran tan comedidos que, pese a lo raquítico del sueldo del economato, les sobraba para enviar una parte al pueblo a principios de cada mes—, pero el trabajo lo tenía amargado. Acostumbrado desde niño a sudar a destajo por cada peseta ganada, no es que se creyera más que nadie. A lo largo de su todavía corta vida había cargado con pesos mucho peores que los sacos de patatas que debía llevar de un lado para otro en el economato. Pero al verse rodeado de tanto uniformado con su mismo rostro deseó un mañana mejor, más próspero, para mi abuela y para sus hijos. Un futuro en el que no fuera un simple mozo de carga, un futuro en el que su familia pudiera estar orgullosa de él. Mi abuelo me enseñó, con decisiones como la que tomó entonces, que la ambición es lícita siempre que el fin perseguido lo sea, y que las mujeres tenemos el mismo derecho que los hombres a aspirar a lo que nos venga en gana. Es curioso, ahora que lo pienso, pero creo que mi abuelo, pese a pertenecer a una generación enraizada en el machismo, y en tantas otras cosas cuestionables, como el chovinismo, nunca menospreció, ni tampoco subestimó, a las mujeres que lo rodearon. A mi abuela la dejó hacer y deshacer a su antojo toda su vida, y también a mi madre. Cuando yo decidí abandonar la primera carrera que empecé, llevada por la ansiedad irracional de la enfermedad no superada, él fue el único que lo comprendió y, sobre todo, que no me juzgó por ello. «Noray, solo te arrepientes de lo que no haces, créeme, prenda mía», me dijo en una de las conversaciones que tuvimos en aquella época y en muchas más que vinieron después. Yo, que aún no sabía cómo encarrilar mi vida, seguí su consejo, y por eso estoy aquí.

Sin decirle nada a mi abuela, como siempre que no quería preocuparla, mi abuelo decidió presentarse a los exámenes para entrar en el cuerpo de la Policía Armada, en parte animado por Paco, un teniente de Motril que frecuentaba el economato y con el que había trabado amistad porque lo trataba con mucho cariño. Creo que, de hecho, tras conocer a Paco mi abuelo descubrió que la amistad entre los hombres estaba fundamentada, también, en el amor, y que no había bochorno alguno en experimentar aquel sentimiento fraternal a veces más resistente que muchos cortejos románticos. Así, cada noche, cuando mi abuela se quedaba dormida, él se levantaba con sigilo de la cama y se ponía a estudiar en la mesa de la cocina, sobre un hule que usaron durante tantos años que yo aún lo recuerdo porque conservaba siempre el olor de la comida o de la cena. Aunque se resistiera a reconocerlo delante de mí, yo sé que aquello le costó Dios y ayuda. Pese a haber aprendido a leer y a escribir durante la guerra —en eso tuvo más suerte que otros, que volvieron del frente incluso más analfabetos de lo que se habían marchado—, lo hizo a trompicones, y desde entonces solo había practicado cuando estuvo trabajando como alguacil para el alcalde del pueblo. Con aquella rutina de estudio y sacrificio se pasó «la tira de tiempo», según sus propias palabras, sin que nadie, ni en el piso de Marcelo Usera ni en el economato, se enterara de lo que se traía entre manos. Sus características ojeras —las mismas que heredaríamos mi madre y yo— lo protegían de las posibles sospechas de mi abuela, que seguía entretenida descubriendo las bondades de la vida en el margen del río, ajena a la realidad de un país que se moría de hambre y todavía desprendía hedor a muerto.

Fue Paco quien le comunicó la buena nueva a mi abuelo. Era muy temprano para que el teniente tuviera una justificación para ir al economato, así que en cuanto lo vio se abalanzó sobre él y le dio un abrazo.

—Todavía faltan unas horas para que se comunique oficialmente. No se te ocurra irte de farra y cantarlo a los cuatro vientos, que se me cae el pelo.

—No se preocupe, señor, seré una tumba, lo prometo. ¿Pero puedo decírselo a Carmen?

—Solo si dejas de llamarme señor. Coño, Tomás, que ya somos compañeros.

—Está bien, señor, así lo haré. Gracias.

Mi abuelo dejó al teniente con la palabra en la boca y salió corriendo hacia el piso de la Trini, donde encontró a mi abuela en la cocina, pelando patatas con parsimonia.

—¿Qué haces?

—¡Ay, por Dios! Qué susto me has dado, Tomás, hijo de mi vida. Estaba escuchando la radio y no te he oído entrar.

—Digo que qué haces.

—Pues qué voy a hacer, alma de cántaro. ¿No me ves? Pelar patatas.

—Y con tanto cuidado que parece que, en lugar de patatas, manejaras porcelana china…

—Pelando patatas se conoce a una persona: si se lleva mucha carne…

—… es una desprendida, y si apenas raspa la piel, es una egoísta.

—Mira tú por dónde, algo sabes de cocina.

—Como para no saberlo… Me has repetido tantas veces la misma cantinela que de vez en cuando hasta la suelto en el economato y los muchachos me miran pasmados, como si me hubiera vuelto chaveta.

—Ay, el día que las mujeres soltemos los cacharros… Pero, a ver, ¿qué mosca te ha picado? No son ni las diez de la mañana. ¿Va todo bien en el trabajo? ¿Ha pasado algo? No me asustes.

Él le respondió con un beso y un escueto:

—Nos vamos a Valencia.

Aquella era la única plaza que en ese momento estaba libre en la zona que mi abuelo había marcado como destino de interés en el caso de aprobar el examen de entrada al cuerpo. Entonces no se lo dijo a mi abuela, pero la elección del destino se debía a que quería seguir el rastro de su hermano Sixto en la guerra. Además, Paco lo tranquilizó diciéndole que era una ciudad bien bonita, no muy grande y con mar: «A Carmen le gustará, ya verás». La Trini se comprometió a no meter a ningún inquilino en el piso de la calle Marcelo Usera —no le hacía falta el dinero, aunque la razón de su fortuna la contaré un poco más adelante— hasta que vieran qué les deparaba aquella nueva aventura, así que volvieron a hacer las maletas y pusieron rumbo a Valencia.

Mi abuela me relató tantas veces aquel viaje, siempre igual de entusiasmada y añadiendo nuevos y fantasiosos detalles, deteniéndose en la variedad del paisaje que se sucedía a través de las ventanas y en las vestimentas del resto de los pasajeros, que a estas alturas es como si yo misma hubiera estado sentada enfrente de ellos en el vagón de tercera, observándolos con atención. Mi abuela iba a ver el mar por primera vez. También mi abuelo, pero sus pensamientos en aquel tren que los condujo hasta la ciudad del Turia iban por otros derroteros. Hacía años que no hablaba con su hermano Sixto. Lo último que sabía de él se lo había dicho su tía Eulalia, a la que de vez en cuando preguntaba si tenía noticias de su vida. Llevaba tiempo establecido en Talavera. Allí había conocido a una viuda de guerra con un hijo pequeño a su cargo y dueña de un estanco con el que ganaba lo suficiente para no pasar hambre y hasta para ahorrar alguna perra chica. Sixto había vuelto de la contienda renegando de todo lo que tuviera que ver con la fe católica, y por eso a mi abuelo Tomás le sorprendió tanto que, según su tía Eulalia, se

hubiera casado con Isabel —así se llamaba la estanquera— con todas las de la ley eclesiástica.
—¿En qué piensas? Llevas todo el camino callado —le dijo mi abuela, interrumpiendo sus divagaciones.
—¿Eh? Nada, me estoy imaginando cómo será vivir en Valencia. Estoy seguro de que te encantará el mar.
—Pero si tú solo lo has visto en postales...
Mi abuelo se echó a reír y le dio un beso en la mejilla que hizo que ella, aún poco acostumbrada a manifestar en público lo que incluso le habían dicho que se cuidara de hacer en privado, se ruborizara.
—No te pongas colorada, tontorrona, que soy tu marido...
—Ya, pero eso la gente no lo sabe.
—¿Y qué voy a ser, si no? ¿Tu amante? Somos como Boni y Claid, fugitivos enamorados que huyen con el botín. ¡Por eso pesan tanto las maletas!
—¿Pero quiénes son esos? De verdad, Tomás, a veces tienes unas cosas que pareces un niño chico... No quiero ni pensar cómo te comportarás con nuestros hijos. Seguro que serás el típico padre que les dará todos los caprichos, y a mí me tocará ser la mala que impondrá la disciplina y las normas...
—¡Pues claro, mujer!
En la España de aquella época, tener hijos era casi una obligación social, el paso siguiente, natural, después de casarse, como si fuera una cláusula invisible del contrato matrimonial. Y la presión que sufrían las mujeres —la culpa era siempre de ellas, nunca de ellos— que no se quedaban embarazadas

nada más desposarse era espantosa. Se las juzgaba, al ser incapaces de satisfacer las necesidades de sus maridos, que era una de sus principales tareas según el manual de la buena esposa que todas guardaban bajo la almohada, algunas no solo metafóricamente. Mis abuelos querían ser padres, por supuesto, y no porque fuera lo que de ellos se esperaba. Era un deseo mutuo, compartido, pero el tiempo iba pasando y no lo conseguían. Hasta he llegado a sospechar si en los muchos años que transcurrieron desde que se casaron hasta que, por fin, nació mi madre, mi abuela sufrió algún aborto. Son solo especulaciones basadas en algunas confidencias veladas. Pero sí recuerdo, con la certeza de las palabras confesadas, una conversación en la que me reveló la angustia que sintió ante la posibilidad de no ser madre. «Tu abuelo no lo sabía, no me atreví a decírselo, pero camino de Valencia llegué a pensar que si no tenía pronto un hijo sería capaz de cualquier cosa, hasta de tirarme del tren en marcha.» Y aquel sentimiento fue derivando, poco a poco, en una depresión que la postró en la cama y a punto estuvo de acabar con todas las vidas aún no vividas que tenía por delante.

—Mira, ya estamos entrando en la estación.

Ante el anuncio de mi abuelo, mi abuela se levantó de su asiento con cuidado, para no caerse con el traqueteo del tren. Y el conato de conversación se quedó colgando en la memoria de ambos, a la espera de lo que les deparara el porvenir.

La luz del Mediterráneo los recibió con todo su esplendor. Mis abuelos no estaban acostumbrados a tanta luminosidad. De los matices violáceos del amanecer y el atardecer del pueblo preferían no acordarse, para que no los invadiera la añoranza. Y en Madrid había un tono gris en el ambiente que era más psicológico que real, pero que todos percibían como si cada día amaneciese nublado. No lo sabían entonces ni lo supieron años después, cuando la historia ya podía estudiarse, pero era el peso de la culpa, tanto de los ganadores como de los vencidos.

En Valencia, mis abuelos se instalaron en un pequeño piso en la misma plaza del Ayuntamiento. Era un quinto tan luminoso que había mañanas en las que mi abuela tenía que correr las cortinas del salón para poder limpiar el polvo de los pocos muebles que el casero les había dejado. El piso pertenecía a un viejo conocido de Paco, el teniente amigo de mi abuelo, y el alquiler era casi regalado. Los dos se acostumbraron pronto a sus nuevas rutinas, pues nada hay más fácil que dejarse envolver por la banalidad cotidiana. A mi abuela, la luz de media tarde, la de ese momento justo en el que empieza a ponerse el sol, cuando ya no hay reparo en entregarse a la melancolía que se ha ido esquivando a lo largo del día, era la que más le gustaba. De hecho, nuestros paseos por el Corchuelo solían ser a esa hora, a no ser que hiciera tanto calor que no se pudiera salir hasta que no hubiera entrado la noche, cosa que en el pueblo pasa con frecuencia. La recuerdo deteniéndose en ciertos tramos del trayecto —siempre los mismos, pues, aunque no le gustaba reconocerlo porque decía que eso eran «tontunas y salvajás», tenía tantas manías como yo— y mirando al cielo como quien observa, en un museo, su cuadro preferido. Su sensibilidad era tan infinita como ese firmamento que ya no puede contemplar...

Cada tarde a esa misma hora, por aquello de la costumbre y también de la manía, mi abuela recorría la playa de la Malvarrosa. En sus paseos, se detenía siempre que se cruzaba con una madre empujando un carrito de bebé o cuando veía a los niños correteando, y se echaba a llorar. Alguna mujer incluso llegó a preguntarle si hacía mucho que había perdido a su hijo. Mi abuela se sorbía las lágrimas y seguía caminando en una soledad cada vez más profunda, como la pena que sentía. Mi abuelo volvía a casa cuando ella estaba ya casi a punto de meterse en la cama. Sin darse cuenta, sin que hubiera razón alguna, entre ellos surgió un grávido silencio. Cuando me hablaban de aquella etapa, porque yo se lo pedía, pues no era plato de buen gusto para ellos, a veces por separado y otras los dos juntos, me contestaban como advirtiéndome, o al menos así lo percibía yo. Sobre todo cuando tuve edad para empezar a aprender que el amor nunca debe desatenderse, ni siquiera cuando estamos seguros de él. El día que conocieron a Ismael, un fin de semana que vino conmigo al pueblo porque quería que participaran de mi ilusión ante aquella relación recién comenzada, compartirla con ellos, vi en sus miradas, en sus gestos, el aviso de que nada hay más frágil que los sentimientos. Pero lo comprendí tarde, demasiado tarde... Ahora lo sé.

Aquel mutismo avanzaba sin descanso e iba separando a mis abuelos varios centímetros por día, incluso en la cama matrimonial. La distancia física y emocional llegó a ser tan grande, tan peligrosa que mi abuela nada le dijo a mi abuelo del dolor que una mañana sintió en el pecho, como si le estallara el esternón, y él no le contó a ella que al poco de llegar a Valencia le pidió a Luis, un compañero del cuartel, que lo llevara a Albatera.

—¿A Albatera? ¿Pero a ti qué se te ha perdido en Albatera?

—Nada, es que mi hermano estuvo allí durante la guerra y tengo curiosidad.

—¿Tu hermano? ¡No me jodas que tu hermano es rojo!

La respuesta de su compañero alertó a mi abuelo. Pocas veces logré que se sincerara conmigo sobre los asuntos ideológicos que lo separaron, durante buena parte de su vida, de su hermano Sixto. Tiendo a pensar que sus creencias políticas, si es que alguna vez las tuvo, fueron circunstanciales, e igual que hubo un tiempo, breve, en el que defendió, sin entusiasmo alguno, una causa, podría haber habido otro en el que luchara por la contraria. Pero no fue así. Le tocó enfrentarse a las contradicciones de su propio uniforme, aunque bien es cierto que ni él mismo sabía a lo que se atenía cuando entró en el cuerpo. Llegada la democracia, mi abuelo se incorporó a ella con un entusiasmo medido, pero no porque recelara de ella, sino por miedo a que todo cambiara y lo pillara desubicado y a deshora. Ojalá no se hubiera guardado tanta amargura... Ni con mi abuela se desahogaba. Era «un hombre de su tiempo». Así lo definía ella. Y, como tal, debía mostrarse recio, adusto. Creía, porque así se lo enseñaron, que no tenía derecho a sufrir o, al menos, a que se le notara. Solo lo vi derrumbarse en una ocasión, y fue conmigo, aunque el dolor de entonces no era comparable con nada.

Aquel día en el cuartel de Valencia, mi abuelo soltó de carrerilla a su compañero una historieta inventada de cabo a rabo con la esperanza de que no sonara demasiado a cuento chino.

—¿Sixto? ¡Qué va, hombre! Sixto es de los nuestros. Pero cuando volvió al pueblo después de la guerra hablaba siempre de la iglesia de Santiago Apóstol de Albatera y, chico, me quiero quitar el sincio, qué sé yo...

A su nuevo compañero le extrañó que usara la palabra *sincio*. Según le explicó, no la había vuelto a oír, más que salida de su propia boca, desde que siendo un chaval se había tenido que marchar de Mazcuerras. Y el muy inocente de Luis, que según mi abuelo era también un ignorante, buenazo, pero ignorante del todo, cayó en la trampa que le tendió. La morriña lo invadió y se sintió cómplice de su compañero de cuartel, forastero como él en aquella tierra adusta en la que hasta en febrero hacía calor.

—Está bien, iremos a Albatera. Pero no le digas una palabra de esto al coronel, que no le gusta que nos salgamos de la ruta.

—No te preocupes, no abriré la boca. Esto es cosa nuestra, Luis.

Nunca me habló de ello con el corazón en la mano, pues estaba educado en la absurda convicción de que los hombres deben guardarse sus sentimientos, pero sé que la visita a Albatera lo marcó profundamente. Aunque el campo de concentración había cerrado sus puertas hacía ya tiempo, el horror de lo que allí se había vivido se reflejaba en el rostro de los pocos civiles que todavía vivían en el pueblo. Una vez allí, mi abuelo no supo cómo armar una excusa que convenciera a Luis para que se acercaran hasta el recinto del campo, así que tuvo que conformarse con caminar hasta la iglesia.

—Pues qué quieres que te diga... No sé qué le vio tu hermano, la verdad, a mí me parece que es bastante corriente. Lo llevo yo a la parroquia de San Martín que tenemos en Mazcuerras y se cae de culo.

—No seas bruto, hombre. Sixto es devoto del Apóstol. Cuando era pequeño cogió unas fiebres que casi le cuestan la vida, pero mi tía Eulalia le puso una vela a ese santo en cuestión y se curó. Fue una cosa milagrosa.

Mi abuelo se sorprendió ante la facilidad con la que había contado esa historia, que solo existía, claro, en su imaginación, portentosa en toda nuestra familia. Se rio y pensó que al regresar a casa se lo contaría todo a mi abuela.

—Ah, bueno, si es cosa de santos, me callo.

Luis le echó el brazo por el hombro en un gesto cómplice que mi abuelo agradeció, y juntos salieron de la iglesia hacia el coche, para emprender el camino de regreso a Valencia.

—Conduce tú mejor, que yo estoy algo cansado, esta noche no he dormido bien y voy a ver si puedo echar una cabezadita antes de que lleguemos.

Luis asintió y mi abuelo cerró los ojos y apoyó la cabeza sobre el respaldo del asiento, que ardía por el sol, pero ni se inmutó: había empezado a redactar mentalmente la carta que había decidido escribir a su hermano Sixto. Minutos después lo invadió un sueño profundo.

—Vaya ronquidos has soltado, macho. Sí que estabas cansado, sí...

—¿Qué?

—Que digo que menudos resoplidos has soltado todo el camino. Has estado a punto de salir volando. Ni con la ventanilla abierta te has coscao de nada.

—¿Ya estamos en Valencia?

—Coño, claro, ¿dónde quieres que estemos? Anda y vete directo a casa, que seguro que tienes a la parienta preocupada.

Cuando mi abuelo llegó al piso de la plaza del Ayuntamiento le extrañó tener que girar varias veces la llave para abrir la puerta. Mi abuela no cerraba nunca por dentro cuando estaba sola en casa. Era una costumbre heredada del pueblo, donde, desde que acabó la guerra y se olvidaron de los moros, las cerraduras eran un simple ornamento.

—Carmen, ya estoy en casa. Me he retrasado porque hoy hemos tenido mucho lío con unos papeleos que nos han mandado de Madrid. ¿Carmen? ¿Estás ahí? ¿Dónde andas?

Al no recibir respuesta, empezó a ponerse nervioso. A esas horas, lo normal era que mi abuela estuviera esperándolo sentada en la mesa camilla del salón haciendo punto, con la cena ya preparada. Tras recorrer el piso como si rastreara la escena de un crimen, mirando incluso dentro de los dos armarios empotrados que tenía la casa y hasta debajo de la cama de matrimonio, salió al descansillo y, visiblemente alterado, llamó al timbre de la pareja que vivía al lado. Era un matrimonio de maestros con el que mi abuelo no había coincidido demasiado, pero mi abuela le había hablado muy bien de ellos y había insistido mucho, también, en que algún día tenían que salir los cuatro «a comer a algún restorán».

—Hola, Tomás, buenas tardes.

Mi abuelo no supo qué decir, avergonzado porque ni siquiera sabía el nombre de su vecino.

—Sí, hola, buenas... Mira, vengo buscando a Carmen, mi mujer. Acabo de llegar a casa del trabajo y no está. Es muy raro, con la hora que es... ¿Vosotros no sabréis nada de ella, verdad?

—Pasa, hombre. Te tomas un café y te cuento, que estás pálido.

Mi abuelo no entendía nada, pero obedeció a aquel hombre que lo había recibido en bata y pijama pese al calor que, arrancada ya la noche, continuaba haciendo ese día. Lo siguió hasta la cocina y, sin querer sentarse, pues todavía no tenía claro de qué iba todo aquello ni qué pintaba él allí, se apoyó en la encimera, que todavía conservaba las salpicaduras de la cena que su vecino se había preparado antes de que él apareciera. Mi abuelo se quedó alelado mirándolas.

—Bueno, dime, ¿qué es lo que ha pasado? —acertó por fin a decir, agarrándose con fuerza a la encimera, como si tuviera miedo de perder el equilibrio.

—Esta mañana, al poco de irte, Carmen vino a casa. Nos pilló de milagro, cuando estábamos a punto de salir hacia la escuela. Dijo que se encontraba mal, y que como no sabía a qué hora volverías prefería decírnoslo por si la cosa iba a mayores. Lleva varios días con un dolor muy fuerte en el pecho y le cuesta respirar. Después de desayunar, empezó a toser como una descosida y fue al baño. Entonces se asustó, porque escupió sangre. Por eso acudió a nosotros.

—¿Cómo que sangre? —dijo mi abuelo, a punto ya de caerse.

—Sí, sangre. De hecho, cuando entró en casa llevaba un pañuelo en la mano bastante manchado. Al verlo no lo dudé y nos fuimos al hospital. Margarita está ahora allí con ella. Debe quedarse ingresada, aún no sabemos cuánto tiempo, porque tiene tuberculosis. Pero se recuperará, el médico ha dicho que se recuperará, así que tranquilo, Tomás, tranquilo.

Mi abuelo no escuchó las palabras que el maestro dijo a continuación. No le dio tiempo. La vista se le nubló, sintió un pitido agudo en los oídos y, sin oponer ya resistencia, se dejó caer al suelo.

A la mañana siguiente se despertó en el sofá que Margarita y Vidal —así se llamaba él, como descubrió mi abuelo ese mismo día— tenían en el salón que daba a la cocina. Le costó recobrar la conciencia y, sobre todo, ser consciente de lo que había ocurrido el día anterior.

—¡Hombre, por fin! Empezaba a preocuparme. —Vidal lo observaba desde la cocina, con una taza de café en la mano—. Has pasado una noche horrible, con pesadillas y alucinaciones. Pensé que tendría que llevarte a ti también al hospital.

—Estoy bien, solo era cansancio.

—¿Quieres tomar un café?

—No, gracias. Pero sí voy a pedirte un favor más: que me acerques hasta el hospital. No tenemos coche, y mira que Carmen me lo ha dicho cantidad de veces, que nos hace falta para movernos y conocer sitios, que los hay bien bonitos por aquí, pero aún no he encontrado el momento... ¡Me cago en la leche!

—Tranquilo, cálmate, no pasa nada. Te dejo allí de camino a la escuela. Además tengo que recoger a Margarita.

Muchos años después de aquello, cuando su vida, pero también las de los dos maestros, ya era otra, mi abuelo se emocionaba, sin ocultar su afección, al recordar la bondad de ese matrimonio. Ella no había dudado en pasar la noche al lado de mi abuela en el hospital y él lo había recogido en su casa y velado mientras deliraba. «Debí agradecérselo de algún modo, pero no lo hice. ¡Qué torpe fui, qué ingrato!», me dijo la primera vez que me habló de ellos, a los que yo ya conocía por mi abuela. Yo me limité a asentir y a apuntar en una libreta, procurando ser fiel a sus sentimientos, como ahora.

Tras un trayecto sin más palabras que las imprescindibles, Vidal dejó a mi abuelo en la puerta del hospital. Entró y preguntó por Carmen Soler y una enfermera lo condujo hasta la habitación de mi abuela. Cuando la vio con el camisón verde gusano, medio descolorido, que colocaban a todos los enfermos, mi abuelo se quedó paralizado.

—Tú debes de ser Tomás —dijo Margarita—. El médico ha dicho que es este clima húmedo, que no le hace nada bien. Pero, bueno, os dejo para que lo habléis vosotros dos.

El portazo, fruto del ventarrón que había empezado a levantarse mientras Vidal conducía en dirección al hospital, consiguió que mi abuelo, que ni siquiera había sido capaz de saludar a la maestra, de balbucir una mísera sílaba, saliera del estupor. Una vez que recobró la compostura, se tendió en la cama junto a mi abuela y le dijo:

—En cuanto te dejen salir de aquí, nos volvemos a Madrid. Te lo prometo.

~

Ismael paró de leer, dobló la esquina superior izquierda de la página en la que se había quedado y cerró el cuaderno. Era la historia de Noray, de su familia. La misma que le había ido contando a trozos, como quien suelta migas de pan por una senda frondosa y pindia para ser encontrado y, finalmente, rescatado. Pero él no había sido capaz de seguir el rastro de Noray; se había rendido a mitad del camino. ¿La había abandonado? ¿En qué momento dejó de seguirla, de estar a su lado? Y ahora ya no podía hacer nada, debía afrontar las consecuencias de sus decisiones... Con la cabeza alborotada, Ismael se incorporó un poco en el sillón de acompañante y miró a Noray. Continuaba bajo los efectos de la sedación, aunque su respiración era algo más reposada. Se levantó y subió la persiana. La luz de la tarde fue poco a poco entrando en la habitación. A esas horas, el calor chocaba contra la ventana, dejando de través una paleta de colores pastel. En ese momento, Ismael notó como el teléfono, que llevaba en uno de los bolsillos delanteros de los pantalones, le vibraba reclamando su atención. No recordaba haberlo puesto en silencio al entrar en el hospital... Era Estrella, claro. Desde que se había marchado de la oficina para recoger el móvil en casa antes de salir hacia Jaén no había vuelto a decirle nada. Apurado, salió de la habitación y, ya en el pasillo, pero lo suficientemente apartado de la puerta, como si temiera que Noray pudiera escuchar la conversación, respondió a la llamada de su mujer.

—Hola, cariño —dijo, intentando imprimir indiferencia en su voz.

—¿Dónde estás? No me has avisado de que salías, me tienes preocupada... ¿Ha pasado algo?

—Sí, bueno, perdona, es que no me ha dado tiempo a...

—Has tenido un golpe con el coche, ¡lo sabía! —lo interrumpió.

En ese instante, Ismael dudó si agarrarse a esa excusa, inventarse cualquier cosa, lo que fuera, algo poco grave pero que le permitiera quedarse al lado de Noray.

—Verás...

—Estás con ella, ¿verdad?

—¿Con quién?

—¿Con quién va a ser, Ismael?

No podía seguir mintiendo, ni fingiendo tampoco. Ya no tenía fuerzas.

—No es lo que estás pensando, Estrella. Ha pasado algo.

—Siempre pasa algo, con ella siempre pasa algo.

—No te pongas así y, sobre todo, no grites. Estoy en un hospital y vas a conseguir que me llamen la atención.

—Lo sé todo, Ismael, absolutamente todo, y además desde hace tiempo —le contestó ella, en un tono más bajo, tajante, definitivo.

Estrella sabía que durante meses, tal vez más de un año, Ismael la había estado engañando con Noray. Y no porque él se lo hubiera confesado, ya que ni siquiera había sido capaz de sincerarse con ella, de contárselo todo, cuando se convirtió en su mujer. De hecho, no había sido él quien había acabado con aquella aventura. Ismael solo dejó de ver a Noray cuando ella quiso que así fuera. Él estaba dispuesto a abandonarlo todo por ella, a que empezaran, por fin, la vida que se había quedado a medio construir. Y así se lo dijo, decidido y entregado, en la última escapada que hicieron juntos. Pero, como ya había sucedido tiempo atrás, cuando cortó con él después de la boda de su amiga Marta, Noray lo dejó tirado. Y esa vez lo hizo literalmente, pues se fue en su coche, con el que se habían desplazado hasta aquella casa rural ubicada en un remoto paraje extremeño, y él tuvo que llamar a su hermano Ignacio para que fuera a buscarlo. En el camino de vuelta a Madrid, Ismael se sintió morir. Experimentó incluso dolores físicos por todo el cuerpo, escalofríos que no sabía de dónde venían, pero que le provocaban temblores que era incapaz de controlar. Estuvo varios días en cama, con febrícula, retorciéndose de angustia. Fue entonces cuando tomó la decisión de pedirle a Estrella que se casara con él. Y Estrella aceptó, aunque lo supiera todo, o quizá por eso, para retenerlo, aceptó.

—¿Y piensas quedarte allí hasta que se despierte?

—Pues claro, ¿qué quieres que haga? No puedo dejarla sola.

—¿Y por qué no llamas a su madre, o a Marta?

Ismael no supo qué contestar, cómo justificar ante su mujer que lo que realmente quería era estar solo cuando Noray despertara.

—Cuando nos casamos, te di a elegir, Ismael, y tomaste una decisión.

—Lo sé, lo sé, pero esto es diferente, Estrella... Ha intentado suicidarse.

—Lo único que ha intentado es llamar la atención, como siempre.

—No digas eso, tú no eres así.

—¿Así cómo? Joder, Ismael, me lo estás poniendo muy difícil.

—Solo necesito un poco de tiempo, quedarme tranquilo hasta ver cómo evoluciona. Te prometo que en cuanto colguemos llamaré a Olivia y a Marta.

Promesas. Más promesas vanas y absurdas. Estrella estaba harta de promesas. Pero cedió.

—Está bien... Pero si mañana no estás aquí, se acabó.

—Pero, Estrella, no sé cuánto tiempo tardará...

—Se acabó.

Estrella colgó el teléfono, e Ismael casi agradeció no tener que continuar con la conversación. Caminó por el largo pasillo hasta la habitación 205, de la que se había alejado más de lo que se había propuesto al salir, abrió la puerta y entró. Tras acercarse a Noray, sin ser capaz de tocarla todavía, volvió a sentarse en el sillón de acompañante, abrió el cuaderno de espiral y siguió leyendo.

# 7

Mi abuela Carmen siempre decía que fue cosa de Dios. Según mi abuelo Tomás, la decisión la tomaron los médicos. Y yo cada vez creo más en ese destino que me ha traído hasta aquí, a escribir estas páginas. Pero el caso es que mi abuela salió del hospital de Valencia el mismo día de su cumpleaños. Aquel 27 de mayo aún le costaba andar por sí sola, a pesar de que llevaba unas cuantas semanas aventurándose hasta el límite del pequeño jardín de la cafetería; mi abuelo contaba que las enfermeras se empeñaban en llamarla *restaurante* porque les consolaba pensar que comían alejadas, aunque fuera solo por unos metros, de penurias y enfermedades. Si bien estaba curada y la tuberculosis ya no era más que una extraña palabra que se había visto obligada a incorporar a su vocabulario hasta ser capaz de usarla con la agilidad de aquellos en cuyos despachos colgaba la orla de Medicina, la salud de mi abuela estaba muy deteriorada. Comía cual pajarillo y se había quedado como una sílfide. Y eso que mi abuelo, según rememoraban ambos siempre con el mismo dolor, se ponía más bruto que un arao, cuchara en mano, para llevarle a la boca los guisos de puchero que Margarita le preparaba en casa y le llevaba a la clínica en su Dos Caballos. Su vecina conducía con la destreza de un piloto de carreras. El día que, al poco tiempo de casados, Margarita le pidió a su marido que le firmase la autorización requerida en aquellos tiempos para que una mujer pudiera ponerse al volante, Vidal no lo dudó un segundo y rubricó el documento en cuestión. A mi abuelo al principio le costó entender aquel acto del maestro, pero con el tiempo lo llegó a aplaudir hasta relatar la historia de sus vecinos con cierto orgullo propio.

El médico encargado del caso de mi abuela accedió a darle el alta con la condición de que dejaran Valencia. Y eso hicieron en cuanto Paco consiguió que trasladaran a Madrid a aquel muchacho al que había empezado a coger un aprecio especial. Con el paso del tiempo, hasta que la muerte lo interrumpió, mi abuelo terminó siendo para el teniente el hijo que nunca tuvo. Y Paco acabó dando, de alguna manera, su vida por él. Pero no quiero adelantarme en mi narración, todo llegará cuando deba.

En el pueblo, la Trini se había enterado de la enfermedad de mi abuela por Blanca, con la que a esas alturas ya compartía lecho y techo. A esta se lo había contado la tía Eulalia un día que se la encontró en la puerta del bar de Valen. Eulalia aseguraba que solo ayudaba al bodeguero con los pedidos, aunque todo el pueblo sabía que estaban prendados el uno del otro y, seguramente, se casarían en cuanto él se atreviera a pedírselo. La Trini se encargó de comprar a mis abuelos los billetes de tren, «¡y de primera clase, que ya está bien de pasar estrecheces!», les advirtió cuando se lo comunicó. Se había hecho con ellos en uno de sus frecuentes viajes a Talavera, donde mi tío seguía llevando, con bastante éxito, por cierto, el estanco que le había llovido del cielo tras su boda con Isabel. Según mi abuelo Tomás contaba, pues yo nunca he tenido excesiva confianza con Sixto, su hermano trató siempre, desde el principio de su relación conyugal, al hijo de la joven viuda como si fuera su propio vástago. Y, tal y como puntualizaba mi abuela cuando llegábamos a ese punto de la historia, hizo bien, porque Dios quiso que Isabel no le diera descendencia.

Sin que nadie lo supiera entonces, ni siquiera Blanca, la Trini se dejaba caer de vez en cuando por aquella tabaquería de paredes amarillentas a causa del humo de tantos cigarros encendidos nada más comprarlos. Al principio, según le confesó a su esposa, que años después se lo relataría a mi abuela, a Sixto le perturbó la presencia de aquella mujer tan peculiar. La ubicaba en el pueblo, como una de las amigas de su tía Eulalia, y sabía por las habladurías que era tan echada para delante que ni su sombra lograba alcanzarla. Pero creo que, al final, el hermano de mi abuelo acabó hallando cobijo, o consuelo, mejor dicho, en las largas conversaciones que ambos mantenían en la trastienda del estanco mientras Isabel atendía a los clientes.

La primera vez que la Trini se presentó en el estanco, ante la cara de sorpresa de mi tío, que parecía haber visto a un fantasma, le soltó, ni corta ni perezosa:

—Vengo a que te reconcilies con tu hermano.

—Pasa, anda, pasa, que me vas a espantar a la clientela —le dijo él delante de su mujer, que se había quedado atónita, pues desconocía la existencia de hermano alguno.

Y, como en la película, aquello fue el comienzo de una hermosa amistad.

La Trini mandó los billetes a mis abuelos por valija, ya que era la vía más rápida, e iban acompañados de una nota en la que ponía: «Vuestro piso de Marcelo Usera os espera. Dejad el mar para los peces, ¡coño!». Unos días antes, la tía Eulalia los había llamado desde el teléfono del bar de Valen, el único que había en el pueblo y en muchos kilómetros a la redonda, para avisarlos de que los boletos llegarían al cuartel de Valencia. Al abrir el sobre que los contenía, mi abuelo no pudo evitar reírse: no estaba acostumbrado a oír palabrotas de boca de una mujer, y menos aún a leerlas de su puño y letra. Sus carcajadas despertaron a Luis. Su compañero de fatigas se había quedado amodorrado en su asiento de la mesa contigua por el analgésico que le habían recetado para aliviar el dolor que la gonorrea que pilló en el prostíbulo de Sagunto le provocaba en sus partes más nobles y pudendas.

—¡Qué susto me has dado, Tomás, macho!

—Me voy ya, Luis. Cuídate mucho.

Mi abuelo estrechó la mano de aquel amigo fugaz, metió en una caja las cuatro cosas que tenía encima de su mesa y, tras despedirse de sus superiores, se marchó del cuartel. Cuando llegó al piso de la plaza del Ayuntamiento, mi abuela lo estaba esperando con las maletas ya hechas, gracias a la ayuda de Margarita y Vidal. Después de agasajarlos con una opípara cena de despedida a base de mariscos en la que mi abuela comió poca cosa, pues no tenía apetito, al día siguiente la pareja de maestros los acercó a la estación en el Dos Caballos y, una vez allí, sus caminos se separaron para siempre.

El tiempo que mi abuela estuvo ingresada en el hospital sirvió para curar su tuberculosis y, también, para que la distancia que había separado a mis abuelos cuando llegaron a Valencia, fruto de un desnorte que no era solo físico, desapareciera. Los dos volvieron a quererse sin reservas, dobleces ni condiciones y comprendieron que es esa la única forma de amar si se quiere compartir la vida hasta el final, como ellos hicieron. Fueron, a partir de entonces, dos partes de un todo único.

Mi abuelo recordaba que, en el tren de regreso a Madrid, mi abuela iba abrigada como si fuera pleno invierno, y eso que en Valencia la primavera hacía sudar hasta a los mosquitos. Pero temía que se le agarraran de nuevo al pecho los vientos traicioneros, esos que, según decían sus vecinas valencianas en la pescadería, habían hecho perder el juicio a Paquita la Garrapata. El mote, según mi abuela, muy dada a detenerse en detalles aparentemente intrascendentes para esta historia pero que a ella le divertían, y por eso me los contaba, le venía a la pobre muchacha porque de chica se le incrustó en la piel uno de esos bichos y tuvieron que quitárselo con una tenaza de tan metido que estaba en sus carnes.

Cuando ya habían dejado atrás el perfil de esa

ciudad a la que llegaron para ser felices y de la que se fueron desinflados ambos de dicha y ella de kilos, mi abuela le apretó la mano a mi abuelo y le dijo:

—Nunca seré madre, Tomás, nunca...

—Claro que lo serás, mujer, no digas eso.

Ella cerró los ojos dando un largo suspiro y apoyó la cabeza en el hombro de mi abuelo, que no fue capaz de decir nada más. Ambos estuvieron callados el resto del trayecto, con las manos entrelazadas, pero sumidos en un angustioso mutismo.

De vuelta en Madrid, reincorporada a la rutina diaria de sus paseos matutinos por la ribera del Manzanares con Mari Miura y un perro que esta se había agenciado para chinchar a su marido, los meses iban pasando y el anhelo de mi abuela seguía sin cumplirse. La desdicha de no quedarse embarazada la llenó de tristeza, quitándole las ganas de hablar y el ya escaso apetito que había traído de Valencia. Sin saberlo, ni ser consciente de ello, mi abuela cayó en una depresión severa, aunque entonces lo llamaban desánimo, porque los trastornos de la mente no se tenían en cuenta. Muchas veces he pensado —a ella no se me ocurrió decírselo— si, además de tener el mismo color de ojos, como la miel recién sacada del panal, mi abuela Carmen y yo compartíamos también cierta propensión al abatimiento. De ser así, la melancolía decidió esquivar en mi familia a la generación inmediata, pues, que yo sepa, mi madre nunca ha sentido ni padecido nada semejante. Y no la culpo. Al contrario, la envidio, como envidio a mi hermana Clara. A veces, durante los peores momentos de mi enfermedad, mientras estaba ingresada en el hospital, confinada entre las cuatro paredes de mi habitación, deseé padecer cualquier otro tormento, físico, el que fuera pero no ese. Que me arrancaran la cabeza si era necesario para dejar de sentirme así, tan mal, tan desdichada, profundamente triste, hundida... Y encima por mi culpa, porque solo yo era responsable de estar así, me lo había buscado y, por tanto, lo tenía bien merecido. Pese al tiempo transcurrido, a estar ya supuestamente curada, según el alta que figura en mi historial médico, todavía sigo sintiéndome culpable y aún tengo tentaciones de dejarme llevar. Pero en esos momentos me acuerdo de mi abuela Carmen, de lo que pasó ella sola, sin contar con la ayuda que a mí me brindaron, y sigo escribiendo, sin pensar en nada más.

Y un día, cuando Mari Miura llamó a la puerta a la hora de costumbre para dar el paseo diario, mi abuela no quiso salir. Se justificó ante su amiga aduciendo un dolor de cabeza, aunque la vecina ya estaba al tanto de sus desvelos, y se metió en la cama y de allí no se movió en varias semanas. Siempre me he preguntado cómo debió de sentirse mi abuelo ante aquella situación. Lo imagino mirándola sin saber qué hacer, cómo actuar, impotente al ver cómo iba desvaneciéndose en su presencia, desesperado. Según me detalló, a modo de innecesaria justificación, consultó a todos los especialistas que su amigo el teniente le recomendó y se encargó, también, de pagar. Pero ninguno le dio respuestas, y mucho menos solución. Le molestaba que los médicos intentaran quitarle importancia y mostraran desdén hacia el mal que estaba consumiendo a mi abuela. «Son cosas de mujeres. Ya se le pasará», le decían, y él se ponía negro. Hasta que intervino la Trini, su particular ángel de la guarda.

—¿Por qué no te la traes aquí? —le sugirió a mi abuelo en una de las llamadas, ya convertidas en costumbre, desde el bar de Valen al cuartel del barrio de Usera.

—¿Al pueblo? Pero a Carmen siempre le ha gustado Madrid. Y fíjate lo que le pasó en Valencia... No sé si, en este caso, sería peor el remedio que la enfermedad, Trini. No lo sé, la verdad. Y con eso no quiero decir que esté enferma, ¿eh?

—Mira, por intentarlo no pierdes nada. Que ves que la cosa sigue igual, pues regresa, y listo. Pero así no puede seguir mucho tiempo más, y tú tampoco, lo sabes.

A la Trini no le faltaba razón. La situación en el piso de Marcelo Usera, con mi abuela sumida en aquel letargo de congoja, era insostenible. Según mi abuelo me contó, el miedo a que el día menos pensado le diera por saltar por la ventana, como había hecho la sobrina de Paco después de perder a su hijo recién nacido a causa de la viruela, pudo más que el temor a separarse de ella, y se decidió.

—He hablado con la Trini y..., a ver..., yo..., bueno, los dos creemos que una temporada en el pueblo te vendría bien. Allí podrás airearte, dar paseos, recuperar un poco el aliento, qué sé yo...

Mi abuela, que, según sus recuerdos, ojeaba en la cama los santos de una revista que el día anterior le había prestado Mari Miura, miró a mi abuelo sorprendida.

—¿Y tú? ¿Qué vas a hacer tú aquí solo, hombre de Dios? —le respondió.

—No te preocupes por mí, estaré bien. Mari hace siempre comida para un regimiento y donde comen dos, comen tres y hasta cenan cuatro, si incluimos al chucho ese que ahora siempre la acompaña. Además, iré a verte cada vez que me den permiso. Paco me ha dicho que me va a conseguir un buen turno, ya lo verás.

Mi abuela no fue capaz de negarse. Algo que nada tenía que ver con la tuberculosis la estaba devorando por dentro. Solo quería llorar y dormir.

—Está bien, lo intentaré, si eso es lo que quieres...

—Querer, querer, sabes que solo te quiero a ti. Pero el querer tiene muchas formas, y esto es por el bien de los dos. Confía en mí, mujer.

A la mañana siguiente, Paco recogió a mi abuela en su flamante Mercedes-Benz, bautizado como el Lola Flores en la prensa de la época por el ruido del motor, parecido al que la artista hacía con las castañuelas. Desde el umbral, mi abuelo vio cómo se alejaban y, según sus propias palabras, rogó a Dios, en el que había días que creía aunque muchos otros se sintiera ateo de manual, no haberse equivocado.

~

En ese punto, Ismael se vio obligado a interrumpir la lectura ante la llegada de una enfermera que había acudido a comprobar el estado de Noray y a renovarle la bolsa de suero que la mantenía hidratada. Cuando se marchó, tras intercambiar unas cuantas frases de cortesía que él percibió algo cortantes, Ismael se levantó para echar el pestillo de la puerta de la habitación. Pero al acercarse se dio cuenta de que, lógicamente, no había cerrojo, y se reprochó, con un movimiento de cabeza apenas perceptible, lo absurdo de su propósito. Entonces se acordó de una situación algo vergonzante que vivió con Noray en su casa al poco de conocerse.

Ismael compartía habitación con su hermano Ignacio, y quiso aprovechar que ese fin de semana él se había ido de viaje con su novia para poder pasar un rato a solas con Noray. Era sábado y esa tarde sus padres iban a estar fuera con su abuela Enriqueta, porque tenían que ir al funeral de un familiar cercano y no querían dejarla sola en casa. Noray, llevada por la ilusión que solo se permitió sentir en los primeros días de su noviazgo, accedió a la invitación de Ismael. La cara que ambos pusieron cuando entraron en el piso y vieron a los padres y a la abuela de Ismael sentados en el sofá de escay del salón fue todo un poema. Nada más poner un pie en la iglesia, doña Enriqueta empezó a encontrarse «mala de morirse» porque los entierros la alteraban mucho, por lo que, sin tiempo siquiera para dar el pésame a quien correspondiera, decidieron volver a casa antes de que la cosa fuera a peor. Ismael y Noray sabían que, ya allí, no podían dar marcha atrás. Así que, hechas las presentaciones de rigor, muy someras, Ismael condujo a Noray a su cuarto. Una vez dentro, ella se dio la vuelta, decidida a echar el pestillo... Pero no había. Ismael entró en pánico, pero la reacción de Noray, que se echó a reír camuflando su nerviosismo, lo tranquilizó. Se sentaron en la cama, los dos un tanto apocados, y empezaron a charlar.

A medida que fue pasando el tiempo, ajenos a la realidad que los padres y la abuela de Ismael estaban viviendo en el salón, tan distinta a la suya, Noray y él fueron acomodándose en esa delicada intimidad tan difícil de conseguir. Fue entonces cuando ella le habló de su enfermedad: hacía unos años había sufrido anorexia. Incluso había estado ingresada en un hospital. Pero ya estaba curada, aunque seguía yendo a la consulta del psicólogo por cosas del tratamiento. Noray no le dio muchos más detalles, y en ese momento Ismael no se atrevió a indagar demasiado en esa parte de su pasado por miedo a romper un instante tan frágil como valioso para lo que diera de sí su relación en el futuro.

Ese mismo día, cuando regresó a casa tras haber acompañado a Noray a la suya, Ismael empezó a buscar más información sobre esa enfermedad. Sabía que era un trastorno alimentario que normalmente se asociaba con la fijación por adelgazar de muchas chicas que buscaban parecerse a los esqueléticos referentes del mundo de la moda y de la televisión. Pero Noray no le encajaba en el perfil. A lo largo de las siguientes semanas continuó documentándose en la biblioteca de la Facultad de Psicología, en la que tuvo que colarse, pues él estudiaba Empresariales. Abrumado con todo lo que descubrió, su actitud hacia Noray cambió, especialmente en lo referente a la alimentación. Siempre estaba pendiente de lo que comía, de cómo lo hacía, cuándo y dónde. Y llegó a obsesionarse. Hasta el punto de que, cuando su ruptura era ya probablemente inevitable, ese comportamiento suyo, que solo buscaba cuidarla, protegerla, fue la causa de algunas de sus peores peleas.

Tras desprenderse del incómodo recuerdo, Ismael volvió a acomodarse en el asiento, abrió de nuevo el cuaderno y siguió leyendo el relato de Noray.

~

El regreso de mi abuela Carmen al pueblo no fue fácil. No solo por su débil estado físico y mental, que la obligó a guardar reposo, sin querer ver a nadie los primeros días tras su llegada, sino por el ambiente sombrío que reinaba allí. El hambre que muchos todavía pasaban convivía con la sed de venganza —insaciable pese al tiempo transcurrido— de los que habían resultado vencedores en la guerra. El alcalde, que se pasaba el día borracho perdido en el bar de Valen, se había desentendido de sus funciones de regidor. Según mi abuelo Tomás, que tanto lo sufrió en su día, ni sombra era entonces de lo que había sido. Pero, como reza el sabio refranero, otro vino que bueno lo hizo, porque el gobernador civil, preocupado por el vacío de poder constatado la enésima vez que se ausentó de un pleno, decidió nombrar un teniente de alcalde.

—Se llama Braulio y tiene atemorizado a todo el pueblo, incluso a los suyos —le explicó la Trini a mi abuela el día que accedió a acompañar a su madre al lavadero para hacer la colada—. Es un fascista que mejor no meneallo.

—Por Dios, Trini, mira que te tengo dicho que no uses esa palabra. A saber quién puede estar escuchando —la reprendió Blanca, poco dada a manifestar sus opiniones delante de nadie que no fuera ella misma.

—Pues, mira, en este momento, nosotras siete —contestó la Trini, con tal desparpajo que a las hermanas pequeñas de mi abuela se les escapó la risa—. Una cosa es ser prudentes y otra muy distinta es ocultarse. Y, si no, que se lo digan a Manolín...

—¡Trini, cállate de una santa vez!

La reacción de su madre sorprendió a mi abuela. Tan metida había estado ella para sus adentros, sin querer saber nada de nadie, encerrada en su antigua habitación, que no se había percatado de la ausencia de Manolín, aunque solo fuera en las conversaciones cotidianas en casa de don Francisco. Desde su regreso al pueblo, y seguramente debido al desconcierto que le provocaba no saber cómo curar el mal sin nombre que tenía su hija, tan desconocido que para ella era incomprensible, su madre había permanecido en un silencio prudente que rompía solo para preguntarle cómo se encontraba o si necesitaba algo. Respetaba las decisiones de mi abuela, la vida que había escogido vivir junto con mi abuelo. Y estoy segura de que siempre les quitó hierro a sus propios asuntos por miedo a trasladarle a su hija el rencor con el que ella cargaba por culpa del alcalde, al que seguía viendo en sus peores pesadillas.

—¿Qué pasa con Manolín? —preguntó mi abuela.

Mi bisabuela Aurora, con la mirada clavada en la tía Eulalia, no respondió. Tampoco dijo nada ninguna de las otras mujeres, que empezaron a meter la ropa arrebujada en los capazos como si les fuera la vida en ello. El asunto quedó así, escondido tras los gestos de las unas y las otras, hasta que, durante la cena de ese día, mi abuela volvió a sacar el tema preocupada por lo que pudiera haberle pasado a Manolín.

Era el único hijo de la tía Eulalia, que enviudó al poco de quedarse embarazada. Mi abuelo adoraba a su primo, y una de las cosas que más sintió cuando se marcharon del pueblo fue dejarlo allí, «desprotegido», aunque mi abuela no entendía a qué venía tanta preocupación por el porvenir de aquel joven apolíneo de aire despreocupado. «Carmen, esa inocencia tuya te va a terminar llevando por la calle de la amargura, ya lo verás. ¿No te das cuenta de que Manolín no es como el resto de los chicos de su edad? Mi primo es especial, muy especial. Y como me entere yo de que le pasa algo, mato a quien sea, te lo juro», le dijo una noche que surgió el tema, recién instalados en el piso de Marcelo Usera. Y mi abuelo no se equivocaba, aunque su razonamiento estaba lejos de la verdadera naturaleza de su primo. Reconozco que las veces que hablé con él de ese tema, que fueron contadas porque esa herida estuvo latente hasta el final de su vida, intenté hacerle ver que nada tiene de malo ser como era Manolín. Sé que ya es demasiado tarde, pero mientras tecleo estas frases en la cocina chica, donde lo vi por última vez, me doy cuenta de que mi abuelo no censuraba la condición sexual de su primo. Era algo que ni siquiera contemplaba, porque no le entraba en la cabeza. Tan sencillo como eso. Pero yo, incapaz de ponerme entonces en su lugar, lo juzgué y hasta lo presioné para que lo aceptara, causándole todavía más dolor. Qué necia fui...

Mi abuela recordaba a Manolín como un ser especial, de los que vienen a este mundo para hacerlo más hermoso y habitable. Muy retraído y también algo introvertido, su madre lo protegía como si fuera un querubín. Belleza no le faltaba, acrecentada por un aire femenino que, lejos de provocar rechazo o extrañeza, atraía las miradas de todos. La tía Eulalia procuraba que su hijo saliera de la casa en la que había nacido, tras un parto de dieciséis horas, lo menos posible y siempre en compañía de alguna de las mujeres que se erigieron en sus custodias. Los vecinos del pueblo se habían acostumbrado a la rareza atractiva del chico y lo habían aceptado casi como a uno más, con la distancia prudencial de saber que el trato con él se limitaría a la pura anécdota de lo extravagante, que gusta un rato pero incomoda si se prolonga más de la cuenta. Y así fue hasta que llegó Braulio y se trajo con él la Ley de Vagos y Maleantes, que el Régimen modificó para que incluyera también a los homosexuales. De hecho, una de las primeras cosas que el teniente de alcalde hizo a los pocos días de tomar posesión de su cargo fue colgar en todos los rincones del pueblo, como si aquello fuera el lejano Oeste y hubiera puesto precio a la cabeza de un piel roja, hojas con el artículo sexto de la norma escrito a mano por él mismo:

A los homosexuales, rufianes y proxenetas, a los mendigos profesionales y a los que vivan de la mendicidad ajena, exploten menores de edad, enfermos o lisiados, se les aplicarán para que las cumplan todas sucesivamente, las medidas siguientes:
a) Internado en un establecimiento de trabajo o colonia agrícola. Los homosexuales sometidos a esta medida de seguridad deberán ser internados en instituciones especiales y, en todo caso, con absoluta separación de los demás.
b) Prohibición de residir en determinado lugar o territorio y obligación de declarar su domicilio.
c) Sumisión a la vigilancia de los delegados.

Y como se encargó de advertir, rodeado de sus secuaces, en una de las reuniones que tenía a bien celebrar en el bar de Valen, lo mismo le pasaría a quien supiera de la existencia de alguno de esos rufianes y callara, por miedo o cobardía.

La noticia no tardó en correr como la pólvora por toda la comarca. Las pedanías cercanas sabían de la vileza de Braulio porque, incluso antes de que recalara en aquel pueblo, sus tropelías eran la comidilla de la región, y el temor se fue instalando, poco a poco, en todas las casas. Hasta llegar a la que un día fue la de don Francisco, el cura rojo. Mi bisabuela Aurora dio un golpe en la mesa cuando, una noche después de rezar el rosario, sus hijas pequeñas, Antonia y Juana, le dijeron que no querían que volvieran a verlas con Manolín. Si ellas, que lo consideraban un hermano, pensaban eso, ¿qué sería la gente capaz de hacer? La mujer que perdió su nombre el día que entró a trabajar en la casa del todavía alcalde supo entonces que a aquel pobre muchacho le esperaba un destino más negro que el carbón. Las dos jóvenes, que ya no lo eran tanto, no se libraron de la reprimenda, pero su madre no las obligó a ir a la mañana siguiente, como hacían todos los días, en busca de Manolín. Y decidió acudir ella en su lugar.

Cuando mis abuelos se habían ido a vivir a Madrid, la tía Eulalia se empeñó en darle unas llaves de su casa por si pasaba algo. Aun así, ella nunca las había usado, pues le daba reparo, no fuera a toparse con lo que no quisiera ver, con Valen rondando ya como Pedro por su casa por la de su amiga. Pero ese día decidió llevárselas y entró sin llamar. La escena que se encontró fue tan horrible que debió de recordarle, por lo que tenía de trágico, a aquella vez en la que ella estuvo a punto de morir a manos del alcalde. La tía Eulalia lloraba, desconsolada, en brazos de Valen. «¡Mi hijo, mi hijo! ¡Me lo han matado, me lo han matado!», gritaba una y otra vez. Tras permanecer un rato en silencio, como quien entra en un velatorio y no quiere importunar, solo estar presente y compartir el duelo, mi bisabuela Aurora se sentó a su lado y escuchó el relato de lo sucedido.

El día anterior por la tarde, Manolín había acudido solo a la sacristía. Don Remigio lo había hecho llamar para que lo ayudara en no sé qué cosa, y a su madre no le había parecido mal. Sabía que su hijo se sentía cada vez más solo en compañía de todas ellas y quiso dejarle un rato de libertad. Nada podía pasarle en aquel trayecto, era muy corto y, además, a esas horas —la campana de la iglesia acababa de dar las cinco— todos los hombres del pueblo, los más reacios a cruzarse con él, estaban ocupados en las labores de labranza. Pero la tía Eulalia no contaba con la traición del párroco. Cuando el muchacho llegó a ver qué quería el cura, Braulio lo estaba esperando parapetado detrás de un grupo de guardias civiles a los que el joven no había visto en su vida. No eran del pueblo. El teniente de alcalde se había buscado los cómplices en las altas esferas del Gobierno Civil, preocupadas por complacer al Caudillo. «Es por tu bien. Solo quiero salvar tu alma», le dijo don Remigio a Manolín antes de que se lo llevaran esposado.

Escondido en el confesionario, que el cura le había mandado limpiar sin acordarse ya de que lo había hecho, un monaguillo escuchaba lo que iba sucediendo con la respiración contenida. Cuando aquellos hombres, horribles y grises, desaparecieron y el sacerdote se metió en el baño a desahogar el vientre, el pequeño salió corriendo como una lagartija a casa de la tía Eulalia para contarle todo lo que había visto y oído.

—Pero no se lo diga a mi madre, que como se entere me muele a palos —le rogó el chiquillo tras haber irrumpido como una exhalación en el corral.

La tía Eulalia, a la que acababan de arrebatar el papel de madre, se comportó como tal una última vez. Besó al monaguillo en la frente, cogió un trozo de pan en el que puso una onza de chocolate, se lo dio y dejó que se marchara.

—¿Y cuándo fue eso? —le preguntó mi abuela a su madre al terminar esta de rememorar lo que había pasado.

—Pues hará cosa de quince días, poco antes de que tú llegaras.

—¿Desde entonces no sabéis nada de él?

—Nada. Ni dónde se lo han llevado, ni con quién. Nada.

—¿Pero por qué no nos lo dijisteis?

—Ay, prenda, bastante tenéis ya vosotros.

—Madre, por Dios, pero esto es más importante que cualquier otra cosa... No quiero ni pensar qué hará Tomás cuando se entere...

—¿Qué va a ser de él, hija mía, qué será de Manolín?

—No lo sé, madre, no lo sé.

# 8

El día que se enteró de lo que le había sucedido a Manolín, mi abuela Carmen no pegó ojo en toda la noche. A pesar de los muchos años transcurridos desde entonces hasta que me lo contó, es curioso cómo recordaba con una exactitud pasmosa cada una de las horas de aquella vigilia que la tuvo sin dormir casi hasta el amanecer. Harta de dar vueltas en la cama, a eso de las cuatro, como comprobó en el reloj de pared que noche tras noche la martirizaba —«Tictac, tictac, tictac», decía, imitando el molesto y repetitivo sonido—, se levantó y fue a la cocina a prepararse un vaso de leche caliente con miel. Era el mejor remedio contra el insomnio. Al menos siempre le había oído decir eso a su madre, aunque nunca había visto que lo tomara ni para ahuyentar el desvelo ni para ninguna otra cosa. La culpa la tenía un cólico que le dio, siendo bien chica, por echar varios tragos directamente de las ubres de una vaca a la que su abuelo llamaba Pastora y que al poco tiempo murió, nunca supieron de qué, aunque tampoco indagaron el motivo. Según me contó mi abuela, todos esos recuerdos, agazapados en algún lugar ignoto de su memoria, le vinieron de pronto a la cabeza mientras ponía a calentar en el fuego el cazo lleno de leche. Imagino que su mente, centrada por primera vez en algo que no fuera la depresión que le había causado no ser madre, intentaba mantenerla entretenida, dilatando el tiempo para no tener que afrontar lo inevitable: contarle a mi abuelo lo que le había pasado a su primo. Pero son suposiciones mías.

En un principio, mi abuela pensó en esperar hasta que mi abuelo fuera al pueblo, pues, conociéndolo, estaba segura de que era mejor decírselo en persona. Además, calculaba que sería pronto, en un par de días o tres andaría ya por allí, porque Paco se aseguraría de que le dieran un buen turno. Pero mi abuela sabía que el tiempo jugaba en contra del pobre Manolín, y aquellos días de espera, hasta que mi abuelo llegara, podían ser cruciales para él, si es que todavía seguía con vida... Finalmente, y tras darle no pocas vueltas en aquella cabeza aturullada que sin duda yo he heredado, entre muchos otros rasgos de su personalidad, mi abuela decidió que se lo contaría por teléfono. Aunque luego pensó que tendría que hablar con Valen para que la dejara llamar antes de abrir el bar o ya cuando lo hubiera cerrado. Sí, mejor a última hora, que por la mañana los había muy madrugadores, en busca del café de puchero que tan bueno le salía a la tía Eulalia. El problema eran los bebedores rezagados, que no querían irse a su casa ni a tiros porque la parienta los esperaba con la sartén en la mano, y no precisamente para prepararles un par de huevos fritos. En fin, tantas vueltas le dio mi abuela al asunto aquella noche que devino en amanecer que se olvidó del vaso de leche destinado a acabar con su insomnio. Se lo bebió, al borde de la arcada, pues ya estaba frío y con los hilillos de miel pegados a los bordes, y se volvió a la cama.

Aquellos días, el pobre Valen andaba como alma en pena, sin saber qué hacer para ayudar a la tía Eulalia. Desde que había desaparecido Manolín, ella no había vuelto a poner un pie en su bar, y él tampoco se había atrevido a ir a su casa. Pero no por lo que pudieran decir las malas lenguas. Según mi abuela, a esas alturas, lo mismo le daba. Mi conclusión, por todo lo escuchado a lo largo de los años, es que Valen respetaba tanto a la tía Eulalia, la amaba tanto, de esa forma tan bonita, por desinteresada, que a veces adopta el querer, que temía incomodarla en su luto, aunque aún no tuvieran certificado de defunción que oficializara la pérdida. Por eso, tal vez, prefirió alejarse un poco de ella y dejar que el tiempo fuera pasando, a ver si la herida se cerraba, al menos en la superficie. Pero no hay cura posible, ni siquiera un término que describa el dolor que una madre experimenta cuando pierde a un hijo. Es algo que siempre me he planteado debido a mi obsesión por las palabras, escritas y leídas, que dan sentido a lo que nos pasa dentro, porque nos lo explican. Pero la paradoja del lenguaje, reverso literario de la vida, nos deja huérfanos de ese término, mientras la muerte sigue haciendo de las suyas.

—Lo mejor es cerrar el bar —le dijo Valen a mi abuela cuando fue a verlo para pedirle ayuda.

—¿Para siempre? —le preguntó ella.

—No, mujer, ¿de qué viviríamos?

Recuerdo que, cuando me contó esa conversación, mi abuela recalcó aquel plural, aunque fuera pospretérito, *viviríamos*, extendiendo la última letra, esa ese con la que pretendía que me diera cuenta de que a Valen lo delataron sus propias palabras, siempre al quite de los sentimientos. Y estoy segura de que, de alguna forma, el tabernero se sintió liberado y hasta satisfecho, feliz de haber incluido en su decisión, aunque fuera sin mencionarla, a la tía Eulalia.

—Te quiero decir —continuó— que cuando tú sepas el día que vas a llamar a Tomás me lo dices y no abro el rato que sea, mañana o tarde, lo mismo da. He visto que en Talavera muchos lo hacen, ponen un cartel y sanseacabó.

A mi abuela la propuesta de Valen no le pareció mal. El problema era que, aturullada por la situación, no lograba recordar el día fijado con mi abuelo para hablar, una vez por semana. Menos mal que, según dejó las maletas y se instaló en la habitación que su madre le había preparado como si, en lugar de su hija, fuera a dormir allí la reina de Inglaterra, lo apuntó en una libreta que le había regalado Margarita en Valencia y que siempre conservó como oro en paño, a pesar de las muchas vueltas que en los años sucesivos dio su vida. Es increíble que la conservara, pero ahí está, todavía, en el cajón de su mesilla, con las hojas amarillentas, algunas extraviadas, repletas de nombres, de teléfonos, de precios de la fruta o el pescado... Cómo echo de menos su letra redonda y aun así espigada, trazada siempre con la torpeza de quien aprendió a escribir por puro empeño.

Al abrir la libreta de Margarita comprobó que habían quedado en llamarse los jueves, durante la mestresiesta. Y el jueves, pues, de esa semana, Valen colgó el cartel de «Cerrado por asuntos familiares» en la puerta y la dejó sola en el bar. Dentro, según recordaba ella como si en el momento en el que me lo narró estuviera olfateando en el interior de la taberna, olía a lejía y a tabaco. Cuando cogió el teléfono, a mi abuela le temblaba la mano. Colgó antes de marcar el número del cuartel. Respiró hondo varias veces. Debía tranquilizarse. Lo último que quería era transmitirle el desasosiego que sentía en ese pecho que tantos disgustos le había dado ya. Veía a mi abuelo capaz de todo y no podía permitir que perdiera la cabeza. Esperó unos segundos, tomó aire, probó a decir unas palabras para ver si le salía la voz firme y volvió a descolgar, esta vez con decisión. Al cabo de solo dos tonos, mi abuelo respondió al otro lado, y en cuanto empezaron a hablar supo que algo ocurría y pensó que el estado de mi abuela había empeorado.

—¡Dime qué tienes, Carmen! ¿Qué te pasa?
—No soy yo, Tomás, no soy yo... Es...
—¿Quién? ¿Qué fue, Carmen, qué ha pasado?
—Tomás...
—Por Dios, dime algo, lo que sea.

Y ella se lo contó todo.

—¡No hagas ninguna locura! —le suplicó cuando él ya había colgado.

Al salir del bar de Valen se dirigió a casa de la Trini, que la recibió en combinación y con unos pelos tan alborotados que nadie hubiera dicho que el día anterior se había hecho la permanente —luego mi abuela descubrió que estaba echando la siesta con Blanca.

—Hay que hablar con Sixto, él lo calmará.

—¿Sixto? ¿Desde cuándo tienes tú contacto con Sixto? —le preguntó mi abuela.

—Eso ahora es lo de menos. Las explicaciones, a su debido tiempo, si es que hay que darlas.

Sin decir nada más, la Trini se puso el vestido de los domingos y se fue directa al huerto, seguida de mi abuela. Allí, además de unas hermosas hileras de hortalizas y varios árboles frutales, tenía aparcado un Escarabajo que mantenía como los chorros del oro. Mi abuela no tenía la más remota idea de cómo demonios se había hecho con aquel coche, ni cuándo. Siempre que lo sacaba a pasear, los chavales del pueblo iban detrás de ella con sus bicicletas escacharradas, como en comparsa, mientras los vecinos miraban verdes de envidia a aquella mujer excéntrica a la que nada, ni nadie, se le ponía por delante. La Trini fue de las primeras mujeres de la comarca en aprender a conducir. Su padre era un linajudo sin fuste para serlo que nunca quiso saber nada del árbol genealógico que, según él, le había tocado en desgracia. El hombre dejó todos sus bienes a sus dos hijos, de ahí que ambos nadaran en cierta abundancia. Y, poco antes de que muriera, la Trini consiguió que le echara un autógrafo en el permiso que, en el caso de que la parara la Benemérita, debía mostrar.

—¿Subes? —le preguntó, pero mi abuela, recelosa de que la Trini no fuera tan ducha al volante como su cara de velocidad transmitía, prefirió quedarse en el pueblo.

Mientras, en Madrid, mi abuelo estaba que se subía por las paredes. Al colgar el teléfono soltó un grito de ira que resonó en todo el cuartel. Sus compañeros lo miraron extrañados, pero ninguno preguntó el motivo de aquel aspaviento. Paco se había cogido el día libre, nadie sabía por qué, ni siquiera mi abuelo, y no pudo desahogarse con él. Pensó en decir que se encontraba mal, irse a casa y procurarse refugio en la botella de coñac que guardaba en el aparador de la entrada. Pero se acordó de mi abuela y se contuvo. Lo mejor sería quedarse donde estaba y esperar, aunque no supiera a qué.

Cuando salió del cuartel, el sereno ya había comenzado su ronda nocturna. Desde que mi abuela se había marchado al pueblo, procuraba no llegar a casa hasta bien entrada la noche. La idea de cenar donde Mari Miura no lo seducía. La única vez que se sentó a la mesa de sus vecinos, con el perro respirándole en la entrepierna al acecho de las migajas que se le pudieran caer, la buena mujer se emperejiló como si los visitara el rey, porque ella en la intimidad era muy monárquica. Visto aquel cuadro, mi abuelo prefirió no repetir la experiencia, a no ser que no le quedara otra. Y, aunque nada le dijo a mi abuela, se aprovisionó de todas las latas de conserva que pudo en el economato. Como no tenía prisa por llegar a casa, pues nadie lo esperaba salvo la zozobra de no saber estar solo, era el último en irse del cuartel y el primero en coincidir con el sereno. Al principio lo saludaba con un sutil gesto de cabeza; luego vino el «Vaya usted con Dios»; hasta que, una noche, a mi abuelo le dio por preguntarle su nombre y el muchacho le soltó, de corrido, toda su historia. Cómo se enrollaba el hombre... Motivos no le faltaban, aunque ahora no viene al caso detenerse en ellos. Pero aquella noche, por razones obvias, a mi abuelo no le apetecía charlar y en cuanto lo vio enfiló la calle en dirección a casa.

Iba con la cabeza gacha, atribulado por sus pensamientos, y no se fijó en la figura que lo esperaba en su portal hasta que la tuvo casi de frente. Al ver quién era, sonrió.

—Sixto, hermano, ¿qué haces aquí? —Y sin darle tiempo para que respondiera le dio un abrazo.

—He venido por Manolín —le dijo su hermano, separándolo—. Y por nosotros, que ya era hora.

Tras abrir la puerta de la calle con la llave, que, como le pasaba siempre, se quedó atorada en la cerradura, mi abuelo invitó a su hermano a entrar en el portal. Una vez arriba fue a por la botella de coñac de la que se había acordado en el cuartel y los dos se sentaron en el comedor. Estoy segura de que en ese momento ninguno quería hablar del pasado. Al fin y al cabo, solo serviría para evocar un dolor que, a fuerza de enterrarlo, de cubrirlo con las capas del día a día, del runrún de la vida cotidiana, se había quedado enquistado. Y supongo que preferirían dejarlo allí hasta que se desvaneciera. Solo con el tiempo, y mucho sufrimiento, comprobaron que era imposible. Un dolor así únicamente desaparece al afrontarlo, con hechos y palabras.

—¿Qué vamos a hacer con Manolín? —empezó diciendo Sixto.

—No lo sé, de verdad que no lo sé. Si lo han apresado por lo que Carmen me ha contado, va a ser muy difícil que lo suelten. Están muy obcecados con eso. El Generalísimo ha dicho que no quiere ver a un solo sarasa suelto por la calle.

—*Sarasa*... ¿Cómo eres capaz de decir eso? Es Manolín, Tomás, nuestro primo.

—Lo sé, lo sé, y me parte el alma pensar en lo que pueden estar haciéndole esos bestias.

—Esos bestias son tus compañeros.

—No todos son así... No todos somos así.

—Pero bien sabes tú, porque los conoces, que hay una mayoría que sí lo es. Y a estas horas, mientras nosotros estamos aquí hablando, coñac en mano, es posible que Manolín ya no esté vivo para poder contarnos qué diablos le han hecho.

Al escuchar a Sixto, mi abuelo se dio cuenta de que tenía razón. Debían actuar con rapidez. Y solo había una persona a la que pudieran recurrir: Paco. Tras la breve conversación mantenida en el comedor, acordaron irse a la cama, tratar de dormir algo, intentar descansar, que falta les haría para lo que se les venía encima, y a la mañana siguiente ir a casa del teniente antes de que este saliera para el cuartel. Mi abuelo no quería que aquel asunto trascendiera. Pero, además, según llegó a reconocerme con pesar, no se fiaba de sus compañeros. Quién sabía si alguno de ellos no era una de esas alimañas capaces de romperle la cara, y lo que fuera, a su primo.

A eso de las siete de la mañana, sin un triste café en el cuerpo, mi abuelo y su hermano cogieron el tranvía. El teniente los recibió en bata. Aquel día se le habían pegado las sábanas e iba algo retrasado.

Llevaba el pelo peinado hacia atrás, como siempre, cubierto de ese aceite que hacía traer de Monterrubio de la Serena y que le daba al cabello un brillo nada grasiento. Alguna vez había intentado que mi abuelo lo probara, pero no lo consiguió, porque le daba bastante repelús, por no decir asco.

—¿Qué haces aquí a estas horas, muchacho?

Mi abuelo no supo qué decir y se le adelantó su hermano Sixto, que venía envalentonado, desconocedor de las rigideces de cualquier estamento que no fuera el comercial.

—Verá, señor, es por nuestro primo Manolín.

—No sé quién eres, pero veo que Tomás no te ha contado que no me gusta que me llamen de usted, sobre todo si quien a mí se dirige merece mi confianza, como estoy seguro de que es tu caso, dado que vienes bien acompañado. Así que cuenta, pero de tú, por favor.

Y así lo hizo Sixto, mientras mi abuelo asentía a su lado, sin decir una palabra.

—Bueno, si lo que me decís es verdad, lo primero que debemos hacer es averiguar si todavía está en algún calabozo o ya lo han trasladado a una prisión. Si fuera así, es probable que esté en la cárcel de Carabanchel. Aunque ya hace tiempo que la inauguraron, sigue conservándose bastante decente y suelen llevar allí a los más enclenques, con todos mis respetos... Dejadme que haga una llamada y os digo enseguida. ¿Cuáles son sus apellidos? ¿Manuel qué?

—Parra Domínguez, Manuel Parra Domínguez —contestó mi abuelo.

Paco desapareció, y regresó al cabo de un rato. Mi abuelo nunca lo había visto tan serio, y eso que ocasiones no habían faltado.

—Está en Carabanchel, como me imaginaba.

—¡Hay que sacarlo de allí, teniente, lo van a matar! —lo apremió mi abuelo.

—Tranquilo, hijo, tranquilo. Solo se me ocurre una cosa, y no sé si funcionará, porque estos asuntos son casi más delicados que si vuestro primo hubiera matado a alguien o si le hubiera dado por robar, qué sé yo, el Banco de España. Pero es lo único que podemos hacer.

Mi abuelo y su hermano escucharon, con los ojos abiertos de asombro, el plan que en un santiamén fue capaz de urdir el teniente.

—Antonio lo hará. Sabe que me lo debe, no le queda otra.

Y, efectivamente, el médico del cuartel lo hizo. Expidió un certificado falsificado en el que aseguraba que Manolín estaba gravemente enfermo y que su muerte era cuestión de semanas, si no de días. Tal era su estado que el facultativo rogaba a la autoridad en cuestión que se apiadara de él y le dejara pasar lo que le quedara de desdichada vida en compañía de sus seres queridos. Para rematar la faena, Paco recurrió al cura de su barrio, al que conocía desde que ambos eran niños, para que acompañara el justificante médico de un documento en el que el sacerdote suscribía el perdón que la Santa Madre Iglesia concedía a aquel pobre siervo de Dios, descarriado pecador.

Tardaron solo unos días en tener toda la documentación lista para llevarla a la cárcel de Carabanchel. Pero llegaron tarde. Cuando se presentaron en la prisión, el director les comunicó, con la cara de lameculos que según mi abuelo Dios le había dado, que la noche anterior Manolín había provocado una pelea y le habían rajado la barriga. Nada pudieron hacer por su vida, según se justificó el funcionario, intentando que el relato no sonara a patraña. Manolín había muerto desangrado.

Paco tuvo que sujetar a mi abuelo, que se abalanzó sobre aquel mequetrefe con intención de matarlo. Cuando consiguió calmarse se encaminó, junto con su hermano Sixto, de su mano, según me especificó, hacia la enfermería de la prisión para reconocer el cadáver de su primo. Los recuerdos de la imagen que vieron eran tan nítidos como macabros. Manolín yacía tendido en una camilla, con el cuerpo tapado por una sábana mugrienta y el rostro al descubierto. En sus labios, rastros de carmín corrido dibujaban una mueca grotesca.

No puedo dejar de pensar, mientras escribo esta parte del relato al abrigo de las palabras, que son mi mejor refugio, el más seguro, cuántos inocentes como Manolín se quedaron por el camino, cuántas muertes indecentes hay en los márgenes de nuestra historia, allí donde siempre han estado aquellos a los que yo más he querido. Y, también, en la valentía que demostró la Trini, que decidió vivir su vida sin importarle lo que dijera o pensara la gente, ni las consecuencias de sus actos. Esa libertad suya, la de todos los que se quisieron de formas tan infinitas como tiene el amor, me conmueve. Y siento que esta narración, a veces un tanto desordenada, es igualmente para ellos, en agradecimiento, y para que se sepa que no solo formaron parte de la historia, sino que fueron los que con más dignidad lo hicieron.

A los pocos días, el funeral de Manolín fue oficiado en la iglesia del pueblo por don Remigio. Mi abuelo lo quiso así y nadie le llevó la contraria. Se empeñó en que el verdugo de su primo, con sus ropajes de cura, se enfrentara a la vergüenza de tener que enterrar al muchacho al que había enviado conscientemente a la muerte. El párroco, además, no pudo escurrir el bulto, porque Manolín había recibido el bautismo allí, cuando la vida de todos era otra. Negarse habría sido lo mismo que reconocer su culpa. El pueblo entero acudió a la iglesia, aunque mis abuelos nunca supieron si fue en solidaridad o de puro cotillas. Valen tuvo que agarrar a la tía Eulalia para evitar que se tirara a la tumba antes de que la pareja de enterradores la cegara para siempre. Su grito al arrojar un puñado de tierra sobre el ataúd de su hijo y su llanto desconsolado se quedaron grabados en la memoria de mi abuelo como un soniquete cuyo eco no paró de escuchar durante las semanas siguientes, ya de regreso en Madrid. Claro que nadie sabía entonces que la tristeza, al menos esa vez, duraría bien poco.

# 9

Desde que había vuelto a Madrid, mi abuela Carmen no terminaba de sentirse católica del todo. No es que hubiera perdido la fe, por Dios bendito, que diría ella. Es que no se encontraba bien. Pero no era el malestar que la había llevado al pueblo a su regreso de Valencia, del que no le quedó más remedio que reponerse a fuerza de no reparar en él, por tener que enfrentarse a otro trauma familiar, ajeno pero compartido. Era otro tipo de indisposición, como si la desazón que a todos les había invadido el espíritu tras la muerte de Manolín a mi abuela se le hubiera pasado también al cuerpo. La pobre no levantaba cabeza.

Más que habitar la casa, se arrastraba por ella, porque no podía con su alma. Ni siquiera hacía los oficios domésticos. Para la comida y para la cena recurría casi siempre a la ayuda de Mari Miura. Durante la ausencia de mi abuela, a su vecina le habían matado al perro una de las pocas veces que su marido, obligado, lo había sacado a pasear. «Un atropello por culpa de un conductor despistado, justo enfrente de casa. Pobrecito, el Dios de los chuchos lo tenga en su gloria...» Esa fue la versión que, en su momento, dio el hombre, aunque ni su mujer ni mi abuela se lo creyeron, porque sabían que no podía ni ver al pobre animal. Así que, entre pastilla y pastilla de Optalidón, Mari Miura combatía los nervios cocinando para mi abuela, que esos días tenía un apetito voraz, cosa muy rara en ella, pues siempre había parecido el espíritu de la golosina.

Sin tener personalidades ni gustos similares, mi abuela y Mari Miura habían logrado forjar una amistad bien bonita. Y esa relación de afecto fue el mejor refugio de ambas ante la situación que aquellos días vivían en sus respectivos pisos, muy parecida pero motivada por distintas razones. La apatía marital del esposo de Mari Miura era de lo más normal. Tan acostumbrada estaba ella que el día que la colmaba de atenciones o subía a casa con algún regalo mal envuelto en papel celofán sospechaba que algo malo había hecho. Mi abuelo, en cambio, vivía pendiente de mi abuela desde que esta salió del hospital, y su abulia de entonces en casa, en el trabajo y allí donde estuviera se debía a la muerte de Manolín... y a su papel en ella. Mi abuela sabía que solo necesitaba tiempo para asumir la pérdida de su primo, e intentó dárselo. Por eso, aunque era muy consciente de que el silencio los había llevado hasta el borde mismo del despeñadero en Valencia, prefirió no agobiarlo con sus cuitas físicas. Además, intuía, porque conocía su cuerpo, como lo conocemos todas las mujeres, que el cansancio que la tenía baldada no tenía relación con la tuberculosis, ni era síntoma de algo malo. Sin querer ir más ni menos allá, lo dejó estar, y cuando mi abuelo le preguntó una mañana, mientras mojaba la magdalena en el café, a qué venía recurrir a Mari Miura para hacer las patatas con costilla, con lo buenas que le salían a ella, ella le quitó importancia. «No refunfuñes, anda, que la próxima vez las haré yo», le dijo, y así se quedó el asunto.

Aunque, más allá de su estado físico, que logró encauzar con las comidas de Mari Miura, algo le rondaba entonces por la cabeza. Lo sucedido con Manolín, pero también el paso dado, tiempo atrás, por mi abuelo, que con tesón había conseguido pasar de mozo de almacén a la Policía Armada, hizo que se diera cuenta de que ella aspiraba a ser algo más que un ama de casa devota y entregada. Mi abuela nunca encajó completamente en aquel papel, si bien lo ejercía encantada, pues quería a mi abuelo Tomás por encima de todas las cosas. Durante aquellas semanas no hubo un solo día en el que no pensara en su tío Francisco, en la de veces que le dijo: «Estudia, Carmen, estudia, aprende todo lo que puedas». La imagen del cura republicano vestido de sotana, eternamente joven, pues los muertos no envejecen, se le venía a la mente cuando cerraba los ojos, al acostarse, y la acompañaba la noche entera hasta que, ya casi entrado el amanecer, lograba conciliar el sueño.

Y una mañana a eso del mediodía, mientras el guiso hacía chup en la olla, le contó a Mari Miura lo que había decidido.

—Mari, voy a estudiar.

Mi abuela recordaba, con el tono jovial que siempre empleaba para hablar de su amiga, que, del susto, a Mari Miura se le había caído al suelo la cuchara de madera que, segundos antes, había usado para remover la comida. Pero, en lugar de agacharse a recogerla o de pedirle a mi abuela que lo hiciera, pues hacía tiempo que ella no podía ni inclinarse para calzarse los zapatos, soltó:

—¿Que vas a qué?

—Voy a sacarme la Primaria. Así es como lo llaman, ¿no?

—¡Qué sé yo cómo lo llaman! ¿Y a qué viene esa ocurrencia?

—No es una ocurrencia, y viene a que no podemos depender toda la vida de nuestros maridos. ¿Qué sería de nosotras si a ellos les pasara algo? ¿Te lo has preguntado alguna vez? —Mi abuela continuó con su discurso sin esperar la respuesta de su vecina—: Ya te lo digo yo, Mari: nos quedaríamos sin nada. No quiero decir que se vayan a morir mañana, pero quién sabe... Además, yo tengo más intereses que leer el ¡Hola!...

Entonces mi abuela se percató de que, sin querer, ese comentario podría haber ofendido a su amiga. Era Mari Miura quien cada jueves le prestaba la revista en cuestión, después de haberla repasado de arriba abajo en su casa sin saltarse un solo pie de foto. Mi abuela temió haber roto, fruto de su a veces vehemente carácter, otro rasgo suyo que yo he heredado, esa extraña complicidad fraguada, también, a base de intrascendentes lecturas y habladurías varias. Pero la respuesta de Mari Miura, cuya bondad compensaba sus otras muchas carencias, la tranquilizó.

—Mira, Carmen, no seré yo quien ponga ni medio reparo a tus deseos. Si tú me dices que quieres estudiar, yo iré contigo hasta el fin del mundo, si es que es allí donde enseñan latín. Bastante hemos venido a aguantar a esta vida como para que, de vez en cuando, no hagamos lo que nos venga en gana. Que tu capricho es ese, pues no se hable más, ¡a estudiar!

—No es un capricho, Mari, es una necesidad, un anhelo que llevo tiempo sintiendo sin ser consciente de ello porque no me había parado a pensar.

—Pues, Carmen, hija mía, para no tener estudios hablas como toda una señora ilustrada... Bueno, lo que tú quieras que sea. Puedo preguntar en la peluquería de Marina. Seguro que alguna de las cotorras del barrio —(Mira quién fue a hablar, pero, en fin, hay personajes a los que esta narradora les tiene que consentir todo, porque se lo merecen)— sabe cómo podemos contactar con la Sección Femenina.

—No, no, Mari. Ahí ni en broma. No quiero que se entere todo el mundo.

—¿Y Tomás?

—Prefiero esperar un poco para decírselo, que ahora bastante tiene el pobre como para tener que afrontar una ocurrencia así.

—¿Se echa la culpa de lo de Manolín?

—No es que se culpe, pero cree que podría haber hecho algo por él si se hubiera enterado antes. Y luego está, claro, que fueron los suyos los que...

—No creo que ninguno de los compañeros de Tomás tuviera nada que ver con el asesinato de su primo.

—Por Dios, Mari, no digas esa palabra, que me da miedo que las paredes oigan. El caso es que se siente responsable... Siempre le pasa con su familia. Yo pensé que lo llevaría mejor, especialmente ahora que se ha reconciliado con Sixto.

—Ay, sí, mira que es buena chica Isabel... ¡Lo vino Dios a ver cuando la conoció!

—Sí, la verdad es que sí. El caso es que Tomás está sufriendo mucho y se lo guarda todo, no dice ni pío. Creo que incluso ha dejado de llamar al pueblo por miedo a lo que le cuente Valen de su tía Eulalia. Está cual avestruz: con la cabeza metida bajo tierra. Y una cosa te voy a decir, Mari, no me gusta un pelo la gente con la que se junta ahora en el cuartel.

—Mujer, no te preocupes, mientras esté por ahí rondando ese teniente amigo suyo no le dejará hacer ninguna tontería, estate tranquila.

—Dios te oiga...

—¿Pero no estábamos hablando de ti y de tus estudios? Al final siempre terminamos hablando de ellos, no tenemos remedio, de verdad.

Por la manera en la que me lo contó mi abuela, con un cierto deje de amargura en su voz, creo que en ese momento ambas se dieron cuenta del peso que tenía en sus vidas el machismo en el que habían sido educadas, aunque ellas no se atrevieran a usar esa palabra, pues era cosa de libertinas y libertarias. Y valoraron todavía más el tesoro que, bien cuidada y atendida, es la amistad entre mujeres.

—Tienes razón, Mari, vaya par de dos... ¿Se te ocurre qué puedo hacer?

Mari Miura tiró de ingenio —otra cosa no, pero resuelta era un rato— y le propuso acudir a la Biblioteca Pública Ruiz Egea, que estaba junto a la glorieta de Cuatro Caminos y hacía poco había salido en el No-Do. Así fue como, de la noche a la mañana, mi abuela pudo acercarse a algunos de los libros de los que su tío Francisco, el cura rojo, tuvo tiempo de hablarle antes de que lo mataran. Empezó la tarea con reparo, pues le avergonzaba la lentitud con la que leía, y, después, con algo más de confianza, pero consciente siempre de sus muchas carencias. A mí me encantaba escucharla leer, y me daba rabia que se ruborizara cuando se trababa o tardaba más de la cuenta en llegar al final de una frase. Con el tiempo intercambiamos los papeles, y era ella quien me pedía que le leyera *Los Buddenbrook*, de Thomas Mann, mi novela favorita, que llegó a mis manos a través de las suyas, pues la descubrí en esta librería que ahora observo con nostalgia. A mi lado, mientras escribo, tengo ese mismo ejemplar, ajado por el paso del tiempo pero del que no pienso desprenderme mientras de mí dependa. Al abrirlo no puedo evitar leer algún pasaje, el que sea, pues todos son igual de inspiradores, e imaginarme la cara de mi abuela, escuchando atenta, con los ojos cerrados, y diciendo al final: «Qué bien escribía este señor, prenda mía. Y es la historia de una familia, ¡igual que la nuestra! Pues eso debes hacer tú, Noray, contar nuestra historia».

Pero lo que aprendió mi abuela en aquella época no solo se limitó a la literatura. Descubrió también nombres de países que hasta ese momento le sonaban a chino y hasta fue capaz de resolver fracciones mejor que el frutero del mercado, que según ella siempre le tangaba algún céntimo, menudo malandrín era. Y todo gracias a Filomena, un ángel que apareció en su vida, como decía mi abuela cuando la mencionaba. La conoció con Mari Miura el día que fueron a la biblioteca de Cuatro Caminos. Filomena era una mujer vigorosa, algo mayor que ellas, pero tampoco mucho. Según me la describió mi abuela la primera vez que me habló de ella, sus canas, seguramente precoces, eran de un gris distinguido y estaban repartidas por una media melena que siempre llevaba arreglada como si acabara de salir de la peluquería y que le daba un aspecto elegante y lustroso.

Las dos amigas pidieron información sobre educación para adultos al bibliotecario, que según mi abuela era un señor más seco que una tarama. La destemplada respuesta que les dio, rematada con un sonoro «¿Por quién me han tomado?», hizo que Filomena, que los observaba desde una comedida distancia, esperando su turno para devolver un par de libros, se acercara a ellas dispuesta a ayudarlas. Según les contó en la conversación que mantuvieron en una cafetería cercana a la biblioteca, pues dentro las instaron a bajar la voz, su padre había sido discípulo aventajado del profesor Rodolfo Llopis, del que ni mi abuela ni Mari Miura habían oído hablar nunca hasta entonces: era un destacado pedagogo que, antes de la guerra, había dado clases en la Escuela Normal de Ciencia —primera vez, también, que escuchaban tal cosa— y hasta había llegado a dirigir una revista, aunque el nombre se les olvidó a ambas al cabo del rato. El caso es que el tal Llopis tuvo que exiliarse, claro, porque sus ideas socialistas nada bueno podían traerle en la España del Generalísimo, y el padre de Filomena se quedó sin maestro. Perseverante, siguió estudiando lo que Llopis tuvo tiempo de enseñarle antes de huir a Francia por el mismo camino que el poeta y tantos otros, y procuró trasladarle sus conocimientos, al pie de la letra, a su hija. De todo lo que les contó Filomena, nada dijo —y ellas, prudentes, tampoco preguntaron— de cómo se ganaba la vida una mujer con sus ideas en aquel Madrid tan incómodo para los que no comulgaran con las ruedas de molino del Régimen.

Mi abuela vio en ella la reencarnación en mujer de su tío Francisco, y cuando Filomena le propuso darle clases de lo que ella quisiera, y además en su propia casa, se sintió afortunada. Cada día, según acordaron con Mari Miura como testigo, Filomena entraba, al poco rato de que mi abuelo se hubiera marchado al cuartel, por la puerta del piso repleta de ideas, libros e ilusiones. Puede que esa combinación de palabras al lector le resulte algo cursi y hasta empalagosa, pero mi abuela me dejó bien claro que así se sentía la maestra, no había más tutía. Así que, lo escrito: ideas, libros e ilusiones.

Pero las clases que recibía de Filomena no eran el único secreto que mi abuela Carmen le ocultaba a mi abuelo Tomás. Quizá *ocultar* no sea el verbo adecuado, pues no había en su intención nada pernicioso, solo apurar el tiempo hasta ver qué pasaba, ya que estaba tristemente acostumbrada a que todo lo bueno se arruinara al poco de dar comienzo. Uno de los días en los que estaba en plena lección, repasando los ríos de la Península, mi abuela sintió un dolor muy agudo en el estómago. Sin tiempo para poder excusarse ante su maestra, se fue corriendo al cuarto de baño, ubicado, como todos los de las casas bien, al final del largo y estrecho pasillo que recorría el piso de la Trini. Una vez allí, vomitó el desayuno y parte de la cena del día anterior. Filomena acudió a socorrer a mi abuela, y cuando la vio agachada sobre el inodoro le preguntó:

—¿De cuánto estás?

—¿Qué quiere decir? —Aunque entre ellas no hubiera gran diferencia de edad, mi abuela llamó de usted a Filomena desde el principio, igual que mi abuelo hacía con el teniente la mayoría de las veces, pese a que este le insistiera en lo contrario.

—Quiero decir que cuántos meses llevas embarazada.

—¿Embarazada? ¡No diga usted tonterías! Esto es cosa de la sopa esa de calabaza que Mari se emperró en que probara anoche. Seguro que no me cayó bien al estómago. No estoy acostumbrada a comer guisos tan sofisticados.

—Dejando de lado la obviedad de que la crema de calabaza no es un guiso sofisticado, ¿cuánto hace que no te pones mala?

—¿A qué se refiere?

—Ay, Carmen, que a veces pareces haberte caído de un guindo... ¡La menstruación!

—Ah, eso... Bueno, llevo un par de meses sin ella, casi tres, ahora que lo pienso, pero es que últimamente arrastro un cansancio raro, como si me hubieran puesto grilletes en los pies, y lo he achacado a eso. Aunque con las comidas de Mari me encuentro mejor, mucho mejor.

—Y tienes un hambre canina, ¿verdad?

—Sí, como más de la cuenta, lo reconozco. ¿Habré engordado por eso?

—No, hija, no. Has engordado porque estás embarazada.

—¡Eso es imposible! Pero si tengo..., mejor ni se lo digo, que me da hasta vergüenza, a mi edad y sin haber sido aún madre... No quiero ni pensar en lo que irá diciendo la gente de mí...

—Posible es, querida amiga, y una realidad, me temo. ¿No queréis tener hijos Tomás y tú?

—Claro que queremos. Es lo que más deseamos, pero después de tantos años de casados se ve que Dios no ha querido. Es un castigo sagrado con el que tendré que vivir el resto de mi vida.

—Déjate de Dios ni de castigos, porque vuestro deseo se ha cumplido: vais a ser padres.

Según me contó rememorando esa escena con lágrimas de felicidad en los ojos, nada más oír aquellas palabras pensó en mi abuelo, en lo que estaría haciendo en ese momento. Y se planteó si debía llamarlo al cuartel y darle la noticia. Pero finalmente decidió que lo mejor sería esperar hasta estar segura del todo. Podía ser una falsa alarma o que Filomena se hubiera precipitado en sus conclusiones.

—¿Tienes algún médico cercano al que poder ir, alguien de confianza?

—No, la verdad es que no. Desde que volvimos de Valencia no he querido pisar un hospital, que bastante mal lo pasé el tiempo que estuve ingresada allí. Y luego con lo de Manolín..., pues no he tenido tiempo de pensar en cosas como esa.

—¿En cosas como la salud, quieres decir?

Mi abuela no dijo nada, cabizbaja, y se limitó a asentir.

—Bueno, Carmen, no te preocupes, yo tengo un par de conocidos que nos pueden ayudar. No te asustes con la pregunta que te voy a hacer, ¿de acuerdo?

—De acuerdo —respondió mi abuela, seguramente sin entender la trascendencia de la cuestión que en unos segundos debería contestar.

—¿Estás segura de que quieres seguir adelante? ¿Quieres ser madre, Carmen?

—¡Por supuesto que quiero, ya se lo he dicho! ¿Pero qué clase de pregunta es esa?

—Algún día entenderás el motivo de mi pregunta, o eso espero. Dicho lo cual, no hay más que añadir. Quedamos mañana por la mañana a la misma hora de siempre, pero, en vez de para la clase, te recojo y vamos a ver a un médico amigo mío que nos sacará de dudas y te dirá cómo proceder a partir de ahora, porque no creo que me equivoque al afirmar que el tuyo no va a ser un embarazo fácil.

Pese a entender que formaba parte de una generación de mujeres muy determinada, marcadas por una época de guerra y miseria y en una sociedad patriarcal que ni les permitía existir legalmente, siempre me sorprendió la pudorosa relación que mi abuela mantenía con su cuerpo, en el que nunca dejó de sentirse una extraña o, por lo menos, incómoda. Recuerdo que las primeras veces que tuve la menstruación, si coincidía que estaba en el pueblo, mi abuela me recomendaba que durante los días que me durara no me bañara, pues con el agua se me podía cortar y solo Dios sabía qué consecuencias tendría eso. Al principio, incluso seguí sus consejos, temerosa de que por culpa de tanto aseo fuera a pasarme algo, y más que ducharme me hacía lo que ella llamaba *el lavado del gato*. Hasta que se enteró mi madre, porque me vio un día en el baño, y puso el grito en el cielo. Por otro lado, en nuestras muchas y cómplices conversaciones, las relaciones carnales, como ella las denominaba sin poder evitar ponerse colorada, eran un tema tabú, aunque me habría gustado preguntarle si alguna vez había sentido placer, pero placer verdadero, no la satisfacción de estar cumpliendo con su supuesto deber como amante esposa. Que yo sepa, con mi madre no habló de sexo en su vida... Me pregunto cómo se sentiría la primera vez que durmió con mi abuelo ya como matrimonio y, por tanto, con cierta libertad aunque siempre fuera con la intención de traer un hijo al mundo, aquel deseo frustrado durante tantos años, o con qué inseguridad se enfrentaría a su propia desnudez... Y lo mismo para toda esa genealogía de mujeres gracias a la cual hoy estoy yo aquí, escribiendo estas líneas.

No es extraño, por tanto, que a mi abuela le sorprendiera la confianza con la que el doctor Rull la trató en su consulta, a la que acudió junto con Filomena. Allí le confirmaron que, efectivamente, estaba embarazada. Y, como la maestra predijo, el suyo era un embarazo de riesgo. En cuanto mi abuela oyó la palabra *riesgo* se puso a temblar como el cuajao de su madre, una especie de flan pero cocinado a la lumbre, con las ascuas sobre la tapadera para que quedara tostadito por la superficie, que era una de las recetas más preciadas de la familia Soler. No entendió ni una sola palabra de la explicación que el doctor Rull le dio a continuación, que incluyó algo relacionado con la placenta y un posible desprendimiento. Pero volvió a casa contenta, aunque con el lógico temor de que aquel sueño fuera tan efímero que ni tiempo tuviera de compartirlo con mi abuelo.

Filomena y Mari Miura la presionaron para que se lo contara cuanto antes, y no solo porque era su marido y merecía saberlo. En su vida, el pobre no había hecho más que coleccionar tristezas, y ya era hora de que pudiera disfrutar con una alegría como Dios mandaba —esto último, según puntualizó mi abuela cuando me lo relató, lo dijo la vecina, no la maestra, tan racionalista como atea—. Además, según le había prescrito el doctor Rull, mi abuela debía guardar reposo un día sí y otro también hasta ver si el embarazo evolucionaba, lo que implicaba dejar de hacer los oficios y moverse como mucho para ir de la cama al sofá y del sofá a la cama. Así las cosas, mi abuela se comprometió a decírselo ese mismo día, en cuanto regresara del cuartel.

Pero aquella noche mi abuelo no llegó a casa hasta bien entrada la madrugada. Y no porque se entretuviera con una de esas pelanduscas de tres al cuarto que volvían locos a los hombres disolutos, como las describía Mari Miura cuando algún cotilleo protagonizado siempre por el marido de otra salía a relucir en la peluquería de Marina. Mi abuelo quería a mi abuela. En este punto de la historia ya no hace falta ni decirlo, pero por si acaso a alguien le cabe todavía algo de duda al respecto lo repito, pues esa habría sido la voluntad de ambos. Es cierto que en Valencia pasaron una crisis matrimonial, pero los dos escarmentaron. Durante todos los años que tuve la suerte de tenerlos en mi vida, fui testigo de la admirable devoción que se profesaban. Se amaron hasta el final y estoy segura de que en el último instante, antes de que la muerte se interpusiera entre ellos, sus cuerpos vibraron juntos. Pero tras el fallecimiento de Manolín —mi abuelo se resistió a llamarlo asesinato hasta hace bien poco, cuando supo que había llegado el momento de ajustar cuentas con el pasado— se dejó llevar, perdido en su incapacidad para expresar tanto dolor, por una tontuna impropia de él y en la que, según se justificó ante mí, no se reconocía, aunque en aquel momento no la pudo evitar. Y empezó a frecuentar malas compañías.

Así, a diario, en lugar de ir a comer a casa, se inventaba excusas para entretenerse en un bar cercano al cuartel con Saturnino y Dionisio, dos pobres diablos que habían acabado vistiendo el uniforme de la Policía Armada de pura chiripa y que, desde luego, no hacían honores para lucir galón alguno. Y lo mismo por la noche, apurando hasta el final el cierre del local. Aunque lo que sucedió aquella madrugada fue excepcional.

Era la primera vez que mi abuelo acudía con Saturnino y Dionisio a una timba. Así llamaban a las partidas clandestinas de cartas que solían organizar en el altillo de la casa donde vivía el que llevaba el nombre del Dios del vino —el apelativo que su madre escogió para él le venía al pelo, para qué nos vamos a engañar—. Los desgraciados que a ellas acudían se dejaban los cuartos de las pagas de varios meses. En los años posteriores, mi abuelo se maldijo hasta la extenuación por haber acabado en esa tesitura, mezclado con esos individuos a los que despreciaba profundamente, allí sentado, jugando una partida que nunca podría ganar. No imaginaba, ni de lejos, lo que en ese instante estaba pasando en su casa, pero tampoco lo que minutos después iba a suceder en el altillo de la de su compañero. Mi abuelo me contó la historia tantas veces, obligado por mi abuela, que disfrutaba chinchándolo con ese tema, que estoy segura de que la escena, entre cómica y patética, se desarrolló tal y como paso a relatarla, y si hay algo inventado que sea en pos de la verdad.

—Oye, el Pelao se ha quedao dormío —le dijo, a eso de las tres de la mañana, Saturnino al Dioni.

Mi abuelo reparó entonces en el Pelao. Estaba con la cabeza un poco ladeada, tenía los ojos cerrados y llevaba un buen rato sin abrir la boca, de la que, habitualmente, le sobresalían cuatro dientes pelaos, de ahí su mote.

—¡Pelao, despierta, coño, que te vamos a dejar sin blanca! Luego no te quejes de que te han robao, que siempre andas con las mismas chorradas...

Pero el Pelao no respondió al grito del Dioni. Saturnino se levantó de la silla y, ante la mirada atónita del resto de los jugadores, mi abuelo incluido, hizo un gesto raro que al principio ninguno entendió: pasó la mano por delante de las prominentes narices del Pelao, esas que de chico seguramente pugnaron con sus dientes para ganarse el apodo. Acto seguido, Saturnino miró al Dioni y negó con la cabeza.

—Está frito, pero frito de no despertarse más nunca...

—¿La ha espichao? ¿En mi timba? ¡No me jodas! ¡Será cabrón!

—¿Y ahora qué hacemos? —preguntó Saturnino.

—Pues qué vamos a hacer, seguir jugando hasta que terminemos la partida, que para eso hemos venido y nada da peor fario que no terminarla.

—¿Peor, incluso, que jugarla con alguien de cuerpo presente? —intervino mi abuelo, que no daba crédito a lo que estaba viviendo.

—No seas gallina, coño. Lo apartamos un poco y cuando acabemos llamamos a su parienta desde el cuartel y le decimos que se quedó anoche ordenando unos papeles y que nos lo hemos encontrado tal cual, frito en la silla.

—Qué peliculero eres, Dioni. ¡Un plan brillante! —le dijo su adlátere.

Al escuchar tamaña insensatez, mi abuelo no quiso saber nada más. El dislate que acababa de presenciar era lo que necesitaba para salir de aquella espiral absurda en la que se había metido él solito. Se levantó sin mediar palabra y se marchó de allí.

—Como se te ocurra decirle algo a Paco, te mato, te lo juro —escuchó que le decía Dionisio antes de cerrar la puerta del altillo.

En el camino de vuelta al piso de Marcelo Usera, mi abuelo se fue maldiciendo a sí mismo, refunfuñando incluso en voz alta. Cualquiera que lo hubiera visto hablando solo por la acera habría pensado que era uno de esos locos de atar que acababan encerrados en un manicomio. Pero mi abuelo estaba más cuerdo que nunca y, por eso mismo, la reprimenda que se iba echando era de aúpa. Ni rastro, claro, del sereno, con el que al menos se habría podido desahogar un poco, pero que ya estaría durmiendo a pierna suelta en su casa.

Al llegar al portal metió la llave en la puerta y, como siempre, se le quedó atascada. Con el cabreo que llevaba encima, la meneó con tal brusquedad que casi la partió. En el enésimo forcejeo con la cerradura, esta cedió y mi abuelo pudo entrar en el vestíbulo. Subió las escaleras de dos en dos, deseando meterse bajo las mantas y no levantarse en una semana. Hasta había pensado en la mentira que le contaría a mi abuela: una gripe que estaba haciendo estragos en el cuartel. Después, todo volvería a la normalidad.

Pero lo que se encontró al abrir la puerta de su casa frustró sus planes. Mi abuela lo estaba esperando despierta, sentada en la cocina.

—¿Qué haces levantada a estas horas?

—La pregunta tendría que hacértela yo a ti, ¿no crees?

—Me he entretenido con los muchachos en el bar al que solemos ir, uno que está cerca del cuartel.

—Te has entretenido, sí, pero no en ese bar, que ya debe de estar a punto de abrir para servir los primeros desayunos.

—Está bien, acompañé a Dionisio y Saturnino a una...

—No me lo cuentes, no quiero saberlo. No me importa, sobre todo ahora, no me importa. Sé que no serías capaz de hacerle daño ni a una mosca, porque eres más bueno que el pan, y que los asuntos de faldas dejaron de interesarte el día que nos conocimos.

Mi abuelo la miraba emocionado, con los ojos llenos de todas las lágrimas que no se permitió derramar durante el entierro de su primo, ni tampoco después.

—Pero te pido que por favor vuelvas de ese oscuro lugar al que te marchaste hace un tiempo. Y sí, estoy usando una alegoría... Filomena estaría orgullosa de mí.

—¿Quién es Filomena? —preguntó mi abuelo.

—Una amiga que nos hemos echado Mari y yo.

—Está bien, tranquila. Estoy aquí, he vuelto, y no pienso marcharme a ningún lado.

—Más te vale, porque... estoy embarazada.

Aquellas palabras pillaron completamente desprevenido a mi abuelo, que ni por asomo se esperaba ya oír una noticia tan maravillosa. Él, igual que mi abuela, deseaba ser padre y sentía que estaba faltando a su deber como hombre, pero llevaba años guardándose la aflicción que aquella incapacidad le provocaba para no atormentar más a su mujer, para evitar que se sintiera culpable, temeroso de que la tristeza volviera a apoderarse de ella.

—Ay, Carmen, después de tantos años pensé que nunca...

—Lo sé, yo también... Y me maldecía por eso, por no ser capaz de darte hijos.

—¿De verdad, estás segura?

—Segurísima. Pero no te quedes ahí plantado como una col de Bruselas, que no muerdo. Puedes abrazarme, pero con cuidado, porque el doctor Rull me ha dicho que debo guardar reposo. Tengo un embarazo de riesgo.

—¿Quién es el doctor Rull?

—Es una larga historia, aunque seguro que más corta que la que no me has contado tú ahora, porque ya me la contarás a su debido tiempo...

Mi abuelo sonrió y la abrazó con delicadeza.

—¿Y cuándo lo supiste?, ¿cómo? Anda que no decirme nada...

—Fue todo gracias a Filomena, y no quería preocuparte hasta no estar segura del todo, con lo que nos ha costado llegar hasta aquí, que es casi un milagro.

—¿Y qué será, niño o niña?

—Pues aún no se puede saber, pero Filomena cree que una niña.

—Vaya con Filomena; no sé quién será, pero veo que ha tenido un papel importante en este asunto. —Antes de continuar por el camino, indebido siempre, pero sobre todo en ese momento, del reproche, mi abuelo se percató de su error y lo desanduvo—. Estoy seguro de que, sean quienes sean esos nuevos amigos, te han atendido mucho mejor que yo durante las últimas semanas. Te pido perdón, Carmen, y te prometo cuidaros a ti y a nuestro hijo hasta el día que me muera.

—No te precipites, anda. De momento bastará con que te ocupes de todos los quehaceres de la casa, porque yo debo guardar reposo.

—¡Ay, mi madre!

—Tu madre, pobrecita, no podrá ayudarnos, Dios la guarde en su gloria, pero la mía..., la mía va a tener que venirse del pueblo, que no te veo yo fregando los cacharros, haciendo la cama, barriendo...

—¡Hasta mandil pienso ponerme!

Mis abuelos rieron en una carcajada conjunta, que era síntoma del alivio que, con todo por fin dicho, los envolvía. Cuando el alba estaba despuntando, se metieron juntos en la cama, se abrazaron y cayeron en un plácido sueño.

La noticia del embarazo de mi abuela fue recibida en el pueblo como si les hubiera tocado la lotería. La criatura que viniera estaba llamada a cubrir la ausencia de Manolín, y la buena nueva fue interpretada por mi familia como el inicio de una etapa en la que la tristeza y el sufrimiento de todos los años previos quedaran relegados a un segundo plano. Hasta la tía Eulalia se quitó el luto, convencida de que aquellos ropajes oscuros influían en su maltrecho ánimo y obligada, también, por la Trini, que le dijo que si tenía pensado ir a Madrid más le valía no presentarse con esa pinta de viuda rancia. El único pesar con el que cargó durante el tiempo que estuvo en casa de mis abuelos para ayudarlos fue no poder ir al cementerio, porque tenía la costumbre de dejar cada lunes un ramo de flores silvestres sobre la tumba de su hijo, cuya lápida estaba siempre reluciente, como recién fregada.

Mi abuelo conoció, por fin, a Filomena, porque la maestra siguió yendo, con frecuencia aunque ya no a diario, al piso de Marcelo Usera, y llevando libros a mi abuela para que sobrellevara el aburrimiento.

También tuvo ocasión de acudir a la consulta del doctor Rull, al que mis abuelos nunca pagaron un céntimo, ya que Filomena les dijo desde el principio que las visitas no tenían coste alguno. Por mucho que a mis abuelos les extrañara tanta benevolencia en toda la gente con la que, más allá de las lindes del pueblo, habían tenido la suerte de cruzarse, lo interpretaron como lo que seguramente era, un regalo divino, la merecida fortuna que desde su infancia, e incluso antes de haber nacido, a los dos se les había resistido.

Como adelantó el doctor Rull, el embarazo de mi abuela no fue fácil. Los últimos dos meses hubo de pasarlos sin moverse de la cama, ni siquiera podía levantarse para comer, solo para ir al baño, y con ayuda. Mi abuelo sufría por ella y, sobre todo, estaba muerto de miedo. Temía que por la mala cabeza que había tenido durante el tiempo que le dio por hacer el ganso con Dionisio y Saturnino —el destino de estos dos holgazanes estuvo más cerca del calabozo que del cuartel—, mi abuela perdiera al bebé o este llegara con alguna enfermedad incurable o deformación irreversible como castigo, también divino, igual que la fortuna antes mentada. Tenía, incluso, pesadillas. Se despertaba sudando en mitad de la noche y observaba a mi abuela, que dormía junto a él, con la barriga ya tan prominente que solo podía estar tumbada boca arriba. Le acariciaba la mejilla del lado derecho —desde el primer día que compartieron cama, mi abuelo se acostumbró a ocupar el lado izquierdo según se mira de frente el cabecero—, volvía a recostarse y trataba de apresar el sueño de nuevo, conjurando pensamientos hermosos en los que se veía paseando con su hija, porque tenía claro que sería una niña.

Así fue pasando el tiempo, hasta que llegó el día del alumbramiento. Y por primera vez en la vida de los protagonistas de esta historia no hubo drama alguno. Ni en casa, cuando mi abuela rompió aguas. Ni en el camino hacia el hospital en el que el doctor Rull atendía a sus pacientes. Ni en el parto. Mi madre nació el 13 de enero, pasadas las dos del mediodía. Era una niña sana y rolliza. Pesó cerca de cuatro kilos, según contaba siempre mi abuela, que nunca fue capaz de recordar, sin embargo, cuánto midió. Y llegó con todos sus órganos vitales en perfecto estado, en especial el corazón, que le latía en el pecho con una fuerza inusitada, como mi abuelo pudo comprobar cuando el médico le colocó el estetoscopio.

—¿De dónde viene el nombre de Olivia? No lo había oído en mi vida... —le preguntó la tía Eulalia a mi bisabuela Aurora en un aparte, con mi madre y mi abuela ya en la habitación.

—Pues, según parece, es una actriz que tiene fascinada a la Trini... El apellido suena como a gavilán, pero no lo recuerdo.

—Ah, estupendo, estupendo... Y a los muchachos les ha gustado.

—Uy, no lo sabes tú bien. Creo, además, que la película por la que se ha hecho famosa tiene algo que ver con uno de esos libros que Filomena le ha regalado a Carmen. En fin, un despropósito.

—Mira que no haberle puesto Guadalupe, que es la patrona de nuestra tierra...

—No se hable más, Eulalia, que nosotras en eso ni pinchamos ni cortamos.

—Ni en eso ni en nada... ¡Habrase visto, válgame Dios!

A los pocos días, mis abuelos se marcharon con mi madre al piso de Marcelo Usera, donde les esperaban varios años de tranquilidad y dicha moderada.

~

El vuelo inoportuno de una mosca pesada que no paraba de zumbarle en los oídos sacó a Ismael de la lectura. Miró el reloj y comprobó que eran las cinco y media. Tenía la sensación de que el tiempo había empezado a transcurrir más lento desde que había comenzado a leer. Quizá había llegado el momento de llamar a Olivia, o a Clara, al menos, y contarles lo que había pasado... Pero no se veía capaz. Sabía que Olivia se pondría histérica, e incluso lo culparía a él de todo. ¿Acaso tenía la culpa? ¿Era él el culpable de que Noray hubiera intentado suicidarse? En ese momento, su mente retrocedió en el tiempo, hasta la boda de Marta.

A Ismael le sorprendió que Noray lo llevara como acompañante al enlace de su amiga. En más de una ocasión, y con incómodas broncas de por medio, le había dejado claro que no le gustaba mezclar los asuntos familiares —para Noray, Marta era como su hermana mayor, y allí estaría toda su familia— con los amorosos. A él le daba rabia, le parecía injusto, no podía entenderlo. Pero había tantas cosas que Ismael no comprendía... Pasada la ceremonia, durante el baile posterior al convite, la madre de Noray se acercó a él. A Ismael le extrañó, porque no tenía excesiva confianza con ella, habían coincidido muy poco, solo lo que Noray había querido. Pero le dijo que tenía que hablar con él de algo importante y se alejaron hasta un extremo del salón.

Ismael nunca supo cuál era el objetivo de aquella conversación, qué pretendía la madre de Noray. Se quedó sin saberlo. Después de varios minutos de charla insustancial, rellena de ambages, Olivia empezó a hablar del tiempo que su hija había pasado en el hospital y del tratamiento que allí había recibido. Pero justo en ese instante apareció Noray y los interrumpió. Olivia se quedó cortada, como si su hija la hubiera pillado in fraganti en algo, e Ismael se sintió incómodo sin que aparentemente hubiera motivo para ello. Minutos después, Noray y él fueron de los primeros invitados en irse de la boda.

Más tarde, ya en el coche, Noray provocó una pelea absurda cuyo origen estaba, sin duda, en su frustrada conversación con Olivia. Harto, Ismael se dejó vencer por el desconcierto y sucumbió, sin saberlo, al propósito de Noray. Porque al día siguiente, Noray quedó con él en la misma cafetería en la que habían tenido su primera cita y sin darle explicaciones le dejó.

Ismael cerró los ojos un par de veces, tres, intentando regresar a la realidad que lo rodeaba. Se removió, buscando otra postura, y el sillón de acompañante emitió un sonido casi gutural. Ismael tuvo miedo de despertar a Noray... «Qué tontería», pensó, y fijó de nuevo la vista en el cuaderno.

# 10

Un día de cumpleaños del inicio de la adolescencia de mi madre, la vida de mi familia cambió una vez más. Todos los años anteriores habían sido un extraño, por lo desacostumbrado en nuestra historia, oasis de cotidianidad con su correspondiente sosiego. Los mayores destellos de felicidad estaban enmarcados en la triple celebración anual del aniversario de boda de mis abuelos. Durante todo ese tiempo, mi madre asistió al colegio Carmen Rojo por recomendación de Filomena, que además intervino para que la aceptaran. Quedaba lejos del barrio de Usera, a unas cuantas paradas de tranvía, y a mi abuelo no le hacía gracia que tuviera que desplazarse tanto para ir a la escuela, pero se puso mi abuela tan burra que no le quedó más remedio que aceptar la voluntad de las mujeres que tenía alrededor. Los tres iban con cierta frecuencia al pueblo. Mi abuelo se había agenciado un cochecito de segunda mano que, según él, no estaba mal. El carburador le fallaba de vez en cuando y salía un humo negro del tubo de escape que pobre de aquel que anduviera por detrás, pero para el uso que le daba le valía.

En el pueblo, el malnacido de Braulio se granjeó tantos recelos tras la muerte de Manolín que por precaución —es decir, cobardía pura y dura— apenas iba por allí. Los vecinos pasaron a ser entonces responsables de sus pequeños destinos, al menos en lo referido a las cuestiones de su localidad, lo cual no era ni mucho ni poco, pero sí suficiente. El resto del país, mejor ni mentarlo. En cuanto a mi familia, mi bisabuela Aurora no tuvo más remedio que aprender a estar a solas con todos sus fantasmas cuando sus hijas pequeñas se marcharon de casa tras desposarse con dos mozos que prometieron procurarles ventura el resto de sus vidas. La tía Eulalia logró convivir con el recuerdo de su hijo —su tumba, hoy mismo, permanece inmaculada, doy fe de ello— sin que el dolor la carcomiera por dentro, y aceptó a Valen como compañero en la salud y en la enfermedad, en la riqueza y en la pobreza —en esta última, sobre todo—, hasta que la muerte los separara, pero sin pasar por vicaría alguna.

La Trini, por su parte, vio los cielos abiertos cuando Blanca se quedó viuda. Según mi abuelo, el muy canalla del alcalde no supo ni morirse bien. Una noche que salía del bar de Valen trastabillando, con una curda morrocotuda, debió de caerse de bruces con tan mala suerte que fue a dar contra uno de los bancos de piedra de la plaza, al que seguramente trataba de acercarse para posar el culo. Al cabo del rato, no mucho pero el suficiente para que la espesa sangre que le salió de la brecha que se abrió formara un círculo alrededor de su lampiña cabeza, lo encontró Valen, ya sin rastro de esa vida que tan mal supo llevar, para su desgracia y la de todos los que tuvieron el infortunio de cruzarse con él. Al día siguiente del funesto suceso, su esposa, oficialmente viuda, cerró con llave la casa que según el padrón habitaba y se marchó a vivir con la Trini. Poco les importaban a ambas mujeres las habladurías de aquel que en el pueblo algo tuviera que decir, pero es que ninguna hubo, tal vez porque nadie quería buscarse problemas con la Trini. Es triste pensar que incluso ahora, en nuestros días, sigue sin considerarse normal, sin aceptarse, lo que debe ser vivido con naturalidad.

Pero volvamos al día del ya mencionado cumpleaños de mi madre. Mi abuela, con ayuda de Mari Miura, había organizado una merienda cena que mi madre habría querido que fuera una fiesta de otra clase, en otro lugar y en un horario distinto. Y hasta Bravo Murillo se fueron las dos vecinas, en una excursión que tuvo mucho de aventura. Su objetivo era comprar, en la pastelería Mallorca, las medias noches que debían representar el dispendio adecuado para tan significada fecha en el calendario de mi madre. Pero una vez allí se les abrió el apetito, además de los ojos, y hasta una tarta San Marcos se trajeron, entre otras deliciosas chucherías que era la primera vez que veían. Al regresar a casa, cargadas como mulas, se encontraron con mi abuelo Tomás en el portal. En ese momento, mi abuela se dio cuenta de que tenía cara de circunstancias, pero lo achacó a que se había enfurruñado al verla con tanto bulto cuando él pensaba, porque era lo que le había asegurado, que se acercaba solo a comprar una docena de bollos suizos. Sin embargo, nada tenía que ver con eso el circunspecto rostro de mi abuelo, que las ayudó a subir todo sin preguntar siquiera. En el descansillo, mis abuelos se despidieron de su vecina, que se comprometió a pasarse a ayudar a eso de las cinco, cuando se hubiera despabilado de la cabezadita que echaba a diario en el sofá después de fregar la loza, y entraron en casa.

—¿No viene Olivia a almorzar? —preguntó mi abuelo tras soltar las bolsas en la cocina.

—No. Hace unos días me contó que había quedado con unos amigos para ir a la Plaza Mayor a comer un bocadillo de calamares y le dije que no me parecía mal... La verdad es que se me olvidó comentártelo, perdona.

—No pasa nada, mujer, es normal que quiera hacer algo especial por su cumpleaños. Cómo pasa el tiempo, ¿verdad? Hace nada la teníamos en brazos, recién salida del paritorio, y ya es toda una mujercita...

—Uy... ¿A qué vienen esas reflexiones tan sesudas? No son propias de ti, Tomás, y menos a estas horas, con el estómago vacío. Anda, pon la mesa, que antes de irme dejé preparados unos callos.

—El caso es que...

—¿Ves?, si lo sabía yo... ¿Me siento?

—Sí, será mejor que te sientes.

Mi abuela pensó entonces en la peor de las desgracias, que en el caso de ambos siempre tenía que ver con el pueblo. Pero prefirió no decir palabra y dejar que mi abuelo hablase con la esperanza de que el asunto que lo tenía lívido fuera cosa de poca monta.

—Han trasladado a Paco. Bueno, todavía no. Para ser exactos, se traslada la próxima semana, aunque creo que ya este fin de semana se marchará para allá con su mujer, para instalarse con algo de tranquilidad.

—Vaya, pobre, con lo que le gusta Madrid... Y lleva toda la vida en tu cuartel, además. Por eso tienes esa cara, claro. Y yo que pensaba que te habías enfadado al vernos cargadas con las bolsas de Mallorca pero te habías contenido para no discutir delante de Mari... Pues de verdad que lo siento, Tomás. Pero, bueno, también te diré que ya era hora de que volaras un poco a tu aire, ¿no? Eso de estar siempre, toda tu vida, bajo las faldas de Paco, con todos mis respetos... Quizá este sea el empujón que necesitabas para, qué sé yo, ¡llegar a teniente!

Mi abuela soltó una risita tímida pero, al no ser correspondida, la cortó en seco y se dio cuenta de que los tiros no iban por ahí ni remotamente.

—El teniente me ha propuesto que me vaya con él, y yo he aceptado. Bueno, le he dicho que primero te lo consultaría a ti, pero que estaba seguro de que no te opondrías.

—Ay, Tomás, una mudanza ahora, en pleno curso de Olivia, y en la edad que está, además... ¡Pero si es que ya no estamos para esos trotes, hijo de mi vida! Aunque, por la cara que estás poniendo, veo que ya lo tienes bastante decidido, ¿no?

—Carmen, ya sabes que le debo mucho a Paco... Se lo debo todo, en verdad. Si no llega a ser por él, aún estaría cargando sacos de patatas en el economato. Consiguió que regresáramos de Valencia, no sé si te acuerdas, por no mencionar que siempre me ha dado los mejores turnos. Y ahora me pide un favor que yo no le puedo negar, aunque suponga mucho esfuerzo para todos.

—Hombre, a ver, Tomás, una mudanza siempre supone esfuerzo, sobre todo cuando cargas con una familia a cuestas, pero miedo me estás dando, que parece que nos vamos a ir a vivir a Sebastopol...

—A Sebastopol, no, a Sebastopol, no, Carmen. Nos vamos a...

—¡Pero dilo ya, que me tienes en ascuas y se me van a pegar los callos, que los puse a calentar cuando empezaste con tu perorata y no les he vuelto a hacer caso!

—A Lezo. Trasladan a Paco a Lezo, y es allí donde vamos a vivir.

—¡A las Vascongadas! Ay, Dios mío, ¿pero tú te has vuelto loco? ¡Eso es casi como si nos fuéramos a Francia! Pero si hasta creo que hablan un idioma distinto, aunque lo tengan prohibido...

Mi abuelo no esperaba que mi abuela identificara tan fácilmente la ubicación geográfica de su nuevo destino, y le pidió a Dios, del que solo se acordaba cuando tronaba, que nada supiera de los riesgos que, según decían quienes más enterados estaban en el cuerpo, empezaban a correr todos los que llevaban su mismo uniforme en aquellas tierras.

Muchas veces he imaginado, y supongo que a mi abuelo le pasó lo mismo todos los días que vinieron después de aquel traslado, lo diferente que hubiera sido nuestra vida si él no hubiera accedido a la petición del teniente. Pero lo siguió, porque debía hacerlo, como me recalcó las pocas veces que fue capaz de hablar de ello. Aquel era uno más en su saca de dolorosos recuerdos y lo evitaba cuanto podía. No tuve tiempo de decírselo, y tampoco sé si a él le habría gustado escucharlo, pero yo lo admiraba, sobre todo, por esa decisión. Un sacrificio como el suyo, con el riesgo que el cambio suponía para toda la familia, es propio de quienes valoran, porque la han experimentado, la amistad verdadera, esa que únicamente se encuentra una vez en la vida y que es más importante que el amor en su forma romántica. Al menos así lo creo yo, porque es lo que me han enseñado, y he intentado trasladarlo a mi propia vida, aunque en muchas ocasiones haya fracasado estrepitosamente. Ojalá en el último momento, cuando el sueño lo venció y los párpados se le cerraron para siempre, tuviera la conciencia tranquila. Porque nada de lo que pasó fue culpa suya, nada.

Ajenas a todo lo que no tuviera que ver con sus trastornos cotidianos, que no eran pocos, mi bisabuela Aurora y la tía Eulalia solo pusieron un pero al nuevo traslado de mis abuelos: el mar. Cuando al mirar uno de los viejos atlas de don Francisco se dieron cuenta de que el pueblo al que se iban estaba pegadito al Cantábrico, bastante cerca de Francia, se llevaron las manos a la cabeza. Ambas recordaban con espanto la ominosa enfermedad que se le metió en los pulmones a mi abuela y a punto estuvo de llevársela del reino de los vivos. «Y todo por culpa de ese viento que trae el mar. Con lo bien que se está tierra adentro, ¡coñe!», se atrevió a decirles a mis abuelos la tía Eulalia. Aquella fue la primera y única vez que pronunció una palabrota en toda su vida, aunque fuera poco grave. Pero lo mismo dio.

A la Trini tampoco le gustó que mis abuelos dejaran de nuevo el piso de Marcelo Usera. Pero sus temores nada tenían que ver con la salud de mi abuela, ni tampoco con cuestiones monetarias, pues, hasta donde yo sé, nunca le pagaron alquiler. Como confesó a mi abuelo tiempo después, cuando ya nada era evitable, sus miedos se debían a ciertas noticias que había escuchado en una emisora clandestina que emitía desde el otro lado de la frontera francesa. La tenía localizada, pese a las interferencias, en una radio que guardaba en un arcón, oculta bajo los mantones de Manila de su madre. Es posible que la Trini barruntara que el destino de mi abuelo Tomás estaba unido al de Paco de un modo que no debía alterarse. O simplemente no tuvo tiempo de trasladarles sus suspicacias. Pero el caso fue que no abrió la boca.

Solo una semana después de que toda la familia estuviera al corriente, mis abuelos y mi madre pusieron rumbo al norte en el cochecito del carburador renqueante sin saber que el tiempo allí era tan brumoso —en sentido real y figurado, como habría puntualizado Filomena— que había días en los que ni se vislumbraba el horizonte. Algo exagerada, mi abuela recordaba que el piso de la casa cuartel de Lezo era minúsculo, si hubieran sido cuatro en lugar de tres, uno de ellos tendría que haber dormido al raso. Pero, bueno, era lo que había, y ella se acostumbró pronto a aquel nuevo hogar, según me reconoció, y para sentirse antes en casa puso el tapete que se había traído del piso de Marcelo Usera, con los bordados en color ocre, en la mesa camilla que presidía el pequeño salón y colocó también unas toquillitas en los reposabrazos y en el cabecero del sofá para evitar los cercos de sudor que siempre se terminaban formando, especialmente en el sitio en el que mi abuelo se sentaba. A mi madre le costó algo más acomodarse, me temo, porque el nuevo destino laboral de su padre la pilló en mitad de un noviazgo a medio florecer por el que derramó más de un millón de lágrimas en los primeros meses que vivió en Lezo. Hasta que la desazón se le fue pasando gracias a un chaval que conoció en los billares del pueblo. Se llamaba Gaizka, aunque su papel en nuestra historia tuvo poco de Salvador, que, como diría mi abuela, es su traducción al cristiano.

Tan ensimismadas estaban las dos, cada una afanada en lo suyo, que al principio no percibieron el aire denso, a veces impenetrable, que se respiraba en cada esquina de su recién estrenado destino. Pero mi abuelo sí era consciente. Sus compañeros del cuartel no paraban de murmurar, con el miedo asomando entre los dientes, sobre una cuadrilla a la que se estaban arrimando cada vez más jóvenes de la región. En el resto de España nada aún se sabía de ellos, porque todavía no habían salido en el parte. Pero, según palabras textuales de mi abuela, «querían que Euskadi, que era como llamaban a las Vascongadas, fuera un país distinto, ¡con su frontera y su todo, y encima socialista!».

Cada vez que mi abuelo intentaba acercarse a Paco para sacarle ese tema que tanto le quitaba el sueño, ya fuera en el cuartel o en las casas de ambos, nunca durante las patrullas, él se llevaba un dedo a la boca para que guardara silencio y le apretaba el brazo como queriendo transmitirle calma. En alguna ocasión incluso trató de hablar con él delante de Emilia, su mujer, y de mi abuela, algo de lo que, según me confesó, después se arrepintió, pues no hay mayor fuente de felicidad que la ignorancia, y los dos querían que ellas vivieran sin saber. Aunque en Madrid no habían coincidido mucho, ya que las separaban varios barrios y una clase social —Emilia era sobrina de una marquesa que la dejó bien situada al mencionarla en su testamento—, se hicieron muy amigas, y en el tiempo que estuvieron viviendo en Lezo juntas aprendieron a ver, oír y callar. Hasta que todo devino en un grito incontenible y en un llanto desesperado.

Por recomendación de mi abuelo, que a su vez seguía instrucciones de Paco que no se atrevió a cuestionar ni a preguntar a qué venían, mi abuela dejó de ir a misa los domingos, algo que aceptó con reticencia, pues no le quedaba otra, y llevó con pesar. No es que fuera devota practicante de las que asistían a diario al oficio de las ocho para expiar sus pecados —ninguno de los confesados al párroco de la iglesia de Lezo era venial, pero don Betiri, al que mi abuelo procuró llamar Pedro las pocas veces que a él tuvo que dirigirse, los perdonaba todos—, sino que mi abuela simplemente tenía la costumbre de ir al templo para hablar con su tío Francisco, al que desde que lo mataron ubicaba allí donde se celebraba la eucaristía. Él, su fantasma o lo que quiera que mi abuela imaginara, le respondía, y sus palabras le daban un consuelo que no hallaba con nadie más y en ningún otro lugar. Y tanto tiempo sin aquellos encuentros la sumieron en un estado de nerviosismo que no calmaba ni el Optalidón que había empezado a tomar al volver de Valencia aconsejada por Mari Miura.

Así que un día, a sabiendas de que mi abuelo tardaría en volver a casa, porque le tocaba patrulla fuera del pueblo, y con mi madre en clase, aunque en realidad estuviera en Babia, mi abuela se escapó a la iglesia. No oyó misa, ni falta que le hacía. De hecho, a las horas a las que se presentó, más o menos mediodía, la encontró abierta por casualidad. Estuvo «un ratito dentro» y la «charleta» que se echó con su tío Francisco fue extraordinaria, pues nunca había estado en una situación tan privilegiada como esa, a solas en la inmensidad del templo, y eso que «era precioso, sí, pero no excesivamente grande». Ni siquiera se molestó en esconderse en el confesionario, como hacía a veces por temor a que le chistaran los feligreses al ver que movía los labios, aunque no emitiera sonido alguno —aquella costumbre se le quedó como un gesto propio, como una manía, y muchos años después mi hermana Clara y yo nos reíamos cuando observábamos cómo miraba la tele abriendo y cerrando la boca cual ventrílocuo mudo.

El peso que se quitó de encima fue tal que salió resplandeciente de la iglesia, como rejuvenecida. Y a la circunstancial luminosidad de su rostro atribuyó en un principio mi abuela que, según pisó la plaza, todas las vecinas con las que se cruzó la escrutaran como si en el cenacho que llevaba del brazo escondiera el cáliz en el que don Betiri había consagrado el vino hacía solo un rato. Ninguna respondió al gesto que ella les hizo con la cabeza y mucho menos al «Vaya usted con Dios» que llegó a trasladar a alguna. Aquella escena la dejó intranquila y decidió pasar por la panadería antes de regresar a la casa cuartel para ver si allí averiguaba a qué se debía la extraña actitud de sus vecinas, si había pasado algo de lo que ella no estuviera al tanto.

La familia que la regentaba era de las de Lezo de toda la vida, hasta un escudo de armas tenía el establecimiento en la puerta. Pero eran de los pocos que, curiosamente, trataban con cordialidad a los que habían acabado en el pueblo por otras razones que no fueran sanguíneas. Por eso a mi abuela le gustaba comprar allí las hogazas que tan ricas le salían a Aitor, el hijo mayor. Según averiguó en sus primeros días como clienta, el joven estaba llamado a heredar el negocio que su bisabuelo fundó para no tener que irse a hacer las Américas, ya que se hubiera tirado por la borda nada más embarcar, pues el pobre hombre se mareaba incluso en un bote.

—Buenos días, Carmen. ¿Una hogaza, como siempre? No sé si hoy se nos han tostado de más, la verdad. A ver si te encuentro una que no esté muy chamuscada —le dijo nada más verla Maitane, la madre de Aitor, la única de Lezo que, además, recordaba su nombre.

—No te preocupes, que lo mismo me da. A mí me sabe igual de buena y Tomás ni se va a dar cuenta, que hoy no llegará hasta la hora de la cena y para entonces seguro que estará dispuesto a comerse un ladrillo.

—Bueno, de todos modos déjame que mire dentro, que seguro que hay alguna decente.

Animada por esa familiaridad tan parecida al cariño que percibía siempre que estaba en la panadería, mi abuela se atrevió a indagar sobre el comecome que llevaba dentro. Y al regresar Maitane con el pan ya escogido en la mano, le dijo:

—Oye, Maitane, ¿tú sabes por qué me miran las vecinas con cara de desconfianza? Al salir de la iglesia me he sentido como una ladrona. Vamos, ni que hubiera rapiñado las cuatro perras del cepillo...

—¿Sabes quién es Andoni? —le preguntó Maitane.

—Sí, hombre, el de la forja.

—Y sabes que tiene un hijo, Gaizka.

—Sí, creo que alguna vez lo he visto por ahí rondando.

—Pues se habla con tu hija. Ahí tienes la respuesta.

La otra parte de la historia la sé a través de mi madre. Gaizka y ella llevaban un tiempo saliendo juntos, sí, y ninguno había dicho nada en casa. Según sus recuerdos, tan concretos que era como si el tiempo no hubiera transcurrido, Gaizka era de estatura media y tez muy clara. Tenía el pelo oscuro, algo encrespado, y lo llevaba siempre cortado más de lo habitual entre los chicos de la zona, aunque no a cepillo, y en su frente empezaban a clarear algunas entradas que aventuraban una calvicie prematura contra la que nada podía hacer. Gaizka fue el único que se acercó a mi madre cuando se presentó en los billares del pueblo sin conocer aún a nadie y pidió una naranjada en la barra. Cruzaron un par de frases sin importancia, seguramente sobre el tiempo que hacía ese día, y se dijeron adiós, si bien los dos sabían que aquella despedida era un hasta luego. Tras ese primer breve encuentro volvieron a coincidir en varias ocasiones, siempre guardando la prudente distancia del desconocimiento y procurando no llamar la atención entre los correveidiles del pueblo. Mi madre descubrió en Gaizka a un hombre en ciernes, con aspiraciones y horizontes más allá del mar que se divisaba desde el puerto en cuyos rincones empezaron a quedar con el fin de no ser vistos. De vez en cuando, aunque no tenía carné ni edad para poder conducir legalmente, Gaizka cogía la camioneta del negocio familiar y escapaban de Lezo para ver atardecer en un acantilado cercano. Pero entre ellos no hubo más que inocentes caricias y algún que otro beso furtivo, puntualizó mi madre cuando me lo contó.

Aunque fue poco el tiempo que disfrutaron de aquel amor clandestino. Pese a que se le daba bien estudiar y no sacaba malas notas, Gaizka dejó el instituto: debía ponerse a trabajar en la forja que su padre tenía pensado reconvertir en un taller con las modernidades propias de la época. Fue entonces cuando empezó a frecuentar, animado por un primo hermano, la taberna de Joseba, la única de Lezo a la que su padre le había dicho que no fuera. Según mi abuela, a Andoni no le gustaban los líos políticos. Era un hombre bastante cabal, y en toda su vida no se había dedicado a otra cosa más que a trabajar como un mulo para sacar adelante su negocio. Así que cuando tuvo conocimiento de lo que se traían entre manos quienes paraban por la taberna de Joseba quiso advertir a su hijo. Pero no hay mayor atractivo para un joven, de aquella época y de esta, que una prohibición. Dio igual que Gaizka fuera un buen muchacho, honesto y de ánimo tranquilo, todas esas cualidades quedaron difuminadas en su personalidad el primer día que puso un pie en la taberna de Joseba. Unas semanas después de empezar a asistir a las reuniones que las noches de cada miércoles se organizaban allí, Gaizka ya no era el mismo.

Mi madre comenzó a notarlo cada vez más distante y, sobre todo, distinto. La intimidad que en poco tiempo se había formado entre ellos, hasta hacía nada dos desconocidos en el fondo y en la forma de sus procederes y procedencias, se iba diluyendo como el terrón que lleva meses en el azucarero y tarda en derretirse pero termina mezclándose con el café tibio hasta desaparecer. Es verdad que el suyo era un amor con fecha de caducidad, como casi todos los que dan comienzo a edades tempranas, y supongo que ninguno era tan necio como para pensar que acabarían casándose en la misma iglesia en la que don Betiri repartía hostias y perdones sin mucha consideración. Pero aquello nunca había sido óbice para que mi madre disfrutara de cada minuto que pasaba con Gaizka. Y por eso le extrañó tanto —y le dolió, bien lo sé yo— que empezara a ausentarse de sus paseos y a inventarse excusas para no coger la furgoneta de su padre. No sabía con quién estaba o qué hacía cuando no trabajaba en la forja, ni tampoco a qué venían las ojeras que le habían salido ni los párpados arrugados, como si de golpe y porrazo hubiera cumplido un montón de años. Es cierto que nada le preguntó cuando tuvo ocasión de hacerlo, seguramente por miedo a oír lo que todo el mundo cuchicheaba en el instituto. Hasta aquel día, en el que a mi madre no le quedó más remedio que regresar de Babia, por muy lejos que aquel destino de ensoñación estuviera.

Con la frase de Maitane resonando todavía en las sienes, que le palpitaban como si la cabeza, cual nuez, se le fuera a partir en dos, mi abuela volvió a casa de forma apresurada. Tan rápido salió de la panadería que se le olvidó el cenacho. Al verse con las manos vacías en la pequeña cocina del piso de la casa cuartel se dio cuenta del despropósito de todo aquello, y rompió a llorar. Por la gravedad del tono de Maitane, reacia a explayarse en sentimentalidades vacuas, mi abuela se temía una calamidad. En cuanto mi madre llegara de clase le cantaría las cuarenta, lo tenía claro. Le prohibiría volver a ver a ese muchacho, y si era preciso la mandaría al pueblo para que la metieran en vereda.

Así se pasó mi abuela las horas que mediaron hasta el regreso de mi madre, cavilando un plan que creía perfecto, mientras se entretenía vaciando los mismos cajones una y otra vez, dejándolos en su justo desorden para poder volver a colocarlos al cabo del rato. Pero cuando mi madre entró en la casa cuartel y cruzó el patio, cubierto de la cálida luz del atardecer, la intención de mi abuela, su férrea voluntad, se vino abajo. Le bastó ver su cara, apesadumbrada, sin rastro de la sonrisa que siempre llevaba con ella. La esperó en el umbral y, sin decir nada, la abrazó y la condujo a su cuarto, donde ambas se sentaron en la cama. Allí permanecieron largo rato en silencio, cogidas de la mano, mientras la espesa niebla que hasta ese momento las dos habían ignorado iba penetrando en las calles de Lezo y se iba apoderando de su ánimo.

—¡Abre, Carmen, por Dios bendito, abre!

Era Emilia, la mujer de Paco, que gritaba desesperada en la puerta. Mi abuela y mi madre se levantaron de un brinco y acudieron corriendo a abrir, desconcertadas. Cuando entró en la casa, se derrumbó en los brazos de mi abuela y solo acertó a decir:

—Ha sido al cruzar la frontera.

Paco no acostumbraba a salir a patrullar con los muchachos de la casa cuartel. Los había organizado en turnos que permitían su adecuado descanso sin descuidar una sola de las muchas horas que debían pasarse al volante para peinar el vasto territorio que los rodeaba, y él solía quedarse en su despacho ordenando papeles, tramitando las contadas denuncias que llegaban y atendiendo llamadas de Madrid, aunque en la capital poco o nada les importaba lo que allí empezaba a suceder. Y eso que el teniente ya les había trasladado a sus superiores su desconfianza e incluso les había enviado algún que otro detallado informe, como después descubrió mi abuelo.

Pero aquel día el teniente decidió sumarse a la patrulla que encabezaría mi abuelo y que tenía como destino el puesto fronterizo con Francia. A mi abuelo le extrañó la decisión del teniente, al que seguía llamando de usted incluso cuando salían de chatos, pero le agradó la idea de su compañía, pues no terminaba de entenderse del todo con el resto de sus compañeros. Los veía demasiado conformistas, instalados en una monotonía cómoda para cualquiera que hubiera sido destinado a trabajar allí, pero exasperante para él. No es que mi abuelo aspirase a cambiar el mundo. De sobra sabía, por lo mucho vivido ya a esas alturas de su vida, que era un propósito inútil, aunque le gustaba pensar que de algo servía aún llevar uniforme. Esa ingenuidad, revestida del inocente idealismo que siempre lo caracterizó, lo ayudaba a sobrellevar el sentimiento de culpa con el que cargaba desde que arrastró a mi abuela y a mi madre a aquel destino en el que nada se les había perdido a ninguno. Ni siquiera a Paco, al que nadie le agradeció nunca, al menos mientras hubo tiempo de hacerlo, el sacrificio que hizo por el cuerpo.

Mi abuelo se sentó en el asiento del conductor del todoterreno que solo usaban cuando iban a desplazarse más kilómetros de lo habitual, como era el caso aquel día, y esperó a que llegara el teniente.

—Vaya, ¿no me dejas conducir? —le preguntó este al abrir la puerta.

—Perdone, pensé que querría ir de copiloto —se disculpó mi abuelo, que siempre llevaba al extremo de la seriedad cuantas palabras salían de la boca de Paco.

—Venga, anda, arranca, que no tenemos todo el día. Cuanto antes salgamos, antes volveremos.

—¿No viene nadie más?

—¿Quién más quieres que venga? Nosotros dos nos bastamos y nos sobramos.

—¿Los va a dejar solos en el cuartel? ¿Y si pasa algo?

—No va a pasar nada que no fuera a suceder si yo me quedara. ¡Y así espabilan, coño!

Esa frase del teniente, rematada con un sonoro taco insólito en su vocabulario, fue el resorte que hizo que mi abuelo metiera primera y pisara el acelerador del todoterreno, que chirrió, pues estaba algo oxidado.

Mi abuelo aprovechó aquella escapada para huir de la extraña cotidianidad de Lezo y pensar en cualquier cosa que no tuviera que ver con ella. En el trayecto, hablaron de fútbol, y eso que mi abuelo era colchonero y Paco, merengue, aunque la rivalidad nunca pasó del campo ni del viejo televisor en el que veían los partidos en la casa cuartel. También mencionaron a sus mujeres, y a mi madre, a la que el teniente consideraba una hija postiza. Recordaron el pasado, cómo se conocieron cuando mi abuelo era un mozo de almacén tan tímido y reservado que parecía tener la boca cosida con hilo de torzal. Se rieron a cuenta de alguna broma común y hasta se emocionaron al evocar a Manolín, al que el teniente no llegó a conocer, pero cuyo rostro veía en las noches de vigilia, según le confesó a mi abuelo ese día.

Más allá del constante sirimiri, nada ocurrió fuera de lo común, ningún imprevisto en el camino hasta la frontera. Sus colegas franceses los recibieron a los pocos metros de cruzar el confín que separaba los dos países, con los brazos tan abiertos que, de primeras, mi abuelo desconfió, más que nada por la costumbre. Pero las conversaciones que allí mantuvieron —sería más correcto decir las pocas frases que chapurrearon, pues ni los unos hablaban francés ni los otros castellano— le quitaron, al menos durante un rato, el escurridizo miedo que hacía tiempo se le había metido en el cuerpo. Mi abuelo se sintió apoyado por esa gente que nada les debía, protegido, aunque todavía no supiera muy bien de qué ni de quién debía preservarse.

Cuando se subieron al todoterreno para regresar a Lezo, la oscuridad ya empezaba a apoderarse de la carretera que los llevaría de vuelta.

—Pon los antiniebla, que no se ve un carajo.

—Ya me gustaría, pero este coche solo tiene traseros y encima están fundidos.

—No me fastidies, Tomás. Mira que os he dicho cantidad de veces que tengáis los vehículos en buen estado, que cualquier día os vais a dar un porrazo y luego de nada valdrá lamentarse.

—Tampoco creo que ayudaran mucho, la verdad... Pero tiene razón, es imperdonable.

—Venga, anda, no seas mameluco, que no es propio de ti. Ve despacio y listo, que no tenemos prisa.

—¡A sus órdenes, mi teniente!

Aquella respuesta de mi abuelo hizo que estallaran en una carcajada que los dos habrían prolongado mucho más de haber sabido que era la última vez que reían juntos.

A unos cuantos kilómetros del puesto fronterizo francés, en una curva cerrada, vieron un coche de frente, parado en la cuneta, y a dos figuras agachadas junto a la rueda trasera del lado izquierdo del vehículo. Mi abuelo detuvo el todoterreno y se dispuso a bajar para ayudar a aquellos infelices que, seguramente, habían pinchado y no tenían la menor idea de cómo cambiar un neumático.

—¿Dónde vas? —le dijo Paco, que con el frenazo había salido de la modorra en la que se había sumido al poco de emprender la marcha.

—Pues a ayudar a esos dos —contestó mi abuelo, señalando los bultos que destacaban en la lobreguez de aquel tramo de calzada.

—¿Quién es aquí el mayor y, sobre todo, el de rango superior?

—Usted, claro.

—Tomás, de tú, de tú, que te lo he dicho un millón de veces.

—Tú, Paco.

—Así me gusta. Tú quédate aquí y si hace falta te aviso para que vengas. En estas tierras no me fío ni de mi madre, Tomás, ni de mi madre.

—¿Seguro que no quiere que le acompañe?

—Y dale con el usted... ¡Seguro! Venga, que estamos perdiendo un tiempo precioso con esta cháchara sin sentido. Si necesito ayuda, te aviso.

No lo convenció del todo, pero por respeto a los galones que llevaba en la bocamanga, mi abuelo se quedó sentado sin chistar. El teniente descendió del todoterreno y empezó a recorrer los escasos metros que los separaban del coche averiado y de sus dos ocupantes. Estoy convencida de que reconoció la cara de su ejecutor entre las sombras. Gaizka apretó el gatillo de la pistola que blandía por primera vez y con asombrosa puntería colocó la bala en mitad de la frente de Paco, que cayó al suelo mientras mi abuelo presenciaba la escena desde el todoterreno. Sin darle tiempo para que reaccionara, petrificado como estaba, Gaizka y su acompañante se montaron en el coche y desaparecieron, dejando tras de sí un charco de sangre negra. Cuando mi abuelo, que no alcanzó a distinguir el rostro del asesino ni el del otro individuo, llegó a la casa cuartel de Lezo, el cuerpo del teniente, tumbado en el asiento trasero del todoterreno, estaba ya frío.

A la semana siguiente, mis abuelos y mi madre regresaron a Madrid junto con la mujer de Paco. Nadie fue condenado por aquel crimen. Nunca se identificó al culpable. Aunque mi abuela se marchó de esas tierras con una sospecha que se guardó para sí misma hasta que decidió contármela tal y como yo acabo de narrarla.

# 11

El tiempo que siguió al asesinato de Paco transcurrió muy lento en el ánimo de todos los que forman parte de esta historia, que es la mía. En lugar de hojas, aquellos días el calendario parecía estar repleto de losas que, según caían, hacían más profundo el enorme hueco provocado por su ausencia. Incluso le lloraron en el pueblo en cuanto tuvieron noticia de su muerte. Mi bisabuela Aurora y la tía Eulalia encargaron una novena, con sus nueve días y sus nueve noches, al Santísimo Cristo de la Humildad. Hacía nada que la talla había estrenado nueva y lustrosa cabellera gracias a la generosidad de una forastera que paró un día en el pueblo camino de Guadalupe. Según contaban quienes lo presenciaron, la mujer, bastante santurrona, dijo entre aspavientos que en su vida había visto una imagen igual, y eso que había recorrido medio mundo.

Pero no fue don Remigio quien se encargó de las honras fúnebres del teniente. Hacía poco que había dejado de ser el cura del pueblo por obra y gracia de Dios, que se lo llevó a sus aposentos celestiales una mañana bien temprano, mientras dormía. Lo sustituyó un párroco joven, muy distinto a él, tanto física como intelectual e ideológicamente, y que hizo buenas migas con la Trini. De hecho, esta lo acogió en la casa que compartía con Blanca como si fuera el hijo que ninguna de ellas tendría nunca, y se empeñaba en que fuera a comer y a cenar todos los días —con el desayuno insistía menos, seguramente por miedo a que cualquier mañana le diera por presentarse antes de lo previsto y se llevara una sorpresa para la que ni siquiera su ánimo juvenil estaba preparado—. Según mi abuela Carmen, el muchacho logró incluso que la Trini se volviera un poco devota o, al menos, temerosa de que, cada vez con más años a sus espaldas, llegara su hora con los asuntos terrenales resueltos, pues hacía tiempo que se había encargado de eso, pero sin haber rendido cuentas ante quien debiera o debiese según dictaba la fe cristiana de la que siempre había renegado.

Nadie supo nunca en el pueblo la causa real de la muerte del teniente. Mis abuelos dijeron que había sido un accidente ocurrido una noche oscura y neblinosa. Fue mi abuelo Tomás quien decidió que se guardaran los detalles del trágico suceso, que quedó sepultado por el silencio y el miedo.

Mi madre, dolida por el desengaño amoroso vivido antes de que la fatalidad se materializase, no quiso volver a saber de Gaizka, aunque de nada hubiera servido que intentara ponerse en contacto con él, porque una madrugada gélida, pocas semanas después del asesinato de Paco, Aitor, el hijo de Maitane, iba camino de la tahona cuando encontró su cuerpo flotando en el mismo acantilado al que mi madre y él habían escapado en tantas ocasiones. Eso le contó la panadera de Lezo a mi abuela Carmen, con la que mantuvo contacto epistolar durante un tiempo sin que mi abuelo lo supiera. Yo creo que Gaizka, incapaz de cargar en su conciencia con lo que había hecho, decidió acabar con su vida, aunque mi abuela siempre pensó que los que allí lo mandaron decidieron quitárselo de en medio por si abría la boca.

Pero, a pesar de la muerte, la vida se fue abriendo paso, si bien a mi abuelo Tomás le costó más que al resto seguir adelante. Con mucho esfuerzo, un día me confesó que la culpa por lo sucedido, por lo presenciado cual estatua en el todoterreno, sin mover un solo músculo, lo persiguió siempre, pero que la guardó en un recoveco de su subconsciente para que solo pudiera torturarlo a él. Y eso que, gracias a ese Dios en el que no tenía claro si creía del todo pero al que mentaba con frecuencia, mi abuelo nunca supo del papel de Gaizka en tan funesta historia. Solo se desahogaba con su hermano Sixto, al que empezó a llamar desde el cuartel, pues en el piso de Marcelo Usera no había teléfono. Mantenían largas conversaciones en las que, al principio, lo sucedido en Lezo era el hilo principal, y en una de ellas mi abuelo le dijo a su hermano que el primer nieto que le diera mi madre, ya fuera niño o niña, se llamaría Noray, «como esos postes del puerto en los que a Paco le gustaba tanto sentarse a contemplar el mar, especialmente cuando estaba picado, con una cacha del culo medio salida». Pero con el transcurso de las semanas, de los meses y hasta de los años que conforman el paso del tiempo, sus charlas fueron más banales, incluso insustanciales y de vez en cuando divertidas, poseedoras de esa capacidad de distracción que alivia las penas sin saber cómo, quizá al no acordarse de ellas, simple y llanamente. Aunque sé que aquella herida, como todas las que nacen de una pérdida, nunca llegó a cicatrizar en el corazón de mi abuelo. Y tampoco era algo que él buscara. Yo creo que, más bien, no quería que se cerrara completamente, como si necesitara esa dosis justa de castigo —en ese caso, por lo no hecho— para poder seguir con su vida y hacer así posibles las de los demás.

La amistad entre mi abuela Carmen y la mujer del teniente, que había surgido de la necesidad mutua de compañía en Lezo, se consolidó en Madrid a base de lloros y desgraciadas confidencias. Aunque a Emilia no le quedó más remedio que instalarse en la casa que su tía la marquesa le dejó en uno de esos barrios que empezaban a florecer en la periferia cercana al monte del Pardo, mi abuela la incluyó en su círculo más próximo. Hasta se sumó a las clases de Filomena, que volvió al piso de Marcelo Usera con una puntual frecuencia semanal. A Mari Miura aquella nueva amiga al principio no le entró por el ojo. Pero hizo de tripas corazón y, por el amor que sentía hacia mi abuela, pues la amistad es una de las formas más bonitas que tiene el querer, la aceptó en su vida. El único pero que sí le puso en público la vecina fue lo poco cardado que la viuda del teniente solía llevar el pelo. Así que, en cuanto tuvo confianza con ella, le recomendó que usara la laca de la marca Nelly, que acababa de salir al mercado y hacía furor entre las asiduas a la peluquería de Marina.

Mi abuela estaba orgullosa de haber conseguido que Emilia recuperara, hasta cierto punto y gracias a tan estrambóticas compañías, la alegría de vivir. «¡Como la canción de Ray Heredia!», le dije yo cuando me lo contó. Ella no sabía de qué le estaba hablando, y siguió concentrada en su relato. Aunque se le quedó prendida la curiosidad en la memoria, porque al cabo de unos días me pidió que le pusiera aquel tema que le había mencionado a cuenta de la viuda del teniente. Y le gustó, ya lo creo que le gustó. Menuda era mi abuela Carmen..., el ser más especial que he conocido en mi vida.

Pero sus nuevas amigas no lograron que Emilia borrara de su mente la imagen de su marido desangrado en el asiento trasero del todoterreno, representación cruda del horror en una carne ajena que jamás fue tan propia. Y eso que empezó a visitar, por insistencia de una conocida de su tía bastante charlatana y algo cheposa, la consulta del reputado doctor Yela. Una decisión que fue motivo de bastante alboroto cuando se la contó a mi abuela, en presencia de Mari Miura y de Filomena, una mañana en la que habían quedado para tomar chocolate con churros en San Ginés.

—¡Pero si ese es el loquero que sale en el *¡Hola!*! —soltó la vecina.

—No seas burra, Mari. No es un loquero, es un psicólogo, y de los mejores de España, además —le contestó Filomena.

—La verdad es que no estoy convencida del todo, pero también es cierto que más no puedo perder —se justificó Emilia.

—Sí, las buenas perras que te va a cobrar. ¿O crees que te va a recibir de gratis? ¡Estás tú lista!

Filomena y mi abuela no pudieron evitar reírse ante la ocurrencia de Mari Miura.

—Sea el dinero que sea, bien empleado estará, hazme caso —le dijo Filomena—. Te irá mejor que ese Optalidón que os tragáis todas como si fueran pastillas Juanola. Y si considera que debes tomar algún antidepresivo, no le hagas ascos. El alma, lo mismo que el cuerpo, también necesita a veces cierto cuidado.

—¿Un antiqué? ¡Madre del verbo divino! ¡Lo que nos queda por escuchar! —remató Mari Miura, y mojó un churro en el chocolate doble que había pedido.

Pero, como casi siempre, a Filomena no le faltaba razón: a las pocas semanas de empezar a ir a la consulta de Mariano Yela, Emilia se fue encontrando mejor de ánimo, aunque, según mi abuela, que le pasaba los blísteres, no renunció a seguir tomando de vez en cuando su dosis de Optalidón.

Siguiendo con los asuntos de la vida y su antónima muerte, el día que según dice la historia que nos han contado falleció el Caudillo, llegó al piso de Marcelo Usera, con una maleta de cuero a cuestas medio vacía, Matilde, sobrina de mi abuela Carmen. Era la hija mayor de su hermana Antonia y, según le explicaron a mi madre, en el pueblo habían decidido que pasara una temporada en Madrid porque no se encontraba del todo bien y esperaban que allí, con las distracciones de la capital, mejorara un poco. Debía de tratarse de una dolencia del estómago. Así lo interpretó mi madre, pues su prima solía agarrarse la barriga, como si se la quisiera sujetar, con las dos manos; un gesto que solo podía explicarse por el dolor que sin duda le provocaba una gastritis o tal vez una hernia. Todas eran suposiciones de mi madre, ya que siempre que preguntaba a qué venía la estancia de Matilde, con la que se vio obligada a compartir cuarto y cama durante la temporada larga que pasó con ellos, mis abuelos eludían responderle. Ni siquiera Mari Miura abrió la boca, aunque mi madre intuía que su vecina se moría de ganas de contarle lo que había detrás de la extraña enfermedad de su prima, pero tenía que morderse la lengua hasta que le sangrara si era menester. Y en ese tira y afloja estuvieron hasta una tarde en la que mi madre llegó a casa un poco antes de lo habitual.

Hacía cosa de dos meses y pico que habían empezado las clases en la Facultad de Geografía e Historia de la Universidad Complutense, en la que mi madre había decidido matricularse después de una larga conversación con Filomena. Mis abuelos habrían preferido que su hija estudiara algo de provecho como abogado del Estado o inspector de Hacienda, profesiones que le habrían procurado, según ellos, un futuro placentero y despreocupado. Pero a ella, más que la pobreza material, le preocupaba la espiritual. Y, para disgusto de mi abuelo Tomás —sé que mi abuela se alegró de ello, porque empezó a ver en mi madre el molde de la mujer que ella no había podido ser—, optó por las muchas letras de esa carrera. Desde el primer día metió la cabeza en todos los libros que encontró en la biblioteca de su facultad, y a base de lecturas logró un propósito que no buscaba, o no de manera consciente, al menos: olvidarse de Gaizka. No es que hubiera renunciado al amor verdadero, pero en aquel momento prefirió usar las medias naranjas para hacerse el zumo en el desayuno, y punto. Aunque, ay, el querer y sus muchos jeribeques... Uno nuevo la estaba esperando a la vuelta de la esquina, nunca mejor dicho. Pero eso sucedió más adelante y no debo precipitarme en mi narración.

Estaba en la tarde en la que mi madre llegó al piso de Marcelo Usera y se encontró con una escena propia de una de esas películas de los hermanos Marx que Filomena la llevaba a ver en las sesiones de tarde del Cine Astoria. En el trayecto en autobús de camino a casa, mi madre había estado leyendo un tratado de arte y todavía tenía la cabeza sumida en él. Así que cuando entró en el piso su saludo fue un susurro que únicamente escuchó el cuello de su camisa, y de milagro. Pero al elevar la mirada y dirigirla hacia el salón vio a Matilde agachada junto a la mesa camilla. Su prima estaba intentando levantar el sofá de dos plazas que, a fuerza de sentarse los tres, habían ensanchado hasta hacerse cada uno con un hueco —a mi madre siempre le tocaba en medio, con el culete medio ladeado—. Al lado de Matilde estaba mi abuela, que arengaba a su sobrina con más ímpetu del que ponía mi abuelo cuando veía un partido del Atleti y Gárate marcaba un gol.

—¡Venga, hija, que es la única manera! Aprieta como si estuvieras estreñida, verás que así puedes. Y luego, ya sabes, a dar saltitos por toda la casa, pero bien altos, ¿eh?: arriba y abajo, arriba y abajo, arriba y abajo...

—Mamá, ¿qué hacéis?

Ni mi abuela ni su sobrina habían oído la puerta, más que nada porque a mi madre se le olvidó cerrarla, lo que facilitó que esa vez Mari Miura no tuviera que esconderse tras la mirilla para fisgar. Matilde soltó de golpe el sofá, que cayó sobre el suelo de losetas y, del porrazo, se rompió una de las patas del lado derecho, el que habitualmente ocupaba mi abuelo Tomás.

—Olivia, no te esperaba tan pronto... Pensaba que hoy te quedabas a estudiar en la biblioteca de la universidad... Nada, hija, es que le he pedido ayuda a tu prima Matilde para limpiar las pelusas que siempre se acumulan debajo del sofá. Me da miedo agacharme y luego no poder levantarme del suelo, que ya me pasó una vez, ¿te acuerdas?

—¿Y dónde están el cepillo y el recogedor? —preguntó mi madre, descreída.

—¿Qué? Ay, qué tontas somos, Matilde, se nos han olvidado en la cocina. Voy a por ellos.

Mi abuela desapareció, llena de bochorno. Matilde, avergonzada, se fue directa al cuarto que las primas compartían, aunque entre ellas no hubiera más que secretos. Y mi madre se quedó en mitad del salón sin saber qué pensar de todo lo presenciado.

—Eso le pasa por ser tan ligera de cascos... ¡Qué disgusto tendrá su madre, por Dios bendito!

La voz de Mari Miura sacó a mi madre del pasmo. Pero, llevada por la prudencia, prefirió no decirle nada a su vecina. Se dio la vuelta y se marchó de casa con viento fresco y la cabeza tan llena de interrogantes que hasta humo le salía por las orejas, aunque fuera en realidad cosa del vaho provocado por el frío invernal que ya empezaba a hacer a finales de aquel noviembre. Cuando mi abuelo Tomás llegó a casa ese día y vio la pata del sofá quebrada, mi abuela le dio una explicación que ni merece ser recordada, por inane, y él la aceptó sin cuestionarla para no indagar en asuntos que no eran de su incumbencia y de los que, además, prefería no saber.

A medida que fueron pasando los días, con sus correspondientes noches, mi madre siguió dándole vueltas al asunto de Matilde. Después del incidente del sofá de dos plazas reconvertidas en tres, mi abuela Carmen se había escondido tras un silencio en el que nunca nadie, ni siquiera mi abuelo, la había visto ocultarse. Y a falta de respuestas que la sacaran de aquel sinvivir, mi madre no tuvo más remedio que recurrir a Filomena, con la que se reunió una tarde en el bar de su facultad.

En una conversación que todavía recuerda conmovida, mi madre le contó a Filomena lo que había visto en el salón del piso de Marcelo Usera. Preocupada, se detuvo también en la extraña actitud de su madre con su prima Matilde, un comportamiento que no alcanzaba a comprender por más que se devanara los sesos intentándolo. Filomena la escuchó asintiendo y, cuando mi madre terminó su relato, le tomó la mano y le explicó todo aquello que mis abuelos no estaban preparados para contarle, simplemente porque nadie lo había hecho antes con ellos.

—Pero eso es muy injusto para Matilde. Nadie debería decidir por ella. Además, ¿y si le pasa algo... o al bebé? Sería culpa de mi madre, de mi tía Antonia, de todas..., de todos nosotros.

—No te preocupes, que con esos remedios caseros no van a conseguir nada, a no ser que a tu prima le dé por tirarse por las escaleras. En unos días, Matilde regresará al pueblo por el mismo camino por el que vino, y en el mismo estado, me temo. Y la justicia... Ay, cariño, para las mujeres la igualdad está todavía muy lejos. Algún día lo comprenderás.

—¿Qué será de ella, Filomena?

—¿Has leído *La casa de Bernarda Alba* o todavía no os lo tienen permitido en esta facultad vuestra?

Filomena, tan acostumbrada a vivir en las sombras de la cultura que otros buscaban silenciar, procuró no alzar la voz. Tan bajo lo dijo que mi madre, más que escucharla, leyó sus labios, igual que años después haría, medio jugando con mi hermana Clara y conmigo, cada vez que mi abuela Carmen se sentaba delante del televisor para ver la novela o una película de vaqueros.

—Sí, claro que la he leído. ¿Por quién me tomas?

—Muy bien, muy bien... Pues, entonces, no hace falta que te diga mucho más. La enterrarán en la negrura del luto sin mediar pérdida alguna, y la vergüenza marcará el resto de su vida, todos los pocos pasos que le dejen dar sola a partir de ahora. Ojalá me equivoque, pero... Eso es lo que le espera a Matilde en el pueblo, Olivia.

Mi madre cerró los ojos imaginando el futuro de su prima y se juró a sí misma que a ella nunca le pasaría nada parecido porque siempre sería dueña de su destino.

Llegadas a ese punto de la conversación, quizá comentaran alguna de las asignaturas que a mi madre más le gustaban. O puede que Filomena mencionara lo mucho que ella habría querido gozar, en su época, de la misma libertad para poder estudiar sin hacerlo como si estuviera cometiendo un delito que acarreara prisión... Cualquier cosa que les permitiera correr un tupido velo sobre el tema que aquel día las había llevado hasta allí. Cuando terminaron los cafés, ya fríos, se levantaron y se marcharon.

Al evocar esa charla, y rememorando también todos los momentos que Filomena protagonizó en esta historia de mujeres valientes y hombres bondadosos, soy consciente de lo mucho que me perdí al no haberla conocido, o al no haberlo hecho a tiempo de que compartiera conmigo su sabiduría. Su vida siempre ha sido un ejemplo para mí. Ojalá lo sepa, allá donde esté.

En el piso del número 43 de la calle Marcelo Usera no se tocó el espinoso asunto. Matilde regresó al pueblo al poco tiempo llevando consigo, en la maleta de cuero medio vacía con la que llegó a Madrid, un trajecito de bebé. Lo compró en una tienda de la calle Pez a la que una mañana la acompañó Mari Miura de extranjis, según le confesó a mi abuela su vecina al cabo de los años, incapaz de llevarse «semejante secreto» a la tumba.

~

Un molesto pitido, estridente, sacó a Ismael de la lectura. Se levantó, colocó el cuaderno de espiral sobre el sillón de acompañante y se dio cuenta de que el sonido salía de una máquina cuadrada que, según dedujo, controlaba los latidos del corazón de Noray. Alertado, llamó a la enfermera, que tardó en acudir a la habitación y, finalmente, entró en ella con el ceño fruncido. Ismael la recibió con un rictus de queja, pero lo ablandó al darse cuenta de que de nada serviría que se pusiera a malas con ella.

—Es solo una pequeña alteración en el ritmo cardíaco. No tiene importancia, suele ser habitual en este tipo de casos, sobre todo a medida que van abandonando el estado de sedación —le informó la enfermera tras comprobar las constantes vitales de Noray.

—¿Quiere eso decir que ya va a despertarse?

—No, yo no he dicho eso, ni mucho menos.

—¿Entonces?

—Es simplemente un paso más en el buen camino. No se impaciente, que, además, lo he visto bastante entretenido leyendo, así que usted siga, siga a lo suyo...

La enfermera abandonó la habitación e Ismael, algo ruborizado al sentirse observado desde el otro lado del pasillo, cogió el cuaderno del sillón, volvió a sentarse y se lo colocó sobre las rodillas. Con las manos extendidas sobre aquellos folios que contenían su historia, Ismael miró a Noray. Siempre le había parecido tan frágil... Cuando le contó que había estado enferma decidió omitir las secuelas que en su cuerpo había dejado la anorexia. De ahí la sorpresa de Ismael al descubrir, la primera noche que pasaron juntos, mientras acariciaba su cuerpo desnudo, delgado pero no esquelético, la cicatriz que tenía en el lado derecho de la espalda, justo a la altura del riñón.

—No pasa nada, puedes tocarla, ya no me duele. Es más, no siento nada —le dijo ella, refugiada en la oscuridad en la que, desde entonces, siempre pidió que la amara.

—Pero... ¿de qué es? —preguntó Ismael, tan turbado por el momento como por la preocupación que, de inmediato, empezó a sentir por la salud de Noray.

—De una operación. Bueno, de dos.

—¿Te han operado del riñón? ¿Dos veces? ¿Pero te funciona bien? —Ismael se separó de Noray, se colocó en el borde de la cama y se puso los calzoncillos, incapaz de seguir con aquella conversación como Dios lo había traído al mundo.

—Sí, no te preocupes, me funciona perfectamente. Son los efectos secundarios de la enfermedad... Perdí tanto peso que..., bueno, pues algunos órganos quedaron afectados.

—¿Qué órganos?

—Solo el riñón derecho, en realidad. Pero ya estoy bien, de verdad.

Noray no entró en más detalles y atrajo a Ismael de nuevo a su lado.

—¿De verdad que estás bien? —insistió él.

—De verdad —le dijo ella, y lo besó, silenciándolo.

Pero no era verdad. O, al menos, no del todo. Al cabo de un tiempo, Noray y él se fueron con su hermano Ignacio y su novia a pasar el fin de semana en el chalé que la familia de Miriam tenía en la sierra de Madrid. La primera noche, mientras preparaban la cena, a Ismael le pareció que Noray llevaba demasiado tiempo en la habitación que les habían asignado, sobre todo teniendo en cuenta que solo había ido, según se justificó, para cambiarse de ropa y ponerse algo más cómodo. Preocupado, pasó primero por el baño, por si Noray le había mentido y estaba vomitando la comida, cosa que, según Ismael había descubierto en su profusa documentación, era muy propia de los comportamientos posteriores en los trastornos de la alimentación. Al comprobar que no, que el baño estaba vacío, Ismael se dirigió, aliviado, a la habitación y, cuando abrió la puerta, se encontró a Noray tendida en la cama, llorando y retorciéndose de dolor.

—¿Qué te pasa, Noray? —le dijo asustado.

—Es un cólico... Joder, esta vez no se me pasa ni con el Nolotil, ni con la Buscapina, ni con nada... No sé qué hacer, Ismael, estoy desesperada.

—¿Pero esto es normal? ¿Te había pasado antes?

—Me pasa a veces, sí, es el maldito riñón.

—¡Joder, Noray!

—No empieces, ¿eh?

—Está bien, perdona... ¿Puedes levantarte de la cama?

—Uf, creo que no...

Ismael se acercó a ella y la cogió en brazos.

—Tranquila, estoy a tu lado... —le susurró.

Ayudado por Ignacio y por Miriam, Ismael consiguió meter a Noray en el coche, un Fiat Uno que un amigo de la facultad le dejó a buen precio y que pudo comprar gracias a los muchos veranos como camarero en una terraza de Gandía, donde su familia pasaba siempre las vacaciones. El hospital más cercano estaba a media hora de camino, pero Ismael tardó quince minutos en llegar. Una vez allí, en urgencias, no soltó la mano de Noray ni siquiera cuando una enfermera en prácticas le cogió la vena para suministrarle los calmantes con la misma delicadeza que si estuviera clavando un clavo en la pared.

Al recordar aquella imagen, Ismael se llevó la mano a la frente para quitarse un sudor que no tenía, pues la enfermera, antes de salir, había subido el aire acondicionado y en el cuarto hacía un frío repentino. Se levantó, inquieto, y se acercó a Noray para ponerle sobre los pies la manta que había en el armario. Volvió a sentarse, cogió el cuaderno de espiral, lo abrió y siguió leyendo.

~

Con todo el jaleo que supuso la presencia de su sobrina Matilde en Madrid, mi abuelo Tomás apenas había tenido tiempo de asumir lo que suponía la nueva realidad que empezó a extenderse ante sus ojos, y los de todos, la misma mañana que siguió a la noticia de la muerte de Franco. Según me confesó, sin la compañía de Paco se sentía perdido y, aunque ya casi se había acostumbrado a vivir a medias, en ese momento le habrían venido de perlas sus palabras, sus consejos..., su amistad. Por fortuna, su cuartel no era muy grande, simplemente figuraba en los listados como uno más de los muchos que debían garantizar el orden en el Madrid de aquellas semanas inciertas. Mi abuelo hizo cuanto pudo por mantenerse al margen de los corrillos que se montaban a su alrededor y que, si bien empezaban con leves murmullos, terminaban, la mayoría de las veces, en gritos y algún tortazo a destiempo entre compañeros que dos minutos antes eran también amigos. Hasta aquel momento, lo normal era que en su cuartel, igual que en la calle, la política, si es que ese término tenía sentido entonces, ni se mencionara, y mucho menos la ideología, otra palabra desnortada tras décadas tergiversada. Pero el fallecimiento del Generalísimo abrió una espita que hizo saltar por los aires la obligada y fingida calma de los dos bandos, aparentemente condenados a enfrentarse por los siglos de los siglos —sin el amén—, aunque ninguno supiera ya a qué venía el combate ni qué sentido tenía, si es que alguna vez no fue, sencillamente, fruto de la sinrazón propia de la condición humana.

Tanto le pesaron a mi abuelo los acontecimientos de aquellas semanas, las riñas y los comentarios, innecesarios y dañinos, con los que revivió momentos del pasado que había arrinconado en su memoria como quien encierra a un demonio bajo siete llaves, que empezó a sentirse incómodo vistiendo el uniforme. Y esa sensación no le gustó nada; con lo que le había costado a él, que empezó arrastrando sacos de patatas en el economato, llegar a sentirse henchido en ese papel, siguiendo siempre los pasos y el ejemplo de Paco... Desilusionado, mi abuelo intentó hablar con mi tío Sixto, pero, como se temía, sus palabras no lo consolaron. La distancia que los hermanos habían conseguido salvar, a través de un perdón mutuo asentado en el olvido, volvía a abrirse entre ellos cada vez que el nombre del reciente difunto salía en sus conversaciones. De hecho, las frecuentes llamadas a las que se acostumbraron cuando mi abuelo volvió de las Vascongadas se fueron espaciando poco a poco. Y llegó un día en el que, sin más, se interrumpieron.

Fue Isabel, la mujer de Sixto, la que se dio cuenta de la brecha incipiente entre los dos hermanos. Mi abuela Carmen bastante tenía esos días con asumir la deshonra a la que, según estaba convencida —años después cayó en su error, pero el reparo ya era inviable—, su sobrina Matilde había condenado a toda la familia. Y un día, mientras estaba en casa de Mari Miura escuchando el «Consultorio de Elena Francis» —les gustaba oírlo juntas porque así podían hacer chascarrillos tras cada consejo—, sonó el teléfono. Mari Miura acudió a responder, pero sin bajar ni un poco el volumen de la radio para no perderse lo más interesante del programa, que siempre llegaba al final.

—Es Isabel, pregunta por ti —dijo, tapando el auricular con la mano.

—Ay, mujer, dile que ya la llamaré, que estamos en lo mejor del asunto.

—Carmen no puede ponerse ahora, ya te devolverá la llamada... —Y volvió a cubrir el altavoz del aparato para evitar que su interlocutora lo oyera—: Hija, que la muy pesada de tu cuñada dice que no puede esperar, que es urgente —insistió Mari Miura.

—A saber qué mosca le ha picado a esta ahora... —dijo mi abuela, y se levantó.

Mari Miura le tendió el auricular y ocupó de nuevo su sitio, bien cerca de la radio y sin quitarle ojo al aparato, como si de ese modo fuera a oír mejor lo que la locutora tuviera que decir.

—¿No me vas a preguntar qué me ha contado Isabel? —le dijo mi abuela a su vecina tras colgar el teléfono, pues le extrañaba que, con lo que ella era, no indagase.

—Esto... Sí, sí, claro. A ver, dime, ¿a qué venía tanta prisa? —le contestó Mari Miura.

—Pues resulta que Tomás y Sixto están enfurruñados a cuenta del Caudillo.

—¡Virgen santa! El muerto al hoyo y el vivo al bollo. ¿No han oído nunca ese refrán?

—Desde luego... Isabel me ha pedido que hable con Tomás, y ella hará lo mismo con Sixto. Dice que hacía años que no lo veía tan triste, desde que se reconciliaron, vamos...

—Vaya par de dos.

Pero mi abuela tardó un tiempo en hablar con él. No es que no se atreviera, simplemente era que la riña con su hermano Sixto había permanecido siempre en una de esas capas de su pasado que mi abuelo guardaba con recelo; lo mismo que en sus muchos años de vida conyugal había nombrado bien poco a sus padres, a pesar de que ambos habían marcado su destino. Con la reconciliación, fruto de la muerte de su primo Manolín, mi abuela se dio por satisfecha y procuró no meter más baza en el asunto. Cuando regresaron a Madrid tras el asesinato del teniente, el apoyo que Sixto brindó a mi abuelo hizo creer a mi abuela que la herida que a los dos tanto les había supurado estaba ya cerrada. Pero no fue así. Y lo peor, según me confesó, era que por primera vez no sabía cómo acercarse a mi abuelo sin causarle más daño, sin hurgar en su dolor con palabras huecas y frases hechas, vacías de significado por el exceso de uso.

Hasta que una noche se decidió. Cuando estuvo segura de que mi madre, que solía quedarse leyendo hasta bien tarde, ya había apagado la luz de su mesilla, se sentó en la banqueta que tenían a los pies de la cama y esperó, con la bata puesta para resguardarse del frío, a que mi abuelo se acostara. Hombre de costumbres, no se iba a dormir hasta que no completaba la serie de gárgaras que el doctor Rull le recomendó practicar, con un poquito de tomillo, cuando nació mi madre y que él llevó a rajatabla hasta el mismo día de su muerte, estoy segura.

—¿No te acuestas? —le preguntó mi abuelo al entrar en el cuarto, arrastrando los pies en unas viejas alpargatas, zarrapastrosas, que se resistía a tirar porque eran las únicas con las que estaba cómodo.

—Te estaba esperando.

—Ya veo, ya, pero puedes hacerlo en la cama, mujer, que hace un frío pelón, no vayas a coger una pulmonía.

—Ven aquí, anda.

Mi abuelo se sentó a su lado.

—Ya sé lo que me vas a decir —le advirtió, anticipándose a sus palabras.

—¿Ah, sí? ¿Ahora resulta que también eres adivino?

—Es por Sixto, ¿verdad?

—Pues claro que es por Sixto, ¿por quién va a ser? Isabel y yo estamos muy preocupadas por vosotros, no nos gusta veros así. ¿Qué necesidad hay de sufrir de esa manera por algo que no fue culpa vuestra, que nunca os incumbió? Dejad el pasado en su sitio de una vez por todas, Tomás.

—El pasado siempre vuelve, Carmen.

—Claro que vuelve, porque forma parte de nuestra vida, pero no puede condicionarla de ese modo. Sois hermanos, ¡por el amor de Dios! Y arrastráis un enfado desde hace medio siglo, casi. Además, estabais divinamente. ¿A qué viene ahora esto?

—La muerte de...

—Mira, Tomás, ni lo mientes, por favor. Ya está bien, ya está bien de todo eso, ya está bien, por favor. Si no lo hacéis por vosotros, que es por quienes deberíais hacerlo, al menos hacedlo por vuestras familias. Es absurdo, Tomás, ¡absurdo! De verdad que no merece la pena cargar el resto de vuestras vidas con ese rencor a santo de rojos, de blancos, de verdes o de moraos, lo mismo me da. No sé cuánto tiempo más nos quedará, pero mucho no, de eso estoy segura, porque las canas ya se nos desbordan a los dos, y me niego a verte así.

—Mujer, ni que fuéramos unos ancianos...

—Ancianos no, pero no estaría mal que empezaras a plantearte si no es hora ya de jubilarte.

—Precisamente... Carmen, por supuesto que no me gusta estar así con Sixto. Soy el primero que quiere arreglar las cosas, pero mi hermano es muy terco.

—Anda que tú... Hablad, y punto.

—Sí, hablaremos, te lo prometo. Pero, volviendo a lo de la jubilación... ¿Tú querrías volver al pueblo?

—¿Volver al pueblo? Pero... ¿a vivir?

—Sí, claro, no va a ser a pasar el fin de semana... Esta ciudad me tiene ya muy cansado, Carmen. No estoy yo para muchos tutes, y quién sabe qué sucederá a partir de ahora... Llevo tiempo pensando en aprovechar el momento para retirarme, y que podamos llevar una vida tranquila. Tenemos unos ahorrillos, bien lo sabes tú, que eres mejor administradora que el Banco de España, y podríamos comprarle a tu madre la casa de tu tío Francisco, porque el chamizo de mis padres lleva años abandonado. ¿Qué te parece?

—¿Y dónde se metería mi madre?

—Viviría con nosotros, mujer. Está ya muy mayor, y no le vendría mal la compañía.

—¿Y Olivia?

—Ay, Olivia... Como todos los jóvenes, tiene tantas ganas de perder de vista a sus padres que nuestra marcha bien poco le importaría. Podríamos, incluso, dejarla viviendo aquí, estoy seguro de que a la Trini no le importaría.

—Vivir sola Olivia... ¡Pero si no sabe hacerse ni un huevo frito!

—Pues tendrá que aprender. Igual que tú aprendiste en su momento, como todos lo hemos hecho.

—Bueno, tú sigues sin saber pelar patatas como es debido.

—¡A eso me dedicaré cuando me jubile!

—Veo que lo tienes todo pensado. ¿Cuánto tiempo llevas dándole a la cocorota?

—Desde que volvimos de Lezo, en realidad.

—Ya veo, ya... Bueno, así, a bote pronto, no me parece mal del todo. Pero hay mucho que madurar todavía y no tenemos por qué precipitarnos. Lo urgente ahora es que arregles las cosas con Sixto. Lo otro... ya se verá.

# 12

Tal y como se comprometió a hacer aquella noche de tiempo destemplado y palabras cálidas, mi abuelo Tomás habló con mi tío Sixto en busca de su reconciliación definitiva. Un día que tenía libre en el cuartel se fue a verlo a Talavera, la misma ciudad en la que, al comienzo de la guerra, sus vidas se separaron por un lance del destino. Fue el último servicio que hizo el cochecito de segunda mano con el carburador renqueante. Recuerdo que, ansiosa por conocer el desenlace, el día que mi abuelo me lo contó lo interrumpí tantas veces que el pobre estuvo a punto de perder la paciencia y dejarme en ascuas. Estábamos en el patio y mi abuela había pugnado con él por narrarlo ella.

—¿Acaso fuiste tú a Talavera? —le dijo mi abuelo.

—No, pero es que tú lo cuentas muy mal, y así la niña no se va a enterar de nada.

—Anda, y tú te inventas la mitad de las cosas...

—Mejor inventar que omitir.

—¿Me estás diciendo que le estoy ocultando cosas a mi propia nieta?

—No, te estoy diciendo que se lo cuentes todo, y cuando digo todo, digo todo.

Mi abuelo dio un largo suspiro, como queriendo llenarse los pulmones de recuerdos, y siguió con su relato, en el que evocaba a su hermano Sixto profundamente aliviado cuando lo vio, desde detrás del mostrador, al final de la larga fila de fumadores.

—Isabel, ven, que tengo que ocuparme de un asunto urgente —dijo mi tío, reclamando la presencia de su mujer.

—Sea lo que sea, puede esperar. Estoy con el último recibo de la contribución y parece que está escrito en chino —le contestó ella desde la trastienda.

—No puede esperar, no —insistió él, que ya le había hecho a mi abuelo un gesto con la mano para que se saliera de la cola y esperara a un lado hasta que por fin apareciera su mujer.

—¡Madre del amor hermoso, ni que se hubiera presentado el mismísimo papa! —dijo Isabel mientras descorría la cortina. Pero al ver a mi abuelo hizo chitón y se colocó en el puesto de su marido para seguir atendiendo a los clientes, que empezaban a impacientarse, perplejos ante tan singular escena.

Ya en la trastienda, mi abuelo y Sixto remataron la conversación que, años atrás, en un Madrid bien distinto, con su primo Manolín yacente sin vida en la camilla de la enfermería de la cárcel de Carabanchel, dejaron inconclusa. El abrazo con el que la cerraron fue el que muchos no pudieron darse, tan largo y sincero que los dos hermanos terminaron llorando, renunciando a la supuesta hombría, casi siempre impostada, que les impedía derramar todas las lágrimas acumuladas. La reconciliación se selló, definitivamente, en el viaje de vuelta a Madrid. Después de comer cabrito en un restaurante de postín, pues la ocasión lo merecía, mi tío tuvo que llevar a mi abuelo hasta el mismo portal del piso de la calle Marcelo Usera, ya que no hubo forma de que su cochecito arrancara.

Con los hermanos por fin bien avenidos, mis abuelos tuvieron que esperar bastante tiempo, y armarse de paciencia para poder regresar al pueblo. El asunto de la casa del tío Francisco fue fácil de resolver y, para su sorpresa, también el del piso de Marcelo Usera. En el primer viaje al pueblo con el nuevo coche, un Seat 128 de color blanco radiante que a mi abuela nunca le gustó porque le costaba mucho entrar y salir de él, la Trini le desveló a mi abuelo lo que había hecho con la escritura tiempo atrás. Cuando ellos estaban viviendo en Lezo, fue a un notario cerca de la calle Usera y la puso a su nombre, una decisión que, en aquel momento, la Trini solo le comunicó a Blanca.

—Así que podéis hacer con vuestra casa lo que os venga en gana.

Mi abuelo, asombrado, no supo cómo reaccionar ante la generosidad de aquella extraña mujer a la que había tenido la suerte de conocer hasta considerarla más familia que otros con los que compartía lazos sanguíneos. Sin saber qué hacer ni qué decir, cómo proceder a continuación, a mi abuelo no se le ocurrió otra cosa más que inclinar la cabeza, coger la mano de la Trini y plantarle un beso, como si ella fuera un cardenal y él un novicio a punto de profesar.

—¿Pero qué haces, tarambana? —lo reprendió ella, muerta de la risa—. Anda y vete con tu mujer, que yo a la mía la tengo esperando en el huerto para contarle con detalle nuestra conversación, aunque esto último lo pasaré por alto.

Por cómo me lo contó, mi abuelo no dio importancia alguna a aquel «la mía» que la Trini había empleado para referirse a Blanca, y se fue más contento que unas pascuas a casa de su suegra, la que un día había sido de don Francisco y que esperaba que pronto fuera suya. Allí encontró a mi abuela Carmen abrazada a su madre, que había recibido con entusiasmo los planes del matrimonio, pero con una condición: no estaba dispuesta a aceptar ni un solo céntimo. A sus hijas pequeñas, Antonia y Juana, les había cedido unas tierras que tenía en el pueblo de su madre, no muy extensas, pero fértiles y alícuotas, y había llegado el momento de compensar a su primogénita. Conociendo a mi abuelo, que nunca se retrasó en el pago de una letra y siempre llevó las facturas al día, sé que le hubiera gustado arreglar las cosas pecuniarias, que diría él, como era debido, pero tuvo que avenirse a la voluntad de su suegra. La semana siguiente, mis abuelos acudieron al mismo notario en el que la Trini obró su voluntad respecto al piso de Usera y pusieron la casa de don Francisco a su nombre.

El ansiado retiro de mi abuelo Tomás se demoró bastante. Según su relato, en el que nunca trató de justificarlos, sus superiores, sobrepasados por el devenir de una historia que nadie en ese momento sabía cómo escribir, le pidieron que aguardara un tiempo. Y mientras mis abuelos esperaban en Madrid intentando no desesperar, mi madre vivió, como me dijo ella misma, la mejor época de su vida. Viajó por Europa gracias a esos ahorrillos que sus padres no habían tenido que invertir para comprar la casa de don Francisco. Visitó Venecia, Roma, París y Brujas, ciudad, esta última, a la que fue atraída por su nombre y ante la que cayó fascinada, hasta el punto de imaginarse allí disfrutando de su luna de miel... Y al volver de uno de esos viajes, conoció a mi padre, que era el compañero de piso de Roberto, el mejor amigo de mi madre.

La familia de Roberto nadaba en la abundancia, aunque nunca se comportaron con nadie como los típicos ricachones, probablemente porque, como decía mi abuela, no eran unos piojos resucitaos, sino que las perras les venían de rancio abolengo. No he logrado averiguar por qué, pero en el pueblo los llamaban los Chicorro, aunque para mí siempre fueron el tío Vicente y la tía Flores. Tenían tierras con ganado y una viña en la que más que producir vino se lo bebían en las comidas que organizaban allí los domingos y fiestas de guardar, a las que acudían mis abuelos siempre que podían. Mi madre y Roberto solían jugar a la vendimia mientras sus padres los observaban convencidos de que se casarían y les darían muchos nietos. Pero nada hay peor, más desatinado, que pretender arreglar los amoríos, sobre todo cuando quienes deberán protagonizarlos no superan el metro y medio de altura.

El traslado de mi abuelo Tomás a Lezo hizo que las dos familias se olvidaran de su romántico propósito, del que mi madre y Roberto entonces no tenían constancia. Y supongo que aquel desconocimiento hizo que ambos, a medida que fueron cumpliendo años, se entregaran a su amistad sin otro afán que el de quererse como hermanos, que es otra forma bien bonita de querer. Llegado el momento, cuando fue capaz de leerlas sin que se le quebrara la voz, mi madre me enseñó las largas cartas que intercambiaban. En ellas se contaban todo lo que no podían decirse delante de sus padres, especialmente lo que atañía a los asuntos del corazón. Roberto fue el primero que supo de la existencia de Gaizka en la vida de mi madre, y también de su desaparición, lo mismo que se enteró, inmediatamente y ya en persona, de la revelación que Filomena le había hecho, sentadas en el bar de la universidad, sobre el estado de su prima Matilde. Y mi madre estuvo al tanto siempre de cuantas chicas se encapricharon de Roberto. Pese a las muchas que le rondaban, según mi abuela unas atraídas por su belleza serena y otras por sus dineros, él se enamoró de Rosa, una joven tan tímida como él a la que conoció en la facultad.

    Hacía poco que la hermana con la que Roberto vivía en Madrid —tenía dos, y él era el pequeño— se había casado con un tipo gris de esos que parecen llevar gabardina incluso en verano, aunque vayan en bermudas, según la descripción de mi madre. Así que Roberto tuvo que buscar un compañero de piso. Y fue así como conoció a mi padre, delante del tablón de anuncios de su facultad. Debo aclarar, a pesar de que él no lo reconocerá nunca, que mi padre tiende a contar sus vivencias, sobre todo las juveniles, como si fueran históricas. Por algo en su pueblo lo llamaban el Trola, y supongo que lo seguirán haciendo, aunque hace siglos que él no aparece por allí. Por tanto, quien quiera poner en duda los hechos que vienen a continuación, libre es, porque fue él quien me los contó.

Mi padre resultó ser un buen compañero de piso y, ante todo, un gran amigo. Pero no había mes en el que no se retrasara con el pago del alquiler, y no es que lo hiciera adrede. Su familia era de un pueblo cercano al de mi madre. De niño lo mandaron a vivir con una de sus abuelas —la materna, a la que amputaron una pierna porque tenía azúcar y era incapaz de controlarse con los pestiños— al barrio de Vallecas, en Madrid. Mi padre tenía dos hermanos más, y tres eran demasiadas bocas para llenar cuando el único dinero que entraba en su casa dependía de los viajes con el camión que su padre debía hacer así lloviera, tronara, nevara o luciera un sol radiante.

Cuando su hermano mayor, mi tío Jerónimo, un figura según palabras de mi abuelo Tomás, terminó en Madrid tras salir escopetado de un colegio de curas en el que entró gracias a una beca, mi padre se fue a vivir con él. Pasaron por varios pisos, a cada cual más destartalado, pero todos igual de baratos. De aquella época, mi padre recuerda cómo para poder comer en condiciones una vez a la semana su hermano y él se colaban en los banquetes de bodas que se celebraban en una sala de fiestas cercana al puente de Ventas. Siempre que al entrar les preguntaban si venían de parte del novio o de la novia, ellos respondían lo mismo: «De la novia. Es prima segunda nuestra».

Pero pasado un tiempo mi padre tuvo que volver a buscarse la vida, aunque ya por su cuenta y riesgo. Resulta que mi tío Jerónimo se volvió loco, literal y metafóricamente, por una pitonisa que lo mismo leía las manos que la revista *Pronto*. La conoció en el Rastro y decidió irse a vivir con ella antes siquiera de haber compartido mesa y mantel en condiciones, que diría mi abuela Carmen. Cuando su hermano mayor le comunicó la nueva, nada buena para él, mi padre se acordó de haber visto un cartel en la facultad en el que alguien, no recordaba el nombre, buscaba compañero de piso.

Recién mudado a la casa de Roberto, mi padre quiso dar allí una fiesta sin muchos invitados ni guirigay, solo unos cuantos conocidos. Ausente Rosa, que esa noche se encontraba indispuesta, fue mi madre la que rescató a Roberto, poco aficionado a las jaranas que incluyeran más de dos personas. Cuando los dos salían del edificio ubicado en la misma plaza de Cristo Rey dispuestos a encaminarse hacia el piso de Marcelo Usera para que Roberto durmiera en el sofá de dos plazas reconvertidas en tres, se cruzaron con mi padre, que volvía de comprar hielo en una gasolinera cercana.

Durante mi niñez, cuando no sabía que la vida iba en serio porque aún no había leído a Gil de Biedma, les pedí muchas veces a mis padres que me contaran cómo se habían conocido, las palabras exactas que cruzaron la primera vez que se vieron. Y ahora, mientras las escribo, sin ser fiel seguramente a lo que sucedió entonces, pues la ficción es selectiva aunque se base en la memoria, tiemblo al pensar que su destino literario está en mis manos.

—¿Dónde vas? —le preguntó mi padre a Roberto sin fijarse todavía en mi madre.

—Es que no me encuentro bien... Creo que Rosa ha debido de pegarme el virus ese que tiene, y prefiero no fastidiarte la noche. Olivia me ha dicho que duerma hoy en su casa y vamos hacia allá —trató de justificarse él.

Mi padre reparó, entonces sí, en mi madre.

—Soy Alberto. Creo que Roberto no nos ha presentado —dijo, y miró a su compañero de piso con un claro gesto de reproche.

—Olivia, encantada.

En lugar de darle dos besos, mi madre le tendió la mano, fingiendo frialdad, y mi padre se la cogió con delicadeza, como si llevara guantes de seda y le diera miedo estropearlos.

Así empezó una historia de amor a ratos hermosa y por temporadas calamitosa, cuyo punto final está ya escrito.

~

A Ismael empezaron a sonarle las tripas y paró de leer, no sin antes marcar la página por la que iba. No recordaba la última vez que había comido. Tal vez la noche anterior, después de hablar con su mujer. No estaba seguro..., ya no estaba seguro de nada, aunque a medida que iba pasando las páginas se iba dando cuenta de la equivocación que había cometido casándose con Estrella. Su estómago siguió rugiendo y no tuvo más remedio que levantarse. Noray estaba en la misma posición en la que se la había encontrado cuando el doctor Sánchez lo condujo hasta la habitación 205. Ismael se atrevió por fin a tocarla, le acarició la frente y le colocó bien el pelo. Noray no soportaba que se lo tocaran, y lo pasaba fatal en las peluquerías, siempre insegura de que el corte le fuera a gustar. Menuda maniática era... Las tripas volvieron a reclamar su atención e Ismael decidió ir a la cafetería a picar algo. Todavía no había atardecido e intuía que le quedaban tantas horas de espera como de lectura por delante. Salió de la habitación con el cuaderno de espiral bajo el brazo —temía lo que Noray pudiera pensar si se despertaba y lo veía sobre la mesilla— y recorrió el largo pasillo hasta llegar al control de enfermería.

—¿La cafetería, por favor? —preguntó.

—En la primera planta. Tiene también un jardín donde puede seguir leyendo si quiere, y así se despeja un poco. No se preocupe, que su amiga está bien atendida y le aseguro que todavía no se va a despertar —le dijo la enfermera que un rato antes había entrado en la habitación.

Ismael asintió en un gesto de agradecimiento y se dirigió a la cafetería. Una vez allí pidió una cerveza y un bocadillo de tortilla de patata sin cebolla, como a él le gustaba, y también a Noray, y salió al jardín. Buscó un banco alejado del poco ruido que a esas horas ya había en el hospital y se sentó. Cuando estaba a punto de dar el primer bocado, el móvil empezó a vibrarle en el pantalón. Temió que fuera de nuevo Estrella, pero en la pantalla aparecía el nombre de

Ignacio. ¿Qué querría ahora su hermano? La relación entre ellos, que se llevaban un par de años, siempre había sido muy estrecha, pero se afianzó todavía más cuando a Ignacio le diagnosticaron, sin haber cumplido los diez, un osteoblastoma en la pierna derecha. Afortunadamente, el costoso tratamiento en una clínica privada, que obligó a sus padres a hipotecar todo cuanto tenían, funcionó. Ignacio salvó la vida y también la pierna enferma, repleta de llamativas cicatrices que iban desde el tobillo hasta la entrepierna y que a él no le importaba mostrar, pese a las desagradables miradas de las que era objeto en la playa de Gandía. El instinto de protección que Ismael empezó a desarrollar la primera vez que oyó la palabra *cáncer* y que le hacía estremecerse cada vez que veía la pierna destrozada de su hermano lo llevó a contestar, pues temía que le hubiera ocurrido algo.

—Hola, Ignacio.

—¿Dónde estás, macho?

—¿Qué ha pasado?

—¿Qué va a pasar? Estrella ha llamado a Miriam superalterada.

—Ah, es eso...

—Sí, es eso, Ismael, claro que es eso. ¿Qué coño estás haciendo?

Ismael sabía que a su hermano nunca le había caído bien Noray, y seguramente tampoco a sus padres. Cuando cortó con él se quedó tan hecho polvo, tan devastado que Ignacio no soportaba verlo así y lo animaba a que saliera de casa y se divirtiera, que había «cientos de tías como esa». Tras muchos intentos, su hermano consiguió convencerlo para que lo acompañara a la fiesta de cumpleaños de Estrella, la mejor amiga de su novia Miriam. Ismael se resistió pero, ante la insistencia de Ignacio, para no decepcionarlo, decidió ir con ellos. Y esa noche acabó durmiendo con Estrella.

—No estoy haciendo nada.

—¿Quieres volver a joderte la vida? Porque eso es lo que vas a conseguir si sigues así... ¿Ya no te acuerdas de todas las guarradas que te ha hecho? ¡Esa tía no merece la pena! ¡Está pirada!

—Se llama Noray, y por supuesto que merece la pena.

Ismael colgó a su hermano y tiró el móvil al cuidado césped del jardín. Durante unos minutos, Ignacio siguió llamándolo, pero Ismael no se movió y empezó a comer con ansiedad. Cuando acabó el bocadillo se levantó a coger el teléfono, se lo metió en el bolsillo del pantalón, abrió el cuaderno de espiral y continuó leyendo.

~

Mi madre anduvo con pies de plomo en los primeros pasos de su noviazgo con mi padre. Pese a que le gustara poco hincar los codos, sabía que no era un bala perdida, ni tampoco un zoquete. Pero, según me confesó, no quería precipitarse ni dejarse llevar por el entusiasmo que siempre provoca el amor cuando es correspondido. Además, mis abuelos seguían esperando a que los mandamases del cuartel dieran su visto bueno para poder trasladarse definitivamente al pueblo. Y, según mi madre, esa dilación los tenía de un humor de perros, por lo que temía que cuando se lo contara se lo tomaran peor aún de lo que ella esperaba, teniendo en cuenta las circunstancias.

Durante ese tiempo, mi madre se comportó como si nada hubiera cambiado en su vida. Seguía estudiando la carrera, ya a punto de llegar a su fin, y mantenía sus horarios habituales e idénticas amistades. Lo único que había variado en su rutina era que solía quedarse a dormir una o dos noches a la semana en el piso de Roberto. Pero a mis abuelos aquel nuevo hábito no les importó y puede que hasta llegaran a verlo como una buena señal, encaminada a reconducir sus celestinas intenciones de hacía años.

El día en el que Roberto y Rosa se comprometieron, mi madre supo que había llegado el momento de hablarles a mis abuelos de mi padre. No solo por su propio bien, pues la coartada del piso de su amigo se le había acabado, sino porque era lo justo para mi padre, que empezaba a preguntarse si no se avergonzaba de él y, lo que era todavía peor, de su familia. Pero, antes de decirles nada, mi madre prefirió consultárselo a Filomena e incluso le comentó algo de refilón a Mari Miura. Las dos sabían que algo de eso se traía entre manos desde hacía tiempo, pero ni la maestra ni la vecina le habían dicho nada a mi abuela. De modos y con modales muy distintos, ambas la animaron a dar el paso. Y mi madre lo dio en uno de los tres aniversarios de boda anuales de mis abuelos, buscando el ambiente más propicio posible. Todo fue bien hasta que ellos indagaron, porque consideraban que era su deber, en la procedencia de mi padre: descubrieron que no solo su padre era camionero, un oficio muy digno pero que a duras penas daba para comer, sino que tanto en la rama materna como en la paterna de su familia eran, y cito palabras textuales de mi abuela, «más rojos que los pimientos coloraos».

—¿Ya estamos otra vez con eso? ¡Qué coñazo de banderas! —se quejó mi madre, en referencia a la historia de mi abuelo Tomás y su hermano Sixto.

Según me confesó, a mi abuela Carmen le dolió oír aquello. Sabía que mi madre estaba en lo cierto, aunque le daba miedo que aquel joven, bienintencionado aunque falto de recursos económicos, no pudiera darle el porvenir que se merecía, así que prefirió escudarse en las cuestiones políticas, que nunca le habían importado ni interesado lo más mínimo, para justificar su disconformidad ante el novio recién presentado.

Dio comienzo entonces una versión bastante cercana a la inventada por Shakespeare, pero protagonizada por unos Montescos y unos Capuletos a la española y, por tanto, bastante chapuceros, sin que en mi ánimo esté la intención de ofender a nadie. Y en medio de todo aquello mis padres, «con más razón que todos los santos del Pórtico de la Gloria», según palabras de mi abuela Carmen cuando pasado el tiempo admitió su error, defendieron su historia de amor con tanto ahínco que hoy todavía me duele más verlos convertidos en dos extraños. Con todo lo que se quisieron entonces y con lo mucho que se amaron durante los años en los que mi hermana y yo crecimos viéndolos felices, no puedo entender que hayan acabado así, como si nunca hubiera habido esa pasión entre ellos. Y temo que Ismael y yo seamos sus vulgares imitadores.

Finalmente, mi bisabuela Aurora y la tía Eulalia, que eran más viejas ya que la tana pero todavía conservaban el sentido común, convencieron a mis abuelos para que se vieran un día con sus futuros consuegros en el pueblo. «Si no, va a ser peor... El día menos pensado, Olivia llegará con un bombo como el de Matilde y entonces ¿qué», les dijo la Trini, que también estaba metida en el ajo. La mera posibilidad de que a mi madre le sucediera algo así hizo que mi abuela Carmen accediera al encuentro, y arrastró con ella a mi abuelo Tomás, que a esas alturas lo único que quería era que lo dejaran tranquilo y, a poder ser, en el pueblo. Mi padre, por su parte, les contó a sus padres la patraña de que su familia política estaba deseosa de poner fin a aquel entuerto y, acordado el día, los cuatro futuros consuegros acudieron a la cita estipulada.

Así pues, mis abuelos maternos y paternos fueron conducidos a una reunión en el bar de Valen —al que ya le costaba hasta servir cañas por culpa del reúma— llamada a establecer una tregua en tan absurda contienda. Pero, a tenor de los testimonios que he ido recabando desde que supe que debía escribir nuestra historia, el encuentro terminó siendo el inicio de su particular guerra fría. Sentados los unos frente a los otros se dijeron unas pocas palabras, las justas, según mi abuelo Tomás, y acordaron la fecha del enlace de mis padres, que accedieron a casarse por la Iglesia si así, al menos, conseguían algo de entusiasmo, aunque fuera forzado, por parte de sus progenitores. Pero cuando ya estaba todo listo hubo que posponer el casamiento, ya que las prórrogas de estudios que mi padre había ido pidiendo para retrasar su incorporación al servicio militar llegaron a su fin, por lo que le tocó cumplir con tan obligado deber.

Ya con el título de profesora de Historia bajo el brazo, mi madre quiso hacer una última visita a su universidad. Su intención, según me contó, era rememorar todo lo mucho vivido durante aquellos años y devolver, de paso, unos cuantos libros de la biblioteca que todavía conservaba en el piso de Marcelo Usera. En el camino de vuelta a casa en el mismo autobús que cogía siempre, el conductor dio de pronto un brusco frenazo que casi la tiró de su asiento. Mi madre todavía recuerda con viveza cómo se incorporó e intentó averiguar qué pasaba a través de los empañados cristales. Después de limpiarlos con la manga de la trenca, vio que la bulla venía de calle arriba, a la altura del Congreso de los Diputados. Entonces decidió bajarse y se metió en la primera cabina telefónica que encontró. Pero cuando estaba a punto de marcar se dio cuenta de que no podía comunicarse con su casa, porque los cabezotas de mis abuelos —uso sus propias palabras, que quede claro— seguían sin poner teléfono. En un principio, pensó en llamar al cuartel, pero con el follón que se barruntaba a la orilla del Congreso dedujo el lío que allí habría montado y, al final, prefirió probar con su vecina. Mari Miura tardó cinco segundos exactos en descolgar el aparato.

—¡Vuelve a subirte al primer autobús que pase por delante de tus narices y te vienes a casa pitando! —le dijo su vecina a voz en grito.

Y mi madre, claro, siguió las indicaciones de Mari Miura. En su memoria conserva el recorrido intacto. Tuvo que caminar un buen tramo, hasta el comienzo de la calle Atocha, para encontrar otro autobús que parara y en el que pudiera subirse, la llevara este a donde la llevara. Finalmente consiguió llegar a la altura del río Manzanares y desde allí fue caminando tan rápidamente que a veces parecía no tocar el suelo, corriendo a ratos, hasta el número 43 de Marcelo Usera. Cuando mi madre entró por fin en el piso de Mari Miura, mi abuela le dijo:

—Esto es como en el 36, hija mía, igualito que en el 36.

# 13

Pese a los temores, más que justificados, de quienes tuvieron la desgracia de vivir la guerra y la suerte de sobrevivir para poder contarlo, aquel lunes aciago del segundo mes del calendario de 1981 se quedó en un susto gordo, de esos que provocan infartos, y la democracia en España continuó su recorrido con una muesca, eso sí, en forma de golpe de Estado. Los tanques regresaron a los cuarteles de los que nunca debieron salir, y el ruido de sables quedó reducido a un mero murmullo que, con el paso de las semanas, terminó silenciado por la sensatez de la mayoría de los que entonces vestían uniforme. Entre ellos, mi abuelo Tomás. Aquel día, según su propio y crudo relato, vio cosas que hubiera preferido no tener que presenciar, y se mantuvo fiel a lo que consideró que Paco hubiera querido que hiciera: nada. Así, siguiendo las imaginarias instrucciones de su añorado amigo, no descolgó el teléfono las muchas veces que sonó en su cuartel durante las horas que se prolongó la toma del Congreso por aquellos «mentecatos con tricornio», como él me los definió. Y solo se movió de su mesa al ser reclamado por sus superiores, «los que de verdad se merecían así ser llamados», para sofocar, por fin, la sublevación.

Cuando, derrengado, regresó al piso de Marcelo Usera al comienzo ya de un día que parecía el inicio de un nuevo siglo por todo lo que en cuestión de horas había estado en juego, se encontró a mi abuela y a mi madre en el sofá del salón. Según la estampa que recordaba mi abuelo, mi madre dormía, ocupando todo lo ancho y lo largo de las dos plazas reconvertidas en tres, y mi abuela, con sus piernas sobre el regazo, estaba sentada en su extremo habitual. En las manos sostenía un rosario de la Virgen de Guadalupe que había pertenecido a su tío Francisco y que su madre le regaló cuando salió de casa para casarse con mi abuelo.

—Santa María, madre de Dios, ruega por nosotros, pecadores...

—... ahora y en la hora de nuestra muerte, amén.

—Ay, Tomás, no te había sentido.

—He procurado no hacer ruido por si estabais dormidas.

—¿Dormir? ¡Pero cómo quieres que duerma con lo que está pasando!

—Chis, no grites, que vas a despertar a Olivia.

—Qué despertar ni despertar...

—Bueno, anda, ya puedes quedarte tranquila, parece que lo peor ha pasado.

—¿No habrá guerra?

—No, ni guerra ni todo lo que vendría después de ella.

—Virgen santa, alabado sea Dios... Cuando vi a ese hombre... pensé que...

—Lo sé, lo sé. Sé lo que pensaste porque fue lo mismo que pensé yo, y como nosotros mucha gente más, tanta que no han conseguido su propósito.

—¿Y qué querían?

En aquel momento mi abuelo fue incapaz de responder con palabras. Imagino el gesto que puso entonces, tan característico en él cuando algo lo preocupaba pero no sabía cómo verbalizarlo. Solía contraer la comisura de los labios y cerrar los ojos bien fuerte, hasta casi hacerlos desaparecer de su rostro, dejando apenas dos finas líneas bajo las cejas. En el cuartel, mientras los teléfonos no paraban de sonar y algunos de sus compañeros se subían a autobuses de incierto destino, debió de sufrir un ataque de ansiedad. Pero, en mitad de tanta insensatez, fue capaz de ver el futuro con asombrosa claridad. Y supo que quienes se habían atrevido a entrar en el Congreso al grito de «¡Quieto todo el mundo!» no lograrían imponer su voluntad, porque aquello era ya cosa de un pasado y de un país que, por fortuna, no existían más que en sus tristes recuerdos.

—Anda, no hablemos más del tema, que no puedo ni con mi alma y estoy deseando meterme en la cama —se limitó a decir.

—Tomás, espera —le dijo mi abuela, cogiéndolo del brazo para evitar que se retirara—. Lo que ha pasado hoy... ¿te afectará en algo? En el cuartel, quiero decir...

—En nada, te lo aseguro. Esto ha sido la gota que ha colmado el vaso de mi paciencia, que andaba rebosando desde hace tiempo. En cuanto pasen unos días, para que las aguas vuelvan a su cauce, hablaré con el coronel y le diré que no pienso seguir aguantando, ¡que me jubilo, coño! Y no se hable más —remató.

Y así fue. Aunque los días que mi abuelo auguró aquella noche en el salón del piso de Marcelo Usera terminaron siendo semanas, porque el lío que se montó en su cuartel, y en todas las instituciones que algo tenían que ver con el estamento militar en España, fue de órdago. Sus superiores, que llevaban años haciéndose los remolones, no tuvieron más remedio que acceder a su postergada petición y mi abuelo pudo hacer realidad sus anhelados deseos y se jubiló.

Tras la mudanza de mis abuelos al pueblo, mi madre se quedó sola en el piso de Marcelo Usera. Compuesta y a la espera del regreso de un novio que la noche del golpe de Estado se había hecho sus necesidades, según él mismo me confesó, en el uniforme mientras se movía de un lado a otro del estrecho colchón en la litera del cuartel de Cuatro Vientos en el que estaba haciendo la mili, mi madre se dedicó a preparar unas oposiciones. Su objetivo era sacar una plaza de profesora en el colegio en el que había estudiado. Filomena se enteró de que había salido esa vacante en el Carmen Rojo, y a mi madre aquella opción le pareció la mejor para su porvenir inmediato y el de la familia que estaba a punto de formar. Durante meses, no hizo otra cosa más que estudiar mañana, tarde y noche. Se mantenía, en parte, gracias a los táperes que Roberto, ya casado con Rosa, le llevaba, y de paso comprobaba que estaba bien. Al final de cada jornada, mi madre llamaba a mis abuelos al pueblo —el teléfono llegó al piso de Marcelo Usera tras el golpe de Estado—, que era lo que se había comprometido a hacer a diario. Y en una de esas conversaciones le dijeron que estaban muy preocupados por la salud de la Trini, a la que mi madre quería de una forma especial a través de los recuerdos de mis abuelos, igual que yo he terminado haciendo.

Desde hacía semanas arrastraba una lumbalgia que la tenía baldada en la cama. Ni para ir al baño se levantaba, y tenía que evacuar en un orinal de hierro esmaltado «parecido a los recipientes en los que hoy sirven alitas de pollo o patatas bravas en esos bares a los que tanto os gusta ir que presumen de modernez», en palabras textuales de mi abuela Carmen. La Trini no se quejaba nunca, porque tenía un terror patológico a los médicos, a los que llamaba, «desde el respeto y el cariño», según su propia justificación, «matasanos». Pero Blanca, preocupada por esos dolores que la hacían gritar como si se estuviera muriendo, decidió hablar con mi abuelo Tomás. Sin saber muy bien ni muy mal qué hacer o a quién recurrir, mi abuelo se acordó del doctor Rull, y se puso en contacto con él a través de Filomena, con la que Mari Miura estaba convencida de que el médico tenía una aventura pese a llevar más de cincuenta años casado con «una señora de Soria de las de moñete de toda la vida».

El doctor Rull acudió diligente al pueblo, pero cuando vio a la Trini retorcerse de dolor en la cama supo que ya nada se podía hacer por ella, y así se lo dijo a mi abuelo. Los peores presagios del médico se confirmaron cuando lograron convencer a la Trini para que fuera a Madrid a hacerse unas pruebas. El tumor que llevaba años desgastando sus huesos, igual que una legión de termitas corroe las vigas de madera más sólidas, se había pasado a la sangre. En cuestión de días, la Trini perdió el sano juicio que tanto bien había hecho a unos y a otros a lo largo de toda su vida. Dejó de hablar, de comer... No podía ni tragar su propia saliva. Y se fue consumiendo, poco a poco, «como un pajarito», según el triste recuerdo de mi abuela.

Todos se volcaron en los cuidados de la Trini, y hasta hicieron turnos para que nunca estuviera sola, aunque Blanca no se movía de su lado ni para orinar. Mi bisabuela Aurora y la tía Eulalia sabían que lo que más miedo le daba a la Trini era morirse con alguna cuenta pendiente y, aunque no las tuviera, porque en su vida había hecho siempre lo que le había dado la real gana pero sin dañar ni molestar a nadie, llamaron al joven párroco, con el que tan bien se llevaba ella, para que le diera la extremaunción. Pero, según mi abuela, la pobre ni cuenta se dio. Falleció esa madrugada, agarrada de la mano de Blanca, cuyos gemidos, cuando supo que la Trini había expirado, al oír ese último aliento tan sobrehumano que parece venir de ultratumba, alertaron a mis abuelos, que esperaban en el salón, de que el más triste de los finales había llegado.

Mi abuela Carmen contaba, siempre emocionada y con lágrimas en los ojos, que, tras certificar su muerte, Blanca se encerró con la Trini durante horas en aquella habitación en la que ambas se habían querido todo lo que nadie quería que se quisieran. Es cierto que lo que allí dentro ocurrió nadie lo sabe exactamente, pero como solo la ficción puede dictaminar sobre la realidad que se desconoce, hace tiempo decidí que Blanca amortajó a la Trini, llenándola de besos primero, deteniéndose en cada rincón de ese cuerpo que conocía tan bien como el suyo propio, frotándolo con delicadeza con un paño impregnado de agua de rosas. Y cuando terminó aquel ritual sagrado puso en el tocadiscos que la Trini se trajo de Madrid *Le métèque*, de Georges Moustaki. Al fin y al cabo, ellas fueron, tristemente, extranjeras en un mundo ingrato que todavía no estaba preparado para aceptar su amor y tardaría mucho en llegar a estarlo, si es que hoy acaso lo está. El ruido de la aguja rayando la superficie del disco trajo de vuelta a Blanca de ese lugar, placentero e idílico, al que en su imaginación se había marchado con su compañera de vida. Acto seguido, se levantó de la silla que había colocado para velarla junto a la cama de matrimonio que la Trini había comprado al día siguiente de enterrar al alcalde e inició los preparativos del funeral.

Fue una pena, sobrevenida al pesar por su fallecimiento, que la Trini no hubiera podido explicar de viva voz cómo quería que fuera su entierro. Porque según dejó escrito en un papel que apareció al cabo de unas semanas en el arcón en el que guardaba los mantones de Manila de su madre, desde bien jovencita, cuando tuvo claro que la existencia no era eterna, había ideado un plan que prohibía la tristeza y la melancolía en su sepelio, lo mismo que los rezos y los llantos. Ella había venido a este mundo a disfrutar y cuando se marchara no quería que la lloraran. Pero supongo que por no mentar demasiado a la bicha, que tan mal agüero le daba, nunca encontró el momento oportuno para decírselo a Blanca, y tampoco le habló de la existencia del papel con sus últimas voluntades. Por lo que, después de que las campanas tocaran a muerto, la Trini fue despedida con una ceremonia gris en la que lloró hasta el «apuntaor», a la sazón Valen, y enterrada, por empeño del cura, en cristiana sepultura. Incluso terminó lloviendo ese día, y eso que, según mi abuela, había despuntado con un sol radiante que se ocultó cuando el féretro de la Trini salió de su casa camino de la iglesia.

Además de triste y doloroso, el óbito de la Trini fue contagioso. En cuestión de meses, la muerte se apoderó del pueblo. Con semanas de diferencia, fallecieron Blanca —de pena, que viene a ser el equivalente a hacerlo de hambre, porque dejó de comer y le dio un paro cardíaco—; la tía Eulalia —se fracturó una cadera en una mala caída y no superó la operación a la que mi tío Sixto, en contra de la voluntad de mi abuelo, se emperró en que se sometiera— y mi bisabuela Aurora —se quedó dormida para siempre en mitad de una noche en la que no hacía ni frío ni calor, y así se la encontró mi abuela cuando fue a despertarla, «como una santa, tapadita con la colcha hasta el cogote mismo»—. Solo sobrevivió el bueno de Valen, alma cándida, aunque fue por poco tiempo. Nada más empezar el año siguiente se empotró, en un cambio de rasante del camino vecinal, contra otro coche que venía de frente, y ninguno vivió para contar que la culpa, según las pesquisas de la Benemérita, debió de tenerla una liebre del tamaño de un potrillo que se les cruzó en el peor momento posible y que los guardias encontraron en la cuneta.

Imagino que mis abuelos, desolados ante un sentimiento de orfandad tan inmenso como tardío, se quedaron desorientados y sin saber muy bien qué hacer con sus vidas. Y decidieron que la boda de mis padres tendría que esperar un tiempo, hasta que, al menos, se pudieran quitar el luto por fuera, porque tenían claro que el de dentro les duraría para siempre. Sus consuegros, viendo en aquel aplazamiento la oportunidad de seguir ahorrando todas las perras que pudieran para no quedar mal delante de la familia de su futura nuera, dolorosamente menguada, no se opusieron. Finalmente, el enlace se celebró en el Monasterio de Guadalupe, hogar de la Virgen que da la mano a sus fieles «para subir la cuesta de Puertollano, de Puertollano, niña, de Puertollano», según la canción que tantas veces le escuché cantar a mi abuela sin desafinar ni una sola, con esa voz suya tan particular, que lo mismo entonaba que llamaba al melonero. Bueno, que se casaron cuando se cumplía un año de la muerte de la Trini y sin tanto boato como estaba previsto.

Así fue como mi madre, que ya se defendía más o menos en la cocina gracias a las enseñanzas de Mari Miura, tuvo que acostumbrarse a convivir con mi padre justo cuando estaba «cogiéndole gustillo» a eso de vivir sola. No tuvieron luna de miel porque, al poco tiempo de darse el sí quiero, mi madre sacó la plaza de profesora en el colegio Carmen Rojo y mi padre empezó a hacer prácticas como maestro aún sin título en un instituto del Pozo del Tío Raimundo, en el barrio de Vallecas, al que no había vuelto desde los años en los que estuvo viviendo allí con su abuela materna, la de la pierna amputada. El primer día que mi padre se presentó en clase, según su propio recuerdo, con la barba recortada y una chaqueta de pana color mostaza que mi madre le había regalado en las últimas Navidades y con la que podía pasar por uno de esos políticos que entonces salían en los carteles electorales, terminó colgando a uno de sus alumnos de la percha que había al final del aula. Aquel incidente supuso que mi padre no pudiera volver a clase al día siguiente y ninguno de los del resto de su vida, claro, como le explicó el director del centro en su despacho cuando lo despidió.

Esa noche, mientras cenaban croquetas hechas con las sobras del cocido del día anterior siguiendo la receta de besamel de Mari Miura, mi padre le contó a mi madre lo sucedido en el instituto del Pozo del Tío Raimundo. Pero omitió algunos detalles que años después me confió a mí, como que el chaval que terminó colgado de la percha se había mofado de la chaqueta que llevaba y dicho alguna obscenidad sobre su mujer.

Para resolver aquel desaguisado, o al menos en busca de consejo, mi madre no pudo recurrir a Filomena, porque la maestra llevaba un tiempo ingresada en una residencia. Los primeros síntomas se los notó mi abuela Carmen un día que vinieron a Madrid porque mi abuelo Tomás tenía una comida de veteranos en su antiguo cuartel de Usera. Ella aprovechó para ver a sus dos amigas y quedaron para tomar algo en la cafetería que había junto a la peluquería de Marina, la favorita de Mari Miura porque era la única del barrio que daba ración extra de porras con cada desayuno. En un momento dado de la conversación, en la que hablaron tanto del novio de Lolita Flores como de la separación de la nieta de Franco, Filomena no logró ubicar, ni en su memoria ni en la reciente historia de España, a Rodolfo Llopis. «¿Rodolfo qué?», le preguntó a mi abuela, que se había acordado del nombre del pedagogo a propósito de una anécdota. Aquel lapsus hizo que mi abuela empezara a preocuparse por su amiga, pues la salud mental a veces es mucho más delicada que la física y debe cuidarse lo mismo, como la propia Filomena siempre le había advertido. En los días posteriores, a Filomena le hicieron todos los exámenes que el doctor Rull consideró necesarios, y el diagnóstico fue demoledor: demencia senil. Después de aquel primer aviso en la cafetería de Usera, entre porras y algún cotilleo intrascendente, los recuerdos de Filomena fueron desapareciendo de su memoria con la misma rapidez con la que el agua se cuela por el sumidero del lavabo, y en poco tiempo fue incapaz de reconocer a ninguno de los que, hasta hacía nada, habían dado sentido a su vida y ritmo al latir de su corazón.

—Nunca he visto un deterioro cognitivo tan rápido —le dijo el doctor Rull a mi abuela el día que ambos dejaron a Filomena ingresada en la residencia, que él se encargó de buscar y también de pagar.

—Es una lástima. Ella, que es un pozo de sabiduría... ¡Qué pena! Con la cantidad de gente que hay por ahí con la cabeza de chorlito, más hueca que un ladrillo. ¿Por qué tiene que tocarle a ella esta desgracia? Dentro de nada no sabrá ni cómo se llama... ¡Tanto estudio y tanta formación para acabar así! Pues sepa usted que yo me mataré si algún día me pasa lo mismo.

—No diga esas cosas, Carmen, mujer... A Filomena no le gustaría oírlas. Se queda usted con su legado, el material y el espiritual, y ahora le corresponde obrar en consecuencia con él. Además, no sé si lo sabe, y quizá me estoy adelantando demasiado y no debería ser yo quien se lo dijera, pero... ¡qué carajo! Filomena le ha dejado en su testamento toda su biblioteca.

—¡Ay, mi madre! ¿Pero qué está usted diciendo, doctor?

—Lo que oye, Carmen. Todos sus libros son ahora suyos. Creo que ahora entiendo muchas de las decisiones que Filomena fue tomando en los últimos meses. Me temo que ella sabía perfectamente lo que le estaba sucediendo a su cabeza.

—Es que era lista hasta para eso... ¡y lo sigue siendo, aunque ya no se acuerde, lo sigue siendo! —contestó mi abuela, que se quedó dándole vueltas a qué iba a hacer ella con tanto libro... ¿Dónde los metería?

Gracias a esa biblioteca de Filomena, yo descubrí el placer de la lectura y es probable que fuera en ella donde, sin saberlo, tomé la decisión más importante de mi vida, la de convertirme en escritora o, al menos, intentarlo. La primera vez que entré, todavía sin saber leer en condiciones, me fascinaron los colores de las tapas de los cientos de libros que mi abuela había ido colocando, metódicamente y en orden alfabético, en los distintos estantes de la librería. Eran rojos, verdes, morados, azules... Los observaba como objetos preciosos y los cogía con delicadeza y cuidado, por miedo a estropearlos, con el esfuerzo que había costado que llegaran hasta allí. Pasaba las hojas, cuyo tacto estaba ya condicionado por el paso del tiempo, con la ilusión de no saber qué me depararían aquellas historias que me llevaron a querer contar la mía propia, la de mi familia. Ahí estaban *Los Buddenbrook*, claro, pero también *La montaña mágica* y el *Doktor Faustus*. Philip Larkin y sus poesías, aunque de todas sus obras mi preferida siempre ha sido *Jill*. *La isla del tesoro*; el *Quijote*; *Mujercitas*; *Madame Bovary*; *Buenos días, tristeza*; *Cien años de soledad*; *Nada*; *El gran Gatsby*; *Viaje al fin de la noche*; *Entre visillos*; *El ruido y la furia*; *Una habitación propia*; *En busca del tiempo perdido*; *Orgullo y prejuicio*; *Martin Eden*; *La plaza del diamante*; *Lolita*... Allí estaba todo, absolutamente todo lo que hoy es historia de la literatura, y a todo fui llegando cuando debía, en el momento justo en el que mis sueños podían ya hacerse realidad gracias a las palabras de otros. Nunca me he planteado, hasta ahora mismo, mientras escribo delante de esos libros, cómo pudo Filomena amasar tan inmensa fortuna literaria, dónde encontró joyas como una primera edición del *Ulises*, de qué forma llegó a ellas... Fue, sin duda, la tarea de toda una vida, y que decidiera legársela a mi abuela Carmen es un gesto tan generoso que no sé si yo podré estar a su altura, que es a lo que aspiro, también, a través de estas páginas.

Antes de contarles a mis abuelos lo que le había sucedido a mi padre en el instituto del Pozo del Tío Raimundo, pues sabía que aprovecharían la ocasión para recordarle las mil y una razones por las que haberse casado con él había sido un disparate, a mi madre se le ocurrió hablar con Mari Miura. Aunque pueda parecer que el marido de la vecina de Usera pinta en esta historia lo mismo que la Tomasa en los títeres, que diría mi abuela, también tuvo su papel, y fue relevante. Según mi abuelo Tomás, el hombre era un poco pazguato, pero llevaba toda su vida trabajando en la Caja de Ahorros y Monte de Piedad de Madrid. Hacía nada, además, lo habían hecho gerifalte de un nuevo departamento que sus buenos dineros le reportaba al final de cada mes. Y como Mari Miura estaba deseando que se jubilara para irse a vivir al apartamento de Torremolinos que soñaba con comprarse tras verlo en el «Un, dos tres», supongo que pensó que si su marido se llevaba a mi padre a trabajar con él mataría dos pájaros de un tiro: la empresa no podría poner reparos al retiro de su empleado, pues este se marcharía con la vacante cubierta y el joven sustituto bien enseñado. Al marido de Mari Miura el arreglo le vino que ni pintado porque, según mi abuela, siempre fue «más vago que la chaqueta de un guardia».

Imagino que la insistencia de mi madre terminó por convencer a mi padre para que aceptara el puesto en la caja. Aunque, según él mismo me confesó, al principio la idea de tener que ponerse a diario traje, corbata y zapatos Castellano no le hizo mucha gracia, sobre todo porque no tenía ni una sola de esas prendas en el armario empotrado del piso de Marcelo Usera. «No te preocupes, que eso lo solucionamos en un periquete con una visita rápida el fin de semana a Galerías Preciados», le dijo mi madre. No sé si ella lo pensó en aquel momento, cuando las pronunció, pero en cada una de sus palabras yo veo el rastro de mi abuela Carmen, su huella inconfundible. Y lo sigo viendo, pese a todo, lo sigo viendo.

El sábado siguiente, mis padres cogieron el autobús y se plantaron en el edificio de Galerías Preciados en la céntrica calle de Preciados sin barruntar el giro de guion que otra vez la vida les tenía reservado.

«Alberto Vázquez, Alberto Vázquez, por favor, acuda al mostrador de ropa interior de caballero ubicado en la segunda planta.»

—¿Acaban de decir tu nombre por los altavoces? —le preguntó mi madre a mi padre, que en ese momento, según el recuerdo de ambos, cargaba con cuatro trajes, dos de ellos de raya diplomática, camino de los probadores.

—Pues no lo sé, no me he enterado.

«Por favor, Alberto Vázquez, por favor, le requieren en el mostrador de ropa interior de caballero de la segunda planta. Acuda enseguida, hay una llamada para usted.»

—¿Lo ves?

—Joder, pues es verdad...

—Bueno, anda, vamos a ese mostrador, a ver qué pasa.

—¡Alberto Vázquez! ¿Hay algún Alberto Vázquez por aquí?

El aviso había dejado de salir de megafonía y ahora era una dependienta quien, ya a gritos y con el auricular del teléfono en la mano, reclamaba la presencia de Alberto Vázquez en el mostrador de ropa interior de caballero de la segunda planta.

—¡Aquí, aquí, somos nosotros! —dijo mi madre, a pocos metros de la mujer.

—¿Ustedes son Alberto Vázquez? —les preguntó la empleada de Galerías Preciados, a la que mi padre recuerda como una marimandona con pinta de señorita Rottenmeier.

—Sí, lo somos —aseguró mi madre, ya delante del mostrador en cuestión—. Bueno, es él —dijo señalando a mi padre—. Alberto Vázquez es mi marido.

—Pues que se ponga al teléfono, que lo llaman, y por lo que parece por la insistencia, la cosa es urgente —contestó la dependienta.

Mi padre obedeció dócilmente y colocó los trajes con los que todavía cargaba sobre el mostrador. Mientras escuchaba lo que le decían al otro lado del hilo telefónico, mi madre notó cómo empalidecía y su rostro se iba encogiendo en una mueca que por desgracia resultó ser la que siempre precede al llanto. Al cabo de unos minutos, mi padre dejó el teléfono sobre el mostrador y se echó a llorar.

—¿Qué pasa, cariño? —le preguntó mi madre.

Con el rictus descompuesto, mi padre empezó a relatar lo que había sucedido.

Mis padres sabían que su amigo Roberto tenía problemas de corazón. Era algo relacionado con una válvula por la que no circulaba bien la sangre, un defecto hereditario del que se habían salvado sus dos hermanas. De chico, los niños del pueblo se reían de él porque no participaba en las peleas que se organizaban en la plaza, al lado de la cruz que estaba junto a la iglesia, para ver quién era el más fuerte, ni competía en las carreras, a veces con los ojos vendados y a la pata coja, que hacían en el Corchuelo. Roberto iba siempre en bicicleta —aprendió a montar bien pronto, pues le iba la infancia en ello—, al lado de mi madre, que lo protegía como si fuera su hermano pequeño aunque tuvieran la misma edad y veía en su fragilidad un motivo para quererlo más todavía, pero no como a mis abuelos les habría gustado. El lazo fraternal que se creó entre ellos se fue estrechando a medida que fueron pasando los años, durante los que Roberto se sometió a dos operaciones a corazón abierto para intentar desatascar la válvula que tanto mal le hacía. Cuando mi padre apareció en sus vidas se hicieron inseparables y formaron, junto con Rosa, un perfecto cuarteto, siempre equilibrado.

Como Roberto y Rosa se habían casado antes, pues no debieron lidiar más que con las ocurrencias de la tía Flores, empeñada en que la boda de su hijo pasara a la historia del pueblo, también se adelantaron en lo de la paternidad. Cuando nació Marta, su abuelo paterno le quiso poner de nombre Dolores, como su madre, que llevaba en paz descansando unas cuantas décadas, pero entre unos y otros lo terminaron convenciendo para que dejara a los muchachos hacer lo que quisieran. Terco como él solo, el tío Vicente siempre llamó Lola a su nieta; aunque esa no era, ni de lejos, su mayor extravagancia, pues, por ejemplo, cuando tronaba se metía con la tía Flores en el coche, ya que un día leyó, o tal vez lo vio en el parte, que el lugar más seguro para resguardarse durante las tormentas era dentro de un vehículo, porque los neumáticos son el mejor aislante.

Era Rosa quien había llamado a Galerías Preciados. Sabía, porque se lo había contado mi madre la tarde anterior, que iban a pasarse allí buena parte de la mañana del sábado y, desesperada, no fue capaz de esperar a decírselo en persona. Roberto se había despertado temprano y como Marta les había dado muy mala noche por culpa de un virus estomacal, le había dicho a su mujer que se llevaba a la niña a dar una vuelta en el carrito por el barrio a ver si con el traqueteo cogía el sueño. Pero poco después de doblar la esquina de su calle, Roberto cayó al suelo. Al oír llorar a Marta, una pareja de jubilados que había salido a comprar el pan y el periódico se acercó. Cuando llegaron a socorrerlo, Roberto ya había dejado de respirar. Cogieron su cartera para ver la documentación que llevaba encima y así localizaron su dirección. El timbrazo en el telefonillo sacó a Rosa de un sueño placentero y trastornó su vida para siempre.

Tanto había hecho la muerte de las suyas a su alrededor en los últimos tiempos que todos los que forman parte de esta historia empezaron a pensar que, más que un tuerto, los había mirado un tropel de ellos. Y para intentar huir de la tristeza a la que tan acostumbrados estaban se refugiaron en lo cotidiano, cada uno en las rutinas que hacían de la vida un suceder de días insustanciales.

En el pueblo, mi abuelo Tomás reclutó a una cuadrilla de obreros para adecentar la casa de don Francisco, que ya era suya pero que seguía llamando así con cariño y sin nostalgia alguna. Los ayudó con los planos, aunque no tenía la más remota idea de arquitectura, y les dio lo que, en su opinión, eran ideas brillantes, pero que los albañiles desecharon por imposibles. Mi abuela Carmen, mientras tanto, se afanó en poner en orden la biblioteca de Filomena, que trasladó al pueblo con la ayuda del doctor Rull.

Aunque todavía no tenía canas, y tardarían bastante en salirle, mi madre empezó a ir una vez al mes a darse mechas claritas a la peluquería de Marina, de la que se había tenido que hacer cargo una de sus sobrinas al fugarse su tía con un crupier que había conocido en el casino de Torrelodones, pues, según mi abuela, a la mujer le gustaba más jugar a las cartas que poner bigudíes. En el colegio, mi madre disfrutaba de cada clase que daba, aunque sus favoritas eran las de Historia del Arte. Tras hacerse amiga de la secretaria, que fue la que cortó el bacalao en el centro hasta que se jubiló, logró que Rosa comenzara a trabajar en la biblioteca. Mientras vivieron, el tío Vicente y la tía Flores se preocuparon de que nada les faltara a su nieta y a su nuera, pese a las suspicacias de las hermanas de Roberto, quienes, cegadas por la avaricia, acusaban a Rosa de ser una fresca que solo buscaba el dinero de su familia. Pero el puesto de bibliotecaria a media jornada le ofrecía a Rosa la posibilidad de no tener que depender de la familia de su marido para sacar a su hija adelante. Mi padre, entretanto, comenzó a acostumbrarse a llevar traje, corbata y zapatos Castellano. Conociéndolo, pues es bastante coqueto, creo que incluso se veía apuesto en aquel papel de ejecutivo para el que nunca pensó que podría servir pero que como demostró con el tiempo no se le daba nada mal. Y eso que mi tío Jerónimo, el de la pitonisa, se burlaba de él con cierta envidia cariñosa cuando quedaban a comer en el economato de Usera, donde gracias a mi abuelo Tomás disfrutaban del menú de rancho por doscientas pesetas.

Y así estuvieron los unos y los otros, entretenidos unos meses en los afanes del vivir, hasta que, como siempre termina pasando, tanto en la realidad como en la pura ficción, sucedió algo que hizo que lo ordinario se volviera extraordinario.

~

Sin apartar la mirada del cuaderno, Ismael vio una sombra frente a él. Al levantar la cabeza, con el cuello algo dolorido por la mala postura, descubrió que era la enfermera de Noray, que hacía un rato le había explicado cómo llegar hasta la cafetería. La noche ya había hecho acto de presencia en el hospital y el bar estaba a punto de cerrar. Ismael no sabía el tiempo que llevaba sentado en aquel banco de hierro, pero el culo algo huesudo que había tenido siempre, aunque engordara, le dolía horrores.

—¿Es esto suyo? —le dijo la enfermera señalando el papel de aluminio con los restos del bocadillo y la lata de cerveza estrujada.

—Sí, sí, perdón —se justificó Ismael, que se levantó del banco y, sin soltar el cuaderno de espiral, tiró la basura a una papelera.

—Lo siento, pero debe volver a la habitación, porque el jardín no se queda abierto por la noche. Son cosas de la seguridad del centro.

—Ah, claro, qué tonto...

—No se preocupe, no pasa nada. He pasado por la habitación y, al ver que no estaba, he pensado que andaría todavía por aquí.

En ese momento, Ismael empezó a cogerle cariño a aquella señora que parecía venir con el traje de enfermera ya puesto de casa. De ahí la frustración que sintió cuando le dijo que acababa su turno.

—Todo irá bien, se lo aseguro. He visto muchos casos como este —lo consoló la mujer al despedirse, ya en la puerta de la habitación 205.

Ismael asintió y entró en el cuarto. Al cerrar la puerta, le pareció que Noray se movía en la cama, pero cuando se acercó, tras dejar el cuaderno sobre el sillón de acompañante, comprobó que seguía en la misma posición en la que la había dejado, respirando sin esfuerzo, sosegadamente. Ismael tenía los ojos agotados de leer. Se los restregó con fuerza y entró en el baño para refrescarse la cara y ver si así se le aliviaban un poco. Una vez dentro, se dio cuenta de que le iba a reventar la vejiga, aunque no había reparado en ella hasta ese momento. Tiró de la cadena y bajó la tapa del váter, una costumbre que había incorporado a su vida cuando empezó a salir con Noray, pues ella se ponía como una hidra cuando no lo hacía. Ismael sonrió al acordarse de esos pequeños detalles de su convivencia con ella. No llegaron a vivir juntos porque Noray no quiso cuando él se lo planteó. No podía permitirse un alquiler, le dijo.

Ismael salió del baño y se fijó en la mochila de Noray en la que había encontrado el cuaderno. La había dejado en una pequeña repisa que había justo debajo de la ventana de la habitación, por donde salía, a través de unas rendijas, el aire acondicionado o, en su defecto, la calefacción. La cogió y la abrió. Sabía que no debía, pues a Noray le molestaba mucho que hurgara entre sus cosas, pero, total, ya lo había hecho antes y cuando despertara lo sabría, así que siguió curioseando sin saber qué buscaba. Encontró un par de bolígrafos y la pluma estilográfica que sus abuelos le regalaron cuando se confirmó para darles gusto a ellos, solo por eso. El monedero medio raído que no había manera de que cambiase. La agenda en la que el personal del hospital había encontrado su número cuando doña Concha les dio su nombre. La funda de las gafas, con ellas dentro y los cristales un poco sucios para lo que era Noray. El móvil, una edición de bolsillo de *Mujercitas*, que a esas alturas ya debía de saberse de memoria... Y en un pequeño bolsillo interior en el que estaban las llaves de casa y las del coche, Ismael encontró una tira de fotomatón en la que aparecían ellos dos haciendo el payaso. Volvió a meter todo lo demás en la mochila y se quedó mirando los rostros de ambos. Se acordaba perfectamente del día en el que se hicieron esas fotos. Es más, se acordaba hasta de la fecha: 21 de noviembre. Era viernes e Ismael logró convencer a Noray para que, en lugar de ir a la filmoteca, que pisó por primera vez con ella y de la que fue asiduo mientras estuvieron saliendo juntos, acudieran al centro comercial que había cerca de su barrio para ver *Love Actually*. Noray casi lloró de la risa cuando se lo planteó.

—¿Pero cómo quieres ir a ver esa película tan ñoña?

—Es una comedia, y dicen que está muy bien.

—Es cine comercial, Ismael.

—¿Y qué pasa?

—Pues que es un coñazo.

—Más coñazo es Bergman y yo no me quejo.

—Nadie te obliga a ir a la filmoteca, ¿eh?

—Si no es eso, a mí me encanta ir contigo, pero por esta vez... Es del guionista de *Notting Hill*, que sé que te encanta, no te hagas la intelectual conmigo.

—Mira que eres moñas... Anda, vamos, que, si no, me vas a dar una buena turra toda la tarde.

Durante la hora y media que duró la película, Noray no paró de sonreír.

—Anda, que te ha encantado, no disimules —le dijo Ismael tras los títulos de crédito.

—Bueno, no está mal, es entretenida, pero bastante sensiblera.

—Ya, sensiblera...

Cuando salieron del centro comercial, a Noray se le ocurrió que para inmortalizar un momento tan importante como aquel, según dijo ironizando, sería divertido entrar en el fotomatón, e Ismael la siguió. Se hicieron dos tiras, que repartieron entre los dos. En la que él eligió, aparecían besándose.

Ismael se guardó la tira de Noray en un bolsillo del pantalón, dejó la mochila en la repisa, volvió a tomar asiento en el sillón, abrió el cuaderno de espiral y continuó leyendo.

# 14

Mis padres no lo buscaban, como se suele decir. Supongo que pensaban, pese a las muchas evidencias en contra que habían presenciado y hasta protagonizado, que tenían toda la vida por delante y no había prisa alguna. Pero estoy segura de que en cuanto se enteraron lo vivieron con la alegría de dos padres primerizos que no tenían ni idea de dónde se metían. Al menos, así me consuelo ahora, cuando tal vez nada de todo aquello importe ya... Mi abuela Carmen lanzó un grito de júbilo cuando mi madre se lo contó por teléfono, desde el piso de Marcelo Usera que un día había sido de la Trini, después de sus padres y a partir de entonces habitaría su propia familia. Tal y como le dijo a su hermano Sixto al poco de regresar a Madrid, cuando dejó atrás las Vascongadas y todo lo allí vivido, mi abuelo Tomás se salió con la suya. Consiguió convencer a mis padres para que me pusieran el nombre de aquellos postes de hierro forjado, oxidados por el salitre, en los que se imaginaba a su amigo Paco oteando el mar Cantábrico. Con la imaginación desbordada, mi abuela Carmen sostenía que hasta Filomena pareció sonreír, sentada en la silla de ruedas contemplando la calle desde la ventana de su habitación en la residencia, aquel 14 de mayo, día en el que decidí venir al mundo, finalmente y tras mucho remolonear —me di la vuelta en la barriga de mi madre unos diez días antes, justo cuando salió de cuentas.

Aunque siempre procura adornar el relato con detalles dignos del apodo que le colocaron en su pueblo, mi padre estuvo a punto de no llegar a tiempo al hospital para verme nacer. Encima yo venía de pie, con todas las complicaciones que esa postura tiene para el parto. Mi tío Jerónimo acababa de tener su última crisis con la pitonisa, la definitiva, según le dijo a mi padre cuando lo llamó para ver si lo acompañaba a tomar unas cervezas y así olvidarse del asunto. Mi padre al principio se negó, dado el estado de mi madre, pero ella lo animó a que fuera, convencida de que aquella noche sería como todas las anteriores, es decir, de tediosa espera. Mis abuelos llevaban unas semanas instalados en Madrid, pues de ninguna manera querían perderse mi nacimiento, y fue a ellos a quienes recurrió mi madre cuando empezó a tener las primeras contracciones. Lo que iban a ser solo un par de cañas acabó en varias rondas de cubatas y, al cabo de unas horas, mi padre regresó a casa ebrio perdido. Pero, en cuanto entró por la puerta y descolgó el teléfono, que llevaba largo rato sonando, la borrachera se le pasó. Era mi abuela Carmen: yo estaba ya en camino.

Tras colgar, mi padre se dio una ducha rápida para despejarse —e imagino que para quitarse el tufo a alcohol—, se puso lo primero que encontró en el armario y salió de casa sin darse cuenta de que no llevaba calcetines. Al ver la resaca que tenía, que le taladraba la cabeza y con la que no podría ni cruzar la calle, subió de nuevo para llamar a su hermano. Pero no al de la pitonisa, que en ese momento estaría roncando como una morsa en el piso de la avenida de los Poblados que todavía compartía con ella. Mi padre telefoneó a mi tío José Luis, su hermano menor, que estaba haciendo la mili en el Ferrol —entonces todavía era Ferrol «del Caudillo»—, pero esos días se encontraba de permiso en Madrid. Llegaron a la clínica justo a tiempo de que mi padre se pusiera las calzas en los pies desnudos —solo entonces se fijó en su descuido, según recuerda siempre divertido—, la bata color verde pera y el gorro de papel, con sus características orejas de soplillo por fuera, para entrar al paritorio. Al ver mis largos pies aparecer, mi padre se desmayó, aunque nunca se supo, porque a nadie se le ocurrió preguntárselo en ese momento, si fue de pura emoción o de deshidratación.

Según me han contado siempre todos los que lo vivieron junto a mí, mi primer año de vida fue como un largo anuncio de esos en los que los bebés apenas manchan el pañal y ni lloran siquiera, solo sonríen mientras su familia los mira embelesada. Habrá a quien le pueda parecer una tontería, pero me da igual. Yo estoy convencida de que entonces empezó a crearse el poderoso vínculo que me une a mis abuelos. Sí, hablo en presente, porque aunque ya no estén aquí, preocupados de que coma, acercándome un vaso de leche migada o encendiéndome la lámpara

para que pueda continuar escribiendo, siguen estando conmigo.

Mi madre recuerda que, cuando empecé a gatear, seguía la estela de mi abuela Carmen por la casa que un día fue de don Francisco, tratando de asir el mandil en cuyos bolsillos ella tenía siempre dos blísteres de Optalidón por si las moscas. A la escena solía sumarse mi abuelo Tomás. Me cogía en brazos cuando me cansaba de deslizarme, como una salamanquesa, por el suelo de baldosas, llevándome a la boca cuantas migas de pan encontraba y poniendo de los nervios a mi madre. Se había propuesto ser la madre perfecta sin saber que aquello era imposible, y la alimentación era una de sus prioridades, tal y como había descubierto en todos los libros y manuales leídos durante el embarazo. Mi madre llegó a obsesionarse tanto con la comida entonces que durante mi niñez y en buena parte de mi adolescencia se sometía a regímenes severos con los que ganaba y perdía peso con la misma facilidad con la que se infla y desinfla un flotador. Nunca lo hemos hablado, porque ambas nos refugiábamos en el silencio salvo cuando estábamos delante de los psicólogos, pero sé que cuando enfermé pensó si no tendría algo que ver aquella manía suya por las dietas y las calorías. Pero no, claro que no. La única responsable fui yo, aunque lo pagaron todos.

El verano del año siguiente, mi madre, que ya estaba embarazada de mi hermana Clara, se trasladó conmigo al pueblo para evitar el calor de Madrid. Mi padre acudía puntual cada fin de semana y muchas tardes, cuando ya había caído la calorina, solía llevarme con él a pescar al pantano. Pero de todas ellas solo una pasó a la historia de mi familia. Sin prever que en los embalses también hay mareas, por mucho que por ellos discurra agua dulce, mi padre dejó el coche en una zona demasiado baja, desprotegida. Al final de la tarde de pesca, se dirigió al vehículo, conmigo en un brazo y la caña en el otro, y se lo encontró en un barrizal. No consiguieron sacarlo de allí hasta pasados varios días y gracias a una grúa localizada por el dueño de los Talleres García y que solo Dios sabe cómo pudieron llevar hasta el pantano. El susto de mi madre al vernos aparecer en el R-5 de Manolo, el vecino de mis abuelos, que regresaba de su parcela y nos vio de chiripa, fue pavoroso. Aunque el enfado, también tremendo, se le pasó en el momento en que mi padre y yo descendimos del coche y me tiré a sus brazos.

Cuando estaba a punto de acabar septiembre, un domingo, mientras yo iba de la mano de mi abuelo paterno camino de misa con un abrigo rojo de paño, nació mi hermana Clara. No sé quién nos hizo la foto, porque todos estaban aquel día en el hospital, pero es una de mis favoritas del álbum familiar. De hecho, cuando me mudé del piso de Marcelo Usera, me la llevé conmigo. En ella aparezco al lado de mi abuelo Eugenio, sonriendo y mirándolo con la cabeza levantada porque era tan alto como la Luna. Con él no pude tener la relación que sí establecí con mi abuelo Tomás porque no hubo tiempo. Pero estoy segura de que si el destino me hubiera dado esa oportunidad, habría sido muy feliz a su lado, escuchando sus historias familiares, ausentes de mi memoria, y por lo tanto de este relato, porque nadie me las narró. Pese a todo, no puedo evitar preguntarme por qué mi padre nunca ha querido rellenar los huecos de nuestra historia con sus propios recuerdos, qué hay en su pasado que ha querido relegar al olvido… Aunque, al fin y al cabo, cada uno elige la vida que quiere, pasada, presente y futura. Y esa es la que cuenta.

En la elección del nombre de mi hermana Clara no hubo injerencia familiar alguna, simplemente a mis padres les gustaba, por lo que fuera, y por eso se lo pusieron. «Una morena y una rubia, hijas del pueblo de Madrid», solía entonar mi abuelo Tomás, a modo de bienvenida, cada vez que llegábamos al pueblo, al que íbamos casi todos los fines de semana. A mi abuela Carmen se le caía la baba también, y ambos nos colmaban de caprichos. Nosotras no dudábamos en asegurar, cuando nos preguntaban tanto en el pueblo como en el barrio de Usera, que queríamos más a nuestros abuelos que a nuestros padres. Con el tiempo, cuando la respuesta infantil fue dando paso a la evidencia de los sentimientos mezclados con la razón, llegué a plantearme, con algo de culpabilidad, si realmente era así, si de verdad yo quería más a mis abuelos que a mis padres, enzarzados ya entonces en las peleas que acabaron con su matrimonio. Ahora me doy cuenta de que eran —son— formas complementarias de amar, nunca excluyentes. Pero sé que mi madre sigue sufriendo al sentirse apartada, excluida de un querer tan omnipotente, y a mi padre siempre le ha dolido por sus propios progenitores. La muerte de uno de ellos fue, precisamente, la primera a la que debimos enfrentarnos mi hermana Clara y, sobre todo, yo.

*Hasta este momento he tomado prestadas las voces de otros, he reconstruido diálogos y situaciones tirando de la memoria compartida y haciendo uso, espero que lícito, de mi imaginación. Pero a partir de ahora me toca hablar a mí, y desde esa primera persona que deberá ser fiel a los hechos y a sus sentimientos porque, de lo contrario, se estaría engañando a sí misma. En los muchos intentos previos a este, cuando mi escritura era tan torpe como mi propia vida, me situé en una distancia cobarde, más que prudente, escudándome siempre en la objetividad que, según dicen, tiene que desprender la mejor narrativa para no afrontar la verdad de lo que siento, por miedo a verme reflejada en el espejo de la ficción, que es el único que nunca miente. Esta vez no. En esta ocasión, entre la escritura y yo no habrá más espacio que el que me separa de las teclas del ordenador. Ya no temo lo que me encontraré. Lo dice Joan Didion en* The White Album: *«We tell ourselves stories in order to live». Y eso es lo que pretendo, contar mi propia historia para alejar de mí el fantasma del suicidio.*

Mi abuelo Eugenio ya estaba jubilado, pero todavía conservaba el camión, según mi padre, por nostalgia. Aunque, por lo que a lo largo de los años he ido sabiendo de él, estoy convencida de que no se fiaba de que sus hijos no tuvieran que acabar recurriendo a su medio de vida ante el fracaso de unos trabajos que ni existían cuando él empezó a recorrer las carreteras de un país que tardaría mucho en saber lo que era una autovía. Leído ahora, con la perspectiva y la superioridad que concede el tiempo a la hora de juzgar comportamientos ajenos, podrá parecer una barbaridad, pero mi abuelo solía llevarme encaramada al asiento de copiloto —entonces yo no tendría más de seis años— del camión cuando iba al pueblo de al lado. Cada dos por tres, mi abuela Sagrario lo mandaba a recoger leña, a comprar fruta o a lo que considerara oportuno con tal de tenerlo lejos de los fogones. Cuando llegábamos al pueblo, mi abuelo aparcaba el camión en la plaza y, rebosante de felicidad, se sentaba, conmigo sobre las piernas, a tomar un botellín en la taberna a la que durante toda su vida había provisto de cajas de cerveza.

Siempre me ha fascinado cómo funciona la memoria, el modo en el que opera en nuestra mente, la forma que tiene, también, de jugar con nosotros, de distraernos, a veces, y otras de obsesionarnos hasta hacernos perder la cabeza por cosas seguramente sin importancia ni explicación. En ese sentido, es la mejor herramienta, la más productiva, de la ficción, e igualmente la menos fiable. Hay días en los que nos levantamos con recuerdos nítidos de un momento determinado de nuestra vida, y otros, una semana o dos después, en los que no estamos ya seguros de que aquello sucediera así. Todo este circunloquio no busca justificar por qué en esta historia están presentes unos acontecimientos y no otros. Narro, simplemente, los que más me marcaron, los que me han hecho llegar hasta aquí, hasta este mismo instante.

Y uno de ellos, el primero que me enseñó lo que es el sufrimiento, aunque no estuviera preparada para ello y es posible que hoy todavía no sepa convivir con él, sucedió en uno de esos viajes con mi abuelo Eugenio. Recuerdo, como si hubiera sucedido ayer mismo, que al encaminarse de vuelta hacia el camión, mi abuelo me soltó de repente la mano y a continuación se desplomó a mi lado. Era ya bien pasado el mediodía, por lo que los vecinos del pueblo, a esas horas, estarían comiendo, así que nadie presenció la escena y a nadie pude yo recurrir en busca de auxilio. Sin saber qué había sucedido, porque la muerte para mí entonces no existía ni tenía nombre siquiera, empecé a dar golpes a mi abuelo en el pecho mientras él agonizaba. Cuando los espasmos pararon, me fui corriendo al bar en el que un rato antes mi abuelo había disfrutado de su última cerveza y me colé detrás de la barra. Localicé al que suponía que era el dueño, el que allí mandaba, y sin decirle nada lo conduje, tirándole de la pernera, hasta donde estaba tendido, ya sin vida, el cuerpo de mi abuelo.

No sé qué pasó después, quién me sacó de allí ni cómo llegué a casa. A partir de ese momento, mi memoria se vuelve nebulosa. Tengo constancia, porque se lo oí comentar a mis padres, de que a mi abuelo lo velaron en casa, tendido en el mismo colchón de lana que compartió, durante todo su matrimonio, con mi abuela Sagrario. Ella, pobre mujer, no volvió a dormir en aquella cama. Según me contó a las pocas semanas sin darse cuenta de que se lo estaba relatando a una niña, el fantasma de mi abuelo se le apareció en ese mismo cuarto una noche, a los pocos días del entierro. Y ella, que según mi madre era un poco supersticiosa y bastante cagona, decidió trasladarse a la habitación que antaño había ocupado mi tío José Luis. Fue un infarto cerebral, descubrí cuando empecé a procesar, porque no me quedó más remedio, el trauma que me causó presenciar la muerte de mi abuelo, ser testigo de ella.

—Alberto, estoy preocupada por Noray... —escuché, escondida detrás de la puerta del salón del piso de Marcelo Usera, que mi madre le decía a mi padre cuando regresaron del funeral, al que mi hermana Clara y yo no fuimos.

—¿Preocupada por qué? —le dijo él.

—No sé... Noray es muy sensible. —Aquella coletilla, «muy sensible», empezó a perseguirme entonces y todavía hoy no me ha abandonado—. La veo tan tristona que me da miedo que le vaya a pasar algo.

—¿Qué le va a pasar, mujer? Con lo pequeña que es...

—A ver, Alberto, no seas burro, que la niña ha visto cómo tu padre se moría delante de sus narices.

—Perdona, Olivia, ¿quién es la burra aquí?

—Tienes razón, lo siento. Debes de estar hecho polvo...

Mi padre lo estaba, sí. Pero ahora me doy cuenta de que, incapaz de enfrentarse a ese dolor para el que ningún hijo está preparado, no importa la edad que tenga, optó por obviarlo. Decidió ignorarlo y se refugió en su trabajo. Recuerdo que, durante las semanas que siguieron a la muerte de mi abuelo Eugenio, se quedaba todos los días en la oficina hasta bien entrada la tarde y a veces hasta la noche. Yo lo oía llegar a casa a deshora y me acercaba a él, tratando, supongo, de aliviar un poco su pena, de que los dos la compartiéramos. Pero él se cerraba en banda. «Vete a la cama, Noray, que es muy tarde», me decía. Yo lo obedecía y me iba a mi cuarto. Creo que fue entonces cuando empecé a cogerle miedo a la cama, y no por culpa de las pesadillas. Cuando me metía en ella, era incapaz de conciliar el sueño. Pasaban las horas y, mientras escuchaba la respiración pausada de mi hermana Clara durmiendo a mi lado, me ponía cada vez más nerviosa. Al otro lado de la puerta, en el salón, el volumen de la televisión, tan alto como si estuviera en nuestro cuarto, me desvelaba todavía más. «No puedo dormir», le decía a mi hermana, buscando compañía en mi vigilia. «Piensa en cosas bonitas», me respondía ella, y volvía a quedarse dormida. Y yo lo intentaba. Pero el sueño siempre se me resistía. ¿En qué pensaba? Siempre en lo mismo. La muerte, una vez materializada, se había apoderado de mi vida. Al final, cada noche terminaba llorando de pura desesperación, sentada en el pasillo, delante de la puerta de la habitación de mis padres, que ya no sabían qué hacer conmigo para que me durmiera.

Pese al insomnio, que me dejaba agotada pero no aturdida, yo observaba todo lo que entonces empezaba a suceder en casa, donde mis padres comenzaban a comportarse, seguramente sin poder evitarlo, no los culpo, de una manera extraña, distante y hostil. Mi estabilidad emocional siempre ha sido muy frágil, soy consciente de ello, y muchas de las personas que más me han querido lo han sufrido, sobre todo Ismael, y a veces pienso si el origen no está en aquellos días de mi niñez. Un temor irracional, incontrolable, se había adueñado de mí. Ahora entiendo que era el miedo a perder a mis padres, el terror a que el día menos pensado soltaran mi mano, como hizo aquel mediodía mi abuelo, y me dejaran sola. Entonces no sabía que la muerte no es la única manifestación de la pérdida.

Esa sensación de desequilibrio, una especie de vértigo vital que empezó a acompañarme entonces y hoy define mi vida, solo desaparecía, y no por completo, cuando estaba en el pueblo, con mis abuelos Tomás y Carmen. Mi hermana Clara y yo pasábamos allí casi todos los fines de semana y los veranos. Supongo que mi madre recurrió a ellos cuando se dio cuenta de que los cimientos de su matrimonio no eran tan sólidos como creía. Era imposible que supiera, ni ella ni nadie, en realidad, que aquel derrumbe me abocaría al precipicio de la enfermedad.

Llegados a este punto de la historia, me gustaría detenerme, a modo de narrativo sedante, en esa parte de mi infancia, despreocupada y más o menos idílica, que mi hermana Clara y yo pasamos en el pueblo. Fue solo un espejismo, lo sé. Pero si no me recreara ahora en él no podría continuar con el relato.

Mi tía Antonia y su marido tenían a las afueras del pueblo un pequeño terreno en el que construyeron una piscina de baldosas de color azul brillante e intenso. Allí, todos los niños de la familia aprendimos a nadar como renacuajos; aunque a mi hermana Clara y a mí no nos quedó más remedio, pues mi padre nos lanzó al agua en cuanto tuvimos edad para ello. Las tardes que no íbamos a la piscina, porque el cielo barruntaba tormenta y la siembra desprendía olor a tierra mojada, mi abuela Carmen nos preparaba la merendilla —tomates partidos por la mitad sobre los que echábamos azúcar, no sal, y pan con margarina—, que tomábamos en el patio de la casa. Mi abuelo Tomás se entretenía apilando la leña en la cuadra para el invierno siguiente. Si había partido del Atleti, preparaba su ánimo siempre para lo peor, y durante el encuentro combatía su nerviosismo quitando el volumen de la tele —sus comentarios, despotricando del rival y de la torpeza de los jugadores colchoneros, eran más que suficientes—. Recuerdo que yo me sentaba a su lado, frente al televisor, al principio sin sentir los colores, encantada de pasar tiempo con él fuera como fuese.

En las mestresiestas, cuando mis abuelos y mi hermana Clara se tumbaban a la bartola, yo me refugiaba en la biblioteca de Filomena. Me pasaba allí las horas muertas. Primero, ojeando los libros sin saber qué decían todas aquellas palabras, pasando las páginas como quien consulta una brújula. Y después, cuando supe leer, devorando sus historias hasta aprendérmelas a veces de memoria. «Doña Pito Piturra tiene un sombrero, / doña Pito Piturra con un plumero. / Doña Pito Piturra tiene un zapato, / doña Pito Piturra le viene ancho. / Doña Pito Piturra tiene toquillas, / doña Pito Piturra con tres polillas. / Doña Pito Piturra tiene unos guantes, / doña Pito Piturra le están muy grandes», repetía yo, una y otra vez, medio cantando, aquel poema de Gloria Fuertes. Fueron los primeros versos que descubrí, antes de sumergirme en lecturas más avezadas, y me encantaba recitarlos delante de quien me quisiera escuchar, y también de los que no tuvieran interés, como Librada, una amiga de mi abuela que era más estirada que las cuerdas de una guitarra. «¿Pero qué dice esta niña? Jesús, Jesús, Jesús... A ver si os va a salir artista, con la mala vida que llevan todos esos adefesios», le advertía cuando me veía interpretando aquella cantinela en el patio. Lejos de hacerle caso, mi abuela aplaudía con fuerza al final de cada recital y me animaba al grito de «¡Otra, otra, otra!», que era lo que veía hacer al público en las galas televisivas.

Fue entonces cuando comencé a escribir, inspirada por la fantasía que descubrí en los cuentos de Roald Dahl y de los hermanos Grimm, por ese mundo inventado en el que todo era posible. ¿Por qué lo hice? Es una pregunta para la que, seguramente, ningún escritor tiene respuesta. Yo, al menos, no la tengo. Ni siquiera soy consciente de que tuviera un motivo concreto. Solo sé que me gustaba, me lo pasaba bien. Y tal vez sea ese, al fin y al cabo, el propósito inicial de la escritura. Por eso añoro tanto esos primeros momentos, cuando todo se limitaba al entretenimiento... Con el tiempo, el juego dio paso a una especie de necesidad terapéutica: solo escribiendo lograba entender, aunque me conformara con verlo, lo que pasaba en mi interior, y que tanto daño hacía a mi exterior... Buscaba, como busco ahora, encontrar en las palabras el sentido a todo lo que me había pasado, y de ahí esta historia.

En aquella época de invenciones infantiles e inocentes, me fascinaban los pintorescos personajes que encontraba en el pueblo. Y disfrutaba convirtiéndolos en protagonistas de los relatos que empecé a garabatear nada más aprender a hilar unas frases con otras y tras haber conseguido una caligrafía perfecta gracias a los muchos cuadernos que doña Paquita me mandaba rellenar en el colegio. Recuerdo un personaje en particular por el que sentía una especie de cariño, mezcla de piedad y terror infantil. La llamaban María la Celestina. Era una pobre mujer que solía deambular por el pueblo vestida con andrajos y comiéndose mechones de su encrespado y sucio cabello. Yo era la única de todos los niños que no corría detrás de ella lanzándole chinas cuando nos la encontrábamos al volver del Corchuelo, después de haber pasado la tarde jugando a la rayuela. En una de las historias que escribí entonces y que todavía conservo, María la Celestina era rescatada de su triste destino por un príncipe a caballo, igual que Rapunzel. Poco después descubriría que los cuentos, como los sueños, cuentos son.

«¿Se puede saber qué diantres está haciendo la niña, que no atiende a nada, ni siquiera quiere ver conmigo los partidos del Atleti, con lo que le gustaban?», le preguntaba mi abuelo a mi abuela cuando me veía con la cabeza gacha sobre el papel, en cualquier estancia de la casa, lápiz en mano. «Pues escribir, ¿qué va a estar haciendo, botarate?», le contestaba ella, y se quedaba más ancha que pancha. Aunque mis juegos no eran solo literarios, ni mucho menos. Una tarde llegué a casa sangrando por la boca, «como los cochinos en la matanza», según anunció al verme aparecer por la bocacalle Manolo, el vecino. Hacía poco que había visto en el cine de verano que montaban en la plazuela, con una sábana blanca desplegada en la fachada de la casa de don Eduardo y un par de decenas de sillas, la película *Superman*, y me pareció buena idea tirarme de un columpio en plena ascensión, simulando el vuelo del superhéroe. La cosa acabó con un par de dientes menos, que por fortuna todavía eran de leche.

Pero, al final de cada verano, mi hermana y yo debíamos volver al piso de Marcelo Usera, a esa vida cotidiana que mis padres no lograban enderezar ni siquiera en nuestra ausencia. Temerosa de que aquella nueva realidad, tan inestable, terminara por afectarle tanto como ya me había afectado a mí, me propuse proteger a Clara, que no sufriera, aunque aún no fuera consciente de lo que pasaba a nuestro alrededor. Y en muchas ocasiones llevé esa protección hasta el límite, traspasándolo. Quizá, si no hubiera actuado así con ella, ocultándole cosas para ahorrarle el berrinche, ahora tendríamos una relación distinta, más cercana, pese a la distancia. Cuando se marchó con Carlos a Edimburgo temí perderla definitivamente. Y ahora, con la muerte de mis abuelos, he vuelto a cometer los mismos errores que entonces, de niña, dejándola al margen para intentar evitarle el dolor de la verdad.

Pero el exceso, la falta de equilibrio, siempre han definido todos mis comportamientos, que debían —y deben— rozar la perfección. «No seas tan dura contigo misma, prenda. No hace falta ser tan exigente», me decía siempre mi abuela Carmen. Pero yo no podía evitarlo. No puedo. Si en vez de tres horas podía estudiar seis, me metía en la cama, en la que seguía sin dormir, más satisfecha, encantada de haberme sometido a ese esfuerzo, orgullosa, incluso. Cuando no era así, cuando no dedicaba a las tareas de clase el tiempo que consideraba suficiente o no sacaba la nota más alta en los exámenes, me castigaba por ello, haciéndome heridas en los pulgares, en los que ahora tengo dos prominentes callos que de vez en cuando hasta me sangran.

A mi hermana, más traviesa que yo o simplemente fiel a su condición de niña, la sacaban de quicio las manías que fui adquiriendo a medida que el desorden se apoderó de nuestra familia. Clara no entendía qué importaba que el despertador de la mesilla que separaba nuestras camas estuviera un centímetro más allá o más acá. Aunque aquella obsesiva conducta mía también tuvo algunos efectos positivos, como cuando descubrí que mi hermana se había roto el brazo.

—Creo que a Clara le pasa algo —le dije una tarde a mi madre al volver del entrenamiento de baloncesto en el colegio. Mi padre no estaba en casa, pues se había quedado a comer en la oficina, un día más.

—¿Qué quieres decir? —me contestó ella, que estaba en la cocina pelando patatas para la cena e intentaba hacerlo siguiendo las pautas de mi abuela Carmen.

—No mueve el brazo derecho, ¿no te has dado cuenta? Ni siquiera lo usa para partir los filetes...

Bueno, no lo usa para nada. Por la mañana, la ayudo yo a vestirse, sin que ella me lo pida, ¿eh?

—¡Clara, ven aquí ahora mismo!

Mi hermana estaba jugando en nuestra habitación y al principio se hizo la sorda. Así estuvo unos minutos, hasta que no le quedó más remedio que acudir a la llamada de mi madre ante la amenaza de un sonoro «¿Quieres que vaya yo?».

—A ver, mueve el brazo derecho —le dijo mi madre cuando la tuvo delante.

—No quiero.

—¿Cómo que no quieres?

—Es que no puedo... ¡me duele mucho! —terminó confesando mi hermana, y empezó a llorar a moco tendido.

Desde la muerte de nuestra abuela Sagrario, ocurrida un par de años antes a causa de una septicemia —mi padre se empeñó en que fuéramos a despedirnos de ella a la clínica en la que ingresó, ya sin solución—, Clara había desarrollado una profunda aversión a los médicos. Y por miedo a que la llevaran al hospital estuvo una semana sin decir que le dolía el brazo tras haberse caído en el colegio. Según desveló la radiografía, tenía una fractura triple, por lo que hubo que recolocar y escayolar. Al oír sus chillidos desde la sala de espera, junto a mi padre, me sentí profundamente culpable por no haberme dado cuenta antes y haberle evitado así algo de dolor.

Pero a pesar de lo que ya ocurría en casa, lo que hizo que todo se viniera abajo de manera definitiva fue en gran parte responsabilidad mía. Así lo viví entonces y así lo sigo sintiendo hoy pese a los muchos años de terapia transcurridos y a la racionalidad con la que, según los psicólogos que en su momento me salvaron, a estas alturas debería juzgar mis actos. Aquel día me había pasado la tarde en casa de Marta, y cuando Mari Miura me vio en la puerta del piso de Marcelo Usera abrió la puerta del suyo y salió a mi encuentro. Me extrañó que estuviera allí, porque hacía años que vivía en Torremolinos. Pero, según me explicó, había subido a Madrid para hacerse el chequeo anual. También me contó, pues nunca era parca en detalles, que había tenido que coger el autobús porque su marido se había negado a llevarla.

—Ha venido antes el cartero y, como no había nadie en vuestra casa, me ha dejado a mí la correspondencia, porque sabe que soy de confianza —me dijo con un tono un poco misterioso.

—Ah, muy bien, pues muchas gracias, Mari —le contesté yo, tendiéndole la mano para que me entregara las cartas.

—Es que hay una... del banco.

—Bueno, pues se la daré a mis padres.

—Es que va dirigida a tu padre...

—Vale, Mari, pues se la daré a mi padre.

—Es que es de un banco que no es el vuestro, en el que tus padres tienen la cuenta, quiero decir.

—¿Y tú eso cómo lo sabes?

—Pues, hija, porque mi marido sigue manteniendo cierto contacto, porque yo le obligo, no vaya a ser que le quiten el seguro de vida, con gentes del banco en el que trabaja tu padre, gracias a él, por cierto, o a mí, mejor dicho, pero eso ahora no importa, y sabe que todos los empleados tienen allí las nóminas y las cuentas.

En ese punto de la conversación dejé de entender, si es que en algún momento había llegado a comprenderlo, lo que Mari Miura intentaba decirme. Sin añadir nada más, incómoda, le pedí que me diera las cartas y entré en casa. Al cerrar la puerta me vi de pronto sola y me asusté. El terror, el maldito terror a la soledad, a la pérdida, volvió a paralizarme. Intuía, por el comportamiento de mis padres en los últimos meses, que aquella carta no podía contener nada bueno. Pero no sabía qué hacer. ¿Debía llamar a mi padre a la oficina? ¿Esperar a mi madre, que estaría a punto de llegar? ¿O, directamente, lo mejor sería romper la carta y tirarla a la basura sin que nadie se enterara de su existencia? La última opción la deseché de inmediato, pues con Mari Miura metida en el asunto era imposible que aquello no trascendiera. Al final decidí enseñársela a mi madre cuando apareció con mi hermana al cabo del rato.

—¿Y esto qué es? —me preguntó cuando le di la carta, sin mediar explicación, sentada en el sofá de dos plazas reconvertidas en tres. Clara se había ido directa a nuestra habitación, con el bocadillo de fuagrás en una mano y en la otra la Game Boy.

—Es una carta, ¿no lo ves? —le contesté yo.

—Ya lo veo, sí. ¿Pero por qué la tienes tú?

—Me la ha dado Mari cuando me ha visto en la puerta de casa.

—¿Y por qué la tenía Mari?

—Esta y todas. He dejado el resto en el aparador de la entrada.

—Bueno, pues ¿por qué tenía Mari toda nuestra correspondencia? ¿Es que el cartero no puede dejarla en el buzón, como hace con la de todos los vecinos del portal?

—Ay, mamá, no sé... Yo solo sé que Mari me ha dado las cartas y estaba muy preocupada por esta, porque según ella es del banco, pero no del banco en el que trabaja papá.

—Esta mujer no cambiará nunca, da igual los años que tenga...

—¿La vas a abrir? —le pregunté yo al ver que se levantaba del sofá y se dirigía al aparador de la entrada, donde había un abrecartas colocado junto al plato de cerámica de Talavera en el que dejábamos la correspondencia.

—Pues claro.

—Pero es para papá...

—Pero todo lo de tu padre es mío, como todo lo mío es de tu padre, para bien o para mal, según consta en el certificado de matrimonio, que por algo nos casamos en bienes gananciales.

La miré sin tener ni idea de lo que estaba hablando y me limité a asentir.

Tras abrir la misteriosa carta, a mi madre se le torció el gesto y pegó un golpazo en el aparador con la mano que tenía libre.

—¿Qué pasa, mamá? —le pregunté, rogando casi una respuesta, mientras la seguía hacia el salón.

—Que qué pasa, que qué pasa... ¡Que tu padre tiene una amante, Noray! ¡Eso es lo que pasa! —soltó, ya sentada de nuevo en el sofá.

Al oír aquella palabra, *amante*, que hasta entonces solo había oído en las películas que veía a hurtadillas con Clara sin que mis padres lo supieran, me empezaron a pitar los oídos. La vista se me nubló, veía borroso y tuve que sentarme, pues a punto estuve de caerme al suelo redonda. Todo el malestar que hasta ese momento solo había sido anímico, empezó a manifestarse en mí físicamente, y ya sin remedio. Por lo poco que entendí entonces, según lo que deduje de lo que mi madre escogió contarme tras haberme soltado a bocajarro la noticia y de lo que capté en las conversaciones telefónicas que mantuvo con Rosa en los días siguientes, mi padre tenía una aventura con una compañera de la caja que se llamaba Andrea. Había cometido la «torpeza» de abrir una cuenta con ella en otro banco sin cambiar la dirección de su domicilio o, al menos, «poner el de la tal Andrea, que lo mismo hubiera dado». Así que los dos figuraban como titulares de la cuenta en la carta en cuestión, en la que el director de la oficina les daba la bienvenida como clientes vip. Mi madre no sabía cuánto tiempo llevaban juntos, ni si pensaba dejarla por ella…, abandonarnos. Y todo había sido por mi culpa, por darle la maldita carta. Aquella noche, mientras mi madre le pedía explicaciones a mi padre en el salón, vomité en el baño y me hice dos heridas sangrantes en los pulgares. Había empezado mi particular martirio, el peor de los castigos, el autoinfligido. Mi padre lo negó todo. Dijo que había sido una equivocación del banco y que pensaba montarles «un pollo de cojones».

No volví a oír nada del asunto y nunca supe si mi padre nos había traicionado, como sostenía mi madre, o si, como él defendía, había sido todo un error administrativo. Tampoco me atreví a preguntárselo, ni entonces ni en los años posteriores, a mi padre. Entre nosotros se abrió una grieta que no estoy segura de que hoy esté reparada, por mucho que nuestra relación sea buena. No lo culpo de nada, pero hay algo que no me permite perdonarle por lo que hizo o dejó de hacer, olvidar el instante en el que mi madre abrió la carta y se nos desbarató la vida.

¿Habrían terminado tirándose los trastos a la cabeza si no hubiera aparecido aquella carta? Entiendo que es algo que ni ellos mismos sabrían contestar, y sé que es absurdo que yo me haga la pregunta. Aunque tengo muy clara la respuesta: sí. Al repasar su historia a través de los testimonios que fui recabando a lo largo de los años, me doy cuenta de que aquel amor por el que tanto habían luchado se había ido apagando, pero sin llegar a desaparecer. Estoy segura de que entonces se querían, y de que ahora lo siguen haciendo, a su manera. Pero supongo que, sumidos en la responsabilidad que siempre conlleva madurar, cuando se consigue, ya no recordaban los motivos que los habían llevado a quererse.

~

En ese punto del relato de Noray, Ismael paró de leer. Tenía la cabeza aturullada. Se levantó del sillón, dejando caer al suelo el cuaderno de espiral que con tanto cuidado había protegido hasta ese momento. Lo recogió y lo colocó en la repisa, junto a la mochila de la que había salido. Se acercó a la ventana y trató de abrirla, pero no pudo: estaba sellada para evitar los posibles actos desesperados de los pacientes... o de sus acompañantes. Ismael apoyó la cabeza en el cristal, que percibió frío como una mañana de invierno debido al efecto del climatizador. De repente notó una ligera vibración en el bolsillo. Otra vez el maldito móvil. Tendría que haberlo apagado cuando lo había llamado Ignacio, pensó. Era un mensaje de Estrella. Lo leyó, cerró los ojos y emitió un largo suspiro al final del cual apretó con fuerza el botón destinado a apagar el móvil, que volvió a meterse en el bolsillo trasero del pantalón.

Al verse reflejado en el cristal, Ismael se atusó el pelo y se dio cuenta de que ya lo llevaba demasiado largo, pues ese mes se le había olvidado ir a la peluquería. A Noray no le gustaba que se lo dejara crecer, decía que parecía un pijo de Majadahonda. Un día, incluso, Ismael dejó que se lo cortara ella, y la verdad es que no le hizo muchos trasquilones. Lo convenció diciéndole que de vez en cuando se lo cortaba a su abuelo Tomás y que quedaba la mar de contento. Ese día también lo afeitó, con tanta delicadeza que a Ismael le excitó de puro sensual. Acabaron haciendo el amor en el sofá. Fue la primera vez que Noray le confesó que lo quería, algo que nunca le volvió a decir.

Sonrojado, Ismael salió de la habitación. Dio varios paseos por el largo pasillo de la planta y, al cabo de un rato, tras haber puesto en orden sus pensamientos, volvió a entrar en el cuarto. Comprobó la respiración de Noray, su pulso, y le subió un poco la sábana para taparla algo más, pudoroso. Cogió el cuaderno de espiral de la repisa, se sentó de nuevo y lo abrió. No había marcado la última página que había leído, pero se acordaba perfectamente de dónde se había quedado.

# 15

*Si he sido capaz de llegar hasta aquí, espero que a partir de ahora no me fallen las fuerzas. Pero falta lo más difícil, lo más duro de narrar. Ni siquiera tengo claros en mi cabeza algunos de los hechos que vienen a continuación, y mucho menos cómo describirlos sin caer en el victimismo. Odio la compasión. No la necesito. Tampoco la indulgencia. Me quise matar. Dejar de comer fue el camino más corto que encontré para llegar a morirme, y estuve a punto de conseguirlo. Esa es la verdad. Y no busco la redención. La logré, supongo, cuando salí de aquel hospital en el que pensé que me quedaría para siempre. Me perdoné, entonces, por todos los pecados cometidos, por haber arrastrado conmigo al infierno de mi enfermedad a quienes me querían, y traté de empezar de nuevo. Hay días en los que pienso que lo conseguí y otros, cuando sucumbo a la tentación del ayuno o me abandono a la tristeza de saber que nunca más veré a mis abuelos o que quizá haya perdido a Ismael, me doy cuenta de que es una carrera de fondo. Como la propia vida. Aunque esta vez el final solo dependa de la escritura.*

En los meses posteriores a la aparición de la carta, mis padres apenas se dirigían la palabra más que para hablar de asuntos obligados por la cotidianidad, como a quién le tocaba recoger a Clara después de las clases de solfeo o cuál de ellos debía ir a buscarme a mí a los entrenamientos de baloncesto. Aun así, siempre terminaban discutiendo y echándose en cara cosas absurdas, en la cocina y con la puerta cerrada. Aunque procuraban poner el volumen de la televisión bien alto, yo los oía desde el salón mientras mi hermana me miraba suplicante, esperando que hiciera algo, lo que fuera, para que se callaran. ¿Pero qué podía hacer yo? Al fin y al cabo, además, era la causante de aquella situación... Durante esa angustiosa época, Clara fue coleccionando trastadas para llamar la atención de mis padres, y yo llevé hasta la compulsión mis manías, mi autoexigencia y mi propósito de perfección, intentando controlar lo que era del todo inmanejable, la vida misma. Y con cada nueva bronca de mis padres, mi estómago se quejaba como si los gritos fueran dirigidos a él.

No sé cuándo empezó, no lo recuerdo, quizá porque mi memoria no quiere que lo haga, simplemente, aunque todavía temo que vuelva a aparecer. Nunca había experimentado un dolor físico como aquel. Era algo muscular, como si alguien estuviera manoseando y tirando de mis tripas, haciendo con ellas un nudo imposible de deshacer. Recurrí al Optalidón que tan bien le iba a mi abuela Carmen, probé con los analgésicos que mi madre me daba para la menstruación, me tomé todas las infusiones que se me ocurrieron. Nada resultó. Me refugié, como siempre, en la lectura. Acudí a los libros que tanto me aliviaban, regresé a esas páginas que años atrás había memorizado. Pero el dolor no me dejaba concentrarme. Tampoco tenía ganas de escribir, mi imaginación no respondía. Comencé a comer menos de lo que en mí era habitual, con la vana esperanza —ahora lo sé— de que aquel doloroso tormento, inexplicable, desapareciera. Vomitaba cada vez con más frecuencia, para ver si así se me pasaba. Pero las molestias no cesaron, ni remitieron siquiera. Al contrario, fueron a más. Pero no dije nada. A nadie. Ni siquiera a mis abuelos. Me mantuve en un silencio cómplice con la enfermedad que, sin saberlo, empezaba a apoderarse de mí.

Supongo que mis padres decidieron dar el paso de separarse cuando ya no pudieron más. Aunque antes de decírnoslo a nosotras se lo comunicaron a mis abuelos; una decisión estúpida, sí, porque las principales afectadas éramos mi hermana y yo. Pero imagino que buscaban su beneplácito, su perdón, después de todo lo que habían batallado años atrás para salirse con la suya y casarse. Lo que mis padres no supieron entonces —es probable que hoy sigan sin saberlo— es que mi abuela Carmen me lo contó antes de que ellos lo hicieran. Le he dado muchas vueltas con el paso del tiempo y siempre llego a la misma conclusión: aunque tuvo parte de desahogo, sé que fue un ataque bienintencionado de sinceridad con el que mi abuela buscaba prepararme para todo lo que estaba por venir. Pero logró justo lo contrario.

La había acompañado al cementerio del pueblo para adecentar el panteón familiar.

—¿Cómo que van a separarse?

—Sí, hija, pero eso no quiere decir que vayan a dejar de quereros.

—¿Y por qué no nos han dicho nada a Clara y a mí?

—Están buscando el mejor momento para decíroslo, pero yo he preferido contártelo para que no te pille de sorpresa y así te lleves menos disgusto, que sé cómo eres de sensible...

—No lo entiendo. Papá dijo que todo había sido un error del...

—¿Qué error? ¿De qué estás hablando, Noray?

Sentada en el banco de piedra de la entrada del cementerio, junto a la encina centenaria que cobija a los feligreses durante los entierros veraniegos, me acordé de que mi madre me había pedido que no les hablara a mis abuelos de la carta, e intenté cambiar de tema.

—¿Y qué pasará a partir de ahora?

—No lo sé, prenda mía, pero tienes que ser fuerte y cuidar de tu hermana.

Las palabras de mi abuela me dejaron devastada, como si me acabara de decir que mis padres padecían una enfermedad terminal y en cuestión de meses iban a morirse. Pero decidí guardarme el secreto, porque sabía que Clara no estaba preparada para afrontar lo que su ruptura suponía, como tampoco lo estaba yo. Y esa noche, al volver del pueblo al piso de Marcelo Usera, aduje que tenía el estómago revuelto y me metí en la cama sin cenar ni dar explicaciones, aunque seguramente nadie me las habría pedido.

Finalmente, al cabo de unos días, como mi abuela Carmen me había anticipado en el cementerio, mis padres nos dijeron a mi hermana Clara y a mí que iban a separarse. Y todo mi mundo, mi pequeño e inseguro mundo, se desmoronó.

A veces pienso que dejar de comer no fue algo premeditado, que lo hice porque me moría de dolor. Otras, estoy convencida de que sí, de que fue una decisión consciente y que aquel suplicio físico era solo producto de mi imaginación, que se volvió contra mí en el peor momento posible. La verdad es que no lo sé, y creo que nunca saldré de dudas. A lo largo de los muchos años de terapia que han pasado desde entonces, años en los que he llegado a conocerme algo mejor, aunque no del todo porque eso es imposible, me he visto muchas veces desde fuera, como el narrador que usa la tercera persona para hablar de sí mismo sin mancharse las manos. He observado a aquella niña que solo quería que todo siguiera siendo como siempre y he conseguido comprenderla, entender, al menos, su comportamiento. Y tengo claro que de haberlo sabido, de haber imaginado dónde me estaba metiendo cada vez que comía menos o directamente me saltaba el almuerzo, habría dado marcha atrás. Cuando quise hacerlo, ya era demasiado tarde.

Sé que de poco sirve analizarlo ahora, y que otros lo han hecho antes por mí, como refleja mi historial psiquiátrico, pero la cabeza me da tantas vueltas que no puedo evitarlo. Pienso que es posible que algo en mi mente quedara trastocado el día que presencié el fallecimiento de mi abuelo Eugenio, y que ahí se inició un angustioso y largo proceso que culminó con la ruptura de mis padres. Las lágrimas que derramé cuando nos dieron la noticia de su separación se debieron, en realidad, al dolor físico que experimenté al escuchar las palabras que, no por esperadas, eran menos temidas:

—Vuestro padre y yo vamos a separarnos por un tiempo.

Fue mi madre la encargada de anunciarlo. Así lo habían acordado previamente, según ella me confesó cuando años después pudo hablar del asunto sin despotricar de mi padre. Aquella noche me salté, de nuevo, la cena. Es cierto que en esa ocasión mis padres me preguntaron qué me pasaba, si me encontraba mal. Y la capacidad con la que improvisé una excusa me sorprendió. Era la primera mentira de las muchas que vendrían después. Les dije que las galletas Chiquilín que había picado esa tarde en casa de Marta me habían quitado el apetito. Apenas dormí en toda la noche, aunque a esas alturas casi me había acostumbrado al insomnio, que hacía mucho tiempo que había dejado de ser esa especie de juego inocente al que de niña arrastraba a mi abuela Carmen por miedo a ser la última en quedarme dormida. La vigilia era ya entonces, como ahora, una prisión de gruesos barrotes en la que yo era la única encerrada, una cárcel en la que se disparaban mis pensamientos suicidas.

Al día siguiente, muy temprano, mi padre se marchó del piso de Marcelo Usera. Llevaba la bolsa de viaje en la que metía las raquetas de tenis cuando íbamos a jugar al centro deportivo municipal pero que, entonces, según contemplé en silencio la noche anterior, iba repleta de trajes y camisas que con cada paso que daba se arrugaban cual fuelle de un acordeón. Igual que muchos años antes, toda una vida, mi abuela Carmen había presenciado cómo su padre se marchaba con su amigo Delfín para unirse al bando nacional, esa mañana yo vi salir al mío de casa desde el final del pasillo, con la puerta de la habitación entreabierta para no despertar a mi hermana Clara. Y estoy segura de que sentí el mismo desamparo que ella. Quise soltar un «¡Papá, no te vayas!». Pero la voz no me salió. Cuando desapareció, tras cerrar la puerta sin saber que yo lo estaba observando, me dirigí con sigilo a la cocina. Mi madre estaba sentada a la mesa en la que desayunábamos cada día y donde alguna vez cenábamos, la misma mesa en la que yo dejé de comer. Tenía la mirada perdida al otro lado del cristal de la ventana que daba al patio interior en el que compartíamos tendedero con el piso de Mari Miura.

Me acerqué a ella por detrás, le di un abrazo y le dije:

—No te preocupes, todo irá bien.

Ella respondió con un suspiro, se terminó el café, se levantó y se fue a la ducha.

Al principio, mi padre se instaló en el piso de la avenida de los Poblados que mi tío Jerónimo compartía con la pitonisa. Pero allí, con ellos, sus dos gatos y su perro, aguantó poco. Supongo que sus excentricidades y sus broncas —se llevaban mucho peor que mis padres, aunque sus reconciliaciones eran épicas y muy sonoras— lo exasperaban, así que terminó alquilando un piso modesto cerca de Marcelo Usera, a la altura del barrio de Oporto, a través de un compañero de la caja cuya suegra había fallecido recientemente. Su mujer y él no sabían qué hacer con la casa en la que la señora, viuda desde los tiempos de Maricastaña, había vivido toda su vida. Su olor a perfume barato, de esos de fórmula magistral que preparaban en las farmacias, se había quedado impregnado en los muebles, en las paredes y hasta en el baño. «Papá, aquí huele raro», le decía Clara a mi padre cada vez que entrábamos en el piso. Mi padre abría todas las ventanas de la casa, pero ni así conseguía que se fuera tan peculiar aroma, a pachuli, concretamente. Sin otra alternativa, ponía cara de circunstancias y cambiaba de tema. Nunca le he preguntado cómo se sintió en aquel momento, teniendo que asumir todas las tareas de las que hasta entonces se había encargado mi madre. No es que fuera un mal padre. No quiero decir eso. Pero como todos los hombres de su generación se limitaba a ejercer de marido. Así que imagino que cuando tuvo que ocuparse de nosotras se le vino el mundo encima.

Mis padres recurrieron a sendos abogados para formalizar su separación, aunque no firmaron el divorcio —de hecho, que yo sepa, aún están casados legalmente—. Supongo que esperaban que el tiempo pasara y sanara las muchas heridas que se habían ido provocando, o las hiciera menos visibles. Mi hermana y yo seguimos viviendo con mi madre en el piso de Marcelo Usera, y ellos se repartieron civilizadamente los días que nosotras debíamos pasar con mi padre, las actividades extraescolares, los cumpleaños de nuestros amigos, las visitas al dentista... Pero no repararon lo suficiente en los daños colaterales que su ruptura causó. Y no los culpo. Hasta he llegado a comprenderlos. Enfrascados en intentar trasladar a la siempre plácida rutina su nueva relación, mis padres no se dieron cuenta de que yo comía fatal y había perdido más peso del justificable a esa edad.

Creo que fue por entonces cuando empecé a sentirme feliz, satisfecha, cada vez que me pesaba y la báscula marcaba unos gramos menos, o cuando me ponía un pantalón y notaba que me quedaba más holgado. También me regocijaba si me miraba al espejo y me veía mala cara —aún me pasa, es increíble, pero es así—. Aunque lo mejor, sin duda, era cuando mis abuelos me decían: «Prenda, estás más delgada, ¿no?». Aquellas palabras tenían en mí seguramente el efecto contrario al que buscaban, y al escucharlas me sentía... No sé cómo me sentía, saciada, supongo... Sí, me sentía saciada. Yo contestaba con excusas e intentaba comer lo que ellos me ponían en el plato, para vomitarlo después. Como Clara y yo nos quedábamos en el comedor del colegio, no tenía que fingir delante de mi madre, que llegaba tan cansada a las cenas, estaba tan metida en su mundo, desbaratado, que no reparaba en si me iba a la cama solo con un yogur en el cuerpo. Y mi padre... bastante tenía con adaptarse a su nuevo papel, repleto de responsabilidades.

Así continué hasta que mi madre volvió un día del trabajo y me dijo que quería hablar conmigo. Mi tutora la había llamado preocupada porque me quejaba de dolores de estómago a la hora de comer y al retirar mi bandeja estaba casi igual que cuando me la habían servido.

—¿Es eso verdad, Noray? —me preguntó mi madre.

En ese momento no supe qué contestar y me escudé en el dolor de estómago, que en realidad ya casi había dejado de sentir.

—Sí, es verdad... Me duele horrores.

—¿Y por qué no me has dicho nada? ¿O a tu padre?

Más mentiras.

—Como habéis andado tan liados con el divorcio, no quería preocuparos.

—Separación, Noray. Tu padre y yo no nos hemos divorciado, nos hemos separado, y solo durante un tiempo.

—Bueno, pues eso, que no quería preocuparos más.

—¿Y desde cuándo te pasa?

—Pues no sé, desde hace tiempo...

—¿Y no has dicho nada? Ay, Noray, hija mía, de verdad... Claro, por eso estás más delgaducha. Y yo pensando que era algo hormonal. ¡Si hasta se lo dije a tu abuela, que me tiene a maltraer con tu aspecto! Iremos al médico y verás como se te pasa.

Pero no se me pasó. Era imposible que se me pasara, porque lo que me sucedía no tenía que ver con una dolencia física. Saciaba mi tristeza con el ayuno. Era tan reconfortante como una adicción. Era un trastorno mental. Eso es lo que era. Y lo sigue siendo. Depresión. Ese es su nombre. Anorexia. Así se llama. Yo no quería comer porque me sentía bien cuando no lo hacía, tan bien que incluso recordarlo me provoca escalofríos. Me da miedo volver a experimentar esa satisfacción y caer otra vez en mi propia trampa. Por eso me obsesionan tanto las palabras, su elección, definir lo que siento, expresarlo ahora, aunque ya sea tarde para este grito de auxilio. Entonces no podía, no sabía cómo hacerlo. Mi mente se amparaba en mentiras para ocultarme la verdad, de la que puede que siempre, salvo muy al comienzo, fuera de alguna manera consciente. Y no pedí ayuda. Los engañé a todos, excepto a mí misma.

Después de nuestra conversación, mi madre llamó a mis abuelos, que le recomendaron que pidiera cita con el hijo del doctor Rull. Trabajaba como internista en un hospital de las afueras de Madrid, y a él nos dirigimos mis padres y yo a los pocos días. Recuerdo que de camino, en el coche, me sentí aterrada, temerosa de que me descubrieran. Pero no me podía negar a ir y tal vez lo vi como un alivio..., por fin podría dejar de mentir. Aunque no fue necesario. Las pruebas que allí me hicieron desecharon cualquier enfermedad relacionada con el aparato digestivo, que era de lo que yo me quejaba. En aquel momento, en España, los trastornos alimentarios estaban empezando a tratarse en los medios de comunicación, pero no se hablaba lo suficiente de ellos, ni con claridad. Recuerdo que ese mismo año —guardo el recorte de periódico que encontré tiempo después, rastreando el origen de mi enfermedad— se publicó que la princesa Victoria de Suecia sufría «una posible anorexia» y estaba «recibiendo tratamiento médico». La noticia la confirmó la jefa de prensa de la Casa Real «para salir al paso de los rumores». Rumores, salir al paso... Y todo porque una semana antes había asistido a un baile benéfico en el que «despertó la atención por su extrema delgadez (...), y la prensa aireó comentarios sobre la posibilidad de que sufriera perturbaciones alimenticias». Despertar la atención, airear comentarios... La opinión pública todavía no estaba formada a ese respecto. Ese es mi parecer, subjetivo, sí, pero dado desde una primera persona muy consciente. Las familias no estaban aún preparadas para lidiar con todo lo que implica ese tipo de dolencias. Mi familia no lo estaba. Yo no lo estaba. Para mí fue un estigma. Así lo viví yo, y creo que también buena parte de todos los que me quieren. Con el tiempo, he aprendido que no hay temas tabús, que no debe haberlos. Me costó mucho sufrimiento ser capaz de verbalizarlo, pero la anorexia es una enfermedad mental y hay gente que se muere. ¡Claro que hay gente que se muere! ¡Yo lo he visto! Y tengamos cuidado con el lenguaje, cuidémoslo para poder cuidarnos. Porque lo mismo que hay personas que fallecen de cáncer, las personas que padecen anorexia no pierden absurdas batallas, ese eufemismo bélico que solo sirve para tranquilizar la conciencia de los periodistas cuando no se quiere nombrar lo que incomoda. Una y otra vez, mientras escribo esto con la sangre en el estómago, me vienen a la cabeza las palabras de Filomena que tantas veces le escuché a mi abuela Carmen: «La salud mental a veces es mucho más delicada que la física y debe cuidarse lo mismo». Y hay quien ni siquiera hoy lo tiene claro. Qué tristeza.

Al poco tiempo de la consulta con el hijo del doctor Rull, acabaron las clases y mis padres decidieron que mi hermana Clara y yo pasáramos una temporada con mis abuelos. Agosto era el mes previsto para que nos fuéramos de vacaciones, una quincena con mi madre y otra con mi padre, y supongo que todos esperaban que en el pueblo yo recuperara el ánimo y con él el apetito. Habían llegado a la conclusión de que mi dolor de estómago se debía a la inquietud que me generaba la nueva situación familiar, y no les faltaba razón, aunque la enfermedad en la que derivó mi depresión para entonces ya estaba casi descontrolada.

—No te preocupes, anda. La niña está triste, y es normal después de lo que ha pasado... Verás como aquí se le quitan todos los males —le dijo mi abuela Carmen a mi madre cuando la despidió el día que nos llevó al pueblo. Estoy segura de que fue ella sola porque a mi padre le aterraba la idea de tener que enfrentarse a mis abuelos, que lo culparan de lo que me estaba ocurriendo.

—Ay, mamá, ojalá tengas razón... Todo esto es culpa mía, he estado tan metida en mis problemas que he desatendido a mi hija... Estoy muy cansada y no sé qué hacer.

—Cuidarte, eso es lo que tienes que hacer, hija mía. Aprovecha ahora que están aquí las niñas. Ellas están bien aquí, siempre lo han estado. No te preocupes, anda.

—Pero si es que tengo que corregir un montón de exámenes antes de la junta de evaluación...

—Pues eso, tú a lo tuyo. Deja que tu padre y yo nos ocupemos de Noray. Seguro que en unas semanas volverá a estar tan rolliza como siempre, con esos carrillitos que ha tenido desde bien chica, tan pellizcables...

Yo me había escabullido del patio para escuchar la conversación entre mi madre y mi abuela mientras mi abuelo intentaba entretener a Clara con un par de conejos que le había regalado su vecino Manolo. Recuerdo como si lo estuviera sintiendo ahora que la descripción que mi abuela Carmen hizo de mi aspecto físico anterior me enfureció. A los pocos días, el espejo empezó a devolverme un contradictorio reflejo cuando en él me miraba. Me veía cada vez más gorda.

Fue un verano muy caluroso. Incluso hubo días en los que la piscina del pueblo, inaugurada hacía nada con su socorrista y sus flotadores alrededor, ni abrió. El nuevo alcalde, un muchacho sin oficio ni beneficio que según mi abuela era igualito que Felipe el presidente, temía que los vecinos que acudieran a ella en busca de un refrescante baño acabaran con una lipotimia. Yo aproveché ese calor tan extremo que hacía cantar a las chicharras como si en lugar de membranas tuvieran timbales para seguir justificando mi desgana a la hora de desayunar, de comer y de cenar. Para seguir mintiendo. Y así, sin darse cuenta, como quien a base de tenerlo normaliza un dolor de muelas hasta hacerlo crónico, todos en la casa terminaron por habituarse a que yo apenas comiera. Al principio, mi abuela lo intentó preparándome los platos que más me gustaban. El cocido, con su mondongo y su tocino. Los huevos fritos, con su yema amarillita para pringochear. El pollo en pepitoria. Los sapillos. Macarrones con chorizo. Hasta cuajao hizo, para lo que obligó a mi abuelo a encender la lumbre a cuarenta grados a la sombra. Pero todo me daba arcadas. Al verlo, sentía un asco irrefrenable. Me levantaba de la mesa, escudándome en el dolor de estómago, y me iba al baño a vomitar pura bilis.

Lo peor fue darme cuenta de que a medida que perdía peso se me iba agriando el carácter. Pero nada podía hacer por evitarlo. Cuando llegué al pueblo, todavía con fuerzas, paseaba en compañía de mi abuela hasta el Corchuelo —más tarde, demasiado tarde, mis padres averiguaron el verdadero fin de mis caminatas—. Había días en los que me dejaba caer por la plaza, donde los chicos de mi edad daban patadas a un balón mientras las chicas los observaban, comiendo pipas y flirteando sin saber aún que lo estaban haciendo. Y hasta acudía alguna noche a las sesiones del cine de verano que ya se celebraban de manera más profesional en el Salón San Isidro. Pero según fue pasando el tiempo ya apenas salía de casa. Me sentía apática, triste, contrariada, melancólica, enfadada... Estaba agotada. Había momentos en los que simplemente me quería morir. Me pasaba el día tumbada en la cama. Ni siquiera me atrevía —esa es la palabra— a abrir la puerta de la habitación en la que estaba la biblioteca de Filomena, ni escribía, tampoco, aunque mi abuela siguió contándome, sin importar que yo no la escuchara —sí lo hacía, por supuesto que lo hacía, pero entonces me mostraba indiferente, hacia ella y hacia todos—, las historias que dan forma a esta que ahora estoy narrando.

Clara intentaba acercarse a mí, y sé que sufría. Es una más de las muchas conversaciones que tenemos pendientes. ¿Cuánto daño le hice entonces? ¿Es reparable o ya es demasiado tarde? Con mi egoísta actitud cambié, todavía más, su vida, y la obligué a pasar por situaciones que nadie de su edad debería haber vivido jamás. Espero que con el tiempo pueda perdonarme. Para ella es también esta historia, porque solo sabiendo de dónde venimos podremos averiguar qué dirección deben tomar nuestros caminos, espero que siempre paralelos.

Con la inocente intuición de su temprana adolescencia, creo que mi hermana sabía que mi estado, físico y mental, no se debía solo a que estaba triste porque nuestros padres se hubieran separado. Pero siempre que intentaba hablar conmigo, persuadirme para que la acompañara a la piscina o a dar una vuelta en bici, lo que yo quisiera, cualquier cosa salvo jugar a la goma, pues todas las veces que lo había intentado había acabado con los pies enredados en ella, mi respuesta era la misma: «Estoy cansada, déjame en paz». Y Clara me obedecía, sí, pero al día siguiente volvía a mi lado. Aunque nunca ha sido tan testaruda como yo, mi hermana no desistía de su afán de sacarme de la oscuridad en la que, literalmente —mantenía las contraventanas de nuestro cuarto cerradas para que el exterior no desentonara con mi ánimo—, me había instalado.

De nada sirvieron los empeños de Clara por acercarse a mí, ni los cuidados y las atenciones de mis abuelos, que ya no sabían qué hacer para verme sonreír. Los desesperé a todos. Continué así, en un agónico letargo de melancolía y mal humor, hasta que un domingo, a media mañana, se presentaron en el pueblo mis padres. Habían ido a buscarme solo a mí, no a mi hermana, y no para irnos de vacaciones, precisamente. Me acuerdo del momento exacto. Por más que he intentado borrarlo de mi memoria, lo recuerdo todo según sucedió, y eso que esta es la primera vez que lo escribo sin que me tiemblen las manos. Mi abuelo estaba regando el patio con la manguera para refrescarlo y que no hiciera tanto calor durante la mestresiesta, mi hermana estaba con mi abuela viendo un capítulo de *Bonanza*, que a ella le chiflaba, y yo estaba en mi cuarto.

El día anterior, mis padres habían cenado con mi tío José Luis, que insistió en que acudieran los dos a la cita. Intrigados, mis padres accedieron a verse con él en una terraza del barrio de Oporto. Antes, incluso, de que les sirvieran la primera ración, mi tío les dijo que estaba convencido de que yo padecía anorexia. Era la misma dolencia que tenía la hija de unos clientes de la panadería pastelería donde trabajaba Silvia, su novia. Mi madre había oído hablar de esa enfermedad. Había salido a relucir alguna vez en las reuniones de padres y profesores de su colegio, y había visto un reportaje de pasada en la televisión. Pero, al principio, según reconoció en las terapias que compartimos durante mi tratamiento, se resistió a verlo. Su hija no podía tener anorexia, eso era imposible. Se negó a sí misma la realidad para no sentir que había fracasado como madre, que todo era responsabilidad suya, que no me había cuidado lo suficiente. Tras escuchar a mi tío José Luis aquella noche, empezó a comprender ciertas cosas, mis comportamientos, todos sus errores.

Fernando y Pilar, los clientes de Silvia, eran un matrimonio mayor que llevaba con discreción —para muchas de las familias a las que conocí entonces aquella enfermedad era un motivo de vergüenza— lo que le pasaba a su única hija. Después de muchas visitas a distintos especialistas, terminaron ingresándola en una clínica de renombre por recomendación del último psiquiatra al que habían acudido. Llevaba varios meses de tratamiento y allí seguía, mejorando, según les contaban los médicos que la trataban. Ellos solo tenían permitido verla cada quince días. A pesar del dolor, era lo que debían hacer. La distancia era necesaria para evitar el chantaje emocional. Solo ahora soy capaz de ponerme en la piel de mis padres, y entiendo hasta compartirlo el terror que debieron de sentir al escuchar aquel relato.

—¡En un loquero! ¿Pero cómo vais a meter a la niña en un loquero? ¡Locos os habéis vuelto vosotros! —les dijo mi abuelo Tomás a mis padres cuando se sentaron en el patio y le contaron la conversación mantenida con mi tío la noche anterior.

En aquel momento, y aunque no hubiera querido hacerlo, yo los escuchaba desde la habitación mientras metía mi ropa en la maleta en compañía de Clara, que me miraba compungida. Mi abuela Carmen permanecía en silencio, rememorando, seguramente, todas las ocasiones en las que yo me había levantado de la mesa sin haber probado bocado y ella me lo había permitido, maldiciéndose por ello. Alguna vez traté de preguntarle a mi abuelo cómo se sintió entonces, pero, azorado, siempre esquivó esa conversación conmigo. Comprendo que para un hombre como él esa enfermedad no tenía sentido. Estoy segura de que nunca llegó a entenderla, pero sé que, inconscientemente, la rechazó, evitó hablar de ella, porque le recordaba el extraño mal que tantísimos años atrás había sufrido mi abuela y por el que llegó a temer que se tirara por la ventana.

—Es lo mejor para Noray, papá, de verdad. Seguro que en unas semanas empezará a mejorar.

—¡Unas semanas! Olivia, ¿tú sabes lo que pueden ser esas semanas para tu hija? ¡Un infierno! ¿Pero no ves en el parte cómo tratan a los que están encerrados en sitios así? ¡Por Dios Santo! ¡Carmen, di algo, que se la llevan!

Pero mi abuela no dijo nada. Supongo que fue incapaz, no pudo, o simplemente en su interior sabía que yo debía recibir la ayuda con la que ella en su momento no contó, por mucho que le doliera verme partir imaginando lo que me esperaba.

Desde que mis padres se separaron, mi salud se había ido deteriorando poco a poco. Había perdido la menstruación —no dije nada, cuando es una de las primeras señales de alarma—, sufría estreñimiento —algo normal en mí, pero no de ese modo—, el pelo se me caía más de la cuenta, tenía las uñas quebradizas y me desmayaba con frecuencia. Todos síntomas que yo ignoraba y trataba de disfrazar y camuflar como podía —siempre encuentras la manera, lo aseguro—. Por las noches no dormía, pese al cansancio acumulado, y la cabeza me dolía horrores, tenía jaquecas terribles. Estaba enferma, muy enferma. Y creo que mis padres no fueron conscientes hasta que aquel día me senté en el asiento trasero del coche y emprendimos el viaje de vuelta a Madrid.

Mi hermana Clara se quedó en el pueblo hasta ver qué pasaba conmigo. Esa misma semana, mis padres pidieron consulta en la clínica en la que estaba ingresada la hija de los clientes de Silvia, con los que quedaron para que les explicaran, ya sin intermediarios, los pasos que debían seguir dando por mi bien. Solo estuve en aquella clínica algunas horas, pero fue una de las peores experiencias de mi vida. Un psiquiátrico no es el lugar adecuado para tratar la anorexia. Lo digo ahora y lo mantendré siempre. No lo es. Y mucho menos cuando quienes la padecen son adolescentes todavía a medio formar, como era yo entonces. Pero mis padres estaban perdidos en un laberinto del que no sabían cómo salir y tomaron las decisiones que cualquiera en su lugar habría adoptado. Recuerdo dónde estaba, su ubicación exacta en lo alto de una colina que a veces me imagino sacada de una de las novelas de Shirley Jackson. Hace años, no muchos, incluso me acerqué a los alrededores con Marta solo para comprobar que seguía ahí, que existía y no era una invención mía.

Cuando mis padres firmaron mi ingreso y se fueron, no fui consciente de lo que su marcha significaba y mucho menos de lo que suponía. Pero al verme con el pijama color hueso, prisionera en aquella habitación con vistas a un estrecho patio interior en el que ni los pájaros se atrevían a entrar por miedo a quedarse atrapados, los llamé suplicándoles que me sacaran de allí. Cómo conseguí acceder a un teléfono en esa clínica de largos pasillos y puertas cerradas con llave nunca lo dije, ni tampoco es sustancial para lo que después sucedió. Les aseguré, mientras lloraba desconsoladamente, que volvería a comer, y mis padres accedieron y vinieron a buscarme. Pero esa mentira no fue premeditada. Lo intenté. Lo juro. Con todas mis fuerzas. Cuando estuve de vuelta en casa, en mi habitación, rodeada de mis cosas, de mis libros, de mis cuadernos, de mi música, quise comer como lo había hecho siempre. Me acerqué al plato y, tras llevarme el cubierto a la boca con aprensión, traté de masticar. Pero no pude. Además de haber perdido casi del todo la sensación de hambre, había desaprendido a comer. Mi mente se había impuesto a mi cuerpo, desvalido ante el poder de decisión de una enfermedad que me poseía ya por completo. La desesperación que experimenté en ese momento, al verme derrotada por mí misma, sin poder hacer nada para cambiar mi estado porque ya no dependía de mí, es solo comparable a cómo me sentí cuando mi abuelo Tomás me dijo que mi abuela Carmen estaba enferma.

# 16

Ingresé en el hospital Levi-Montalcini un miércoles. El día anterior mi tío José Luis y Silvia habían venido al piso de Marcelo Usera para verme. Esa tarde también estaba en casa mi padre, imagino que al tanto de su visita. Los saludé y me fui a mi cuarto, dejándolos en el salón con la palmera de chocolate que habían traído para despertar mi apetito intacta. A esas alturas, yo asistía a lo que pasaba a mi alrededor medio sonámbula, sin poder evitar el sufrimiento, extremo hasta la náusea. Nada impidió que escuchara la conversación que minutos después mi tío tuvo con mis padres.

—Ya sé a qué hospital tenéis que llevar a Noray —empezó diciendo mi tío.

—¿Ah, sí? —le respondió mi padre.

—Sí, me he estado informando.

—Otra vez.

—Sí, otra vez.

—Pues sí que te ha dado a ti por la información últimamente, chico.

—Es igual... En el Levi-Montalcini tienen un departamento especializado en su enfermedad. Ahí es donde debemos llevarla.

—Anorexia.

—Sí, anorexia.

—¿Y por qué no lo dices?

—Porque sé que tú no te sientes cómodo cuando oyes esa palabra.

—Pero es lo que le pasa a mi hija, ¿no?

—Sí, Alberto, y en el Levi-Montalcini trabaja el mayor especialista en trastornos alimentarios de España. El doctor González. Tenéis cita con él mañana.

—¿Y de nombre?

—¿Cómo de nombre?

—Sí, que cuál es su nombre de pila, el que le pusieron sus padres al nacer al tal doctor González.

—Diego, se llama Diego. Diego González. He conseguido que os atienda lo antes posible.

—Veo que nos lo das todo hecho.

—No me ha quedado más remedio. Estáis paralizados y Noray cada vez va a peor. No mejora, Alberto...

—No pienso volver a encerrarla en un sitio como aquel... —intervino en ese momento mi madre.

—No es como esa clínica, hazme caso, Olivia. Es un hospital infantil, de hecho. Solo hay niños, como ella, aunque Noray ya no lo sea, pero lo sigue siendo... No sé si me explico...

—¿Seguro que no es un loquero? —remató mi padre.

—Seguro. Mañana lo verás. Mañana lo veréis.

En ese momento cerré la puerta de mi cuarto y puse a todo volumen el disco que el día anterior Marta, que pasó a verme antes de irse de vacaciones con su madre, había dejado en la cadena de música. Todavía conservo ese álbum de Los Piratas, *Poligamia*. Y si la memoria no me falla, que estoy convencida de que no, la canción que entonces sonó era *Promesas que no valen nada*. Esa misma noche, cuando mi madre ya estaba acostada y calculé que dormida, me levanté y llamé a mis abuelos.

—Mañana me llevan a un hospital —dije en cuanto mi abuela descolgó.

—Bueno, hija, pero es por tu bien —respondió ella.

—Abuela..., no quiero morirme allí sola.

—No digas tonterías, prenda, no vas a estar sola y no te vas a morir.

—Quiero irme al pueblo con vosotros.

—Lo sé, lo sé, cariño, y nosotros queremos que estés aquí, pero para eso tienes que ponerte buena, recuperarte. Si tus padres han decidido llevarte allí, será lo mejor para ti...

Colgué con una sensación de vacío inmenso. Hoy vuelvo a sentirme así, vacía, sin tener siquiera la posibilidad de llamar a mis abuelos, de pedirles ayuda como tantas veces hice cuando más lo necesitaba. Solo espero haberles devuelto al final todo ese amor de la forma que ellos querían, justo como esperaban.

En el Levi-Montalcini me sometieron a un chequeo completo que confirmó la gravedad de mi situación. El electrocardiograma que me hicieron aquel día evidenció que mi corazón estaba debilitado y si no me ingresaban había riesgo de que sufriera un infarto. Los análisis detectaron falta de hierro, una anemia severa, así como niveles muy bajos de sodio —llevaba tiempo abusando de los laxantes, que le cogía a mi madre— y de potasio. Estaba deshidratada y bastante por debajo del peso que una adolescente de mi edad debía tener —llegué a memorizar las tablas de los indicadores hasta obsesionarme con ellas—, y no había que descartar que algún órgano se hubiera visto ya afectado debido a la pérdida de tanta masa muscular.

Durante la consulta con el doctor González, en la que yo no estuve presente, mis padres abrieron definitivamente los ojos, hasta entonces cerrados, pues no hay peor ciego que el que no quiere ver. Efectivamente, la procedencia de la anorexia estaba, en muchos casos, en una depresión, en un trauma no asimilado —el miedo a la pérdida, en mi caso—. Pero ese no era el único trastorno mental que allí trataban. También había otro tipo de dolencia, la bulimia, y los que la padecían, en lugar de ayunar, vomitaban todo lo que comían, y la una podía derivar en la otra. Dado el carácter autoexigente, perfeccionista y también competitivo detectado en muchos de los pacientes, a veces estos imitaban los comportamientos que veían en otros más delgados que ellos. Esas fueron las palabras que el doctor González les trasladó entonces a mis padres, y cuando las escuché, llegado el momento, me reconocí en todas y cada una de ellas. Cuando aquel día salieron de la consulta, yo estaba sentada en la sala de espera. Me levanté y, anticipándome a sus palabras, les dije:

—No me vais a dejar aquí encerrada, ¿verdad?

Pese al profundo dolor que percibí en sus miradas, supe que su decisión, esa vez sí, era irrevocable.

Yo ya no era una niña, y muchas de las decisiones que me habían conducido hasta allí las había tomado de forma consciente. Pero en ese momento me sentí tan pequeña e indefensa como el día en el que mi abuelo Eugenio se desplomó a mi lado a unos metros del camión. Volvía a tener seis, siete años, no más, y quería que me trataran como tal. Me zafé de los abrazos que mis padres trataron de darme. Chillé, pataleé, me agarré a una columna de la que solo fueron capaces de soltarme un par de celadores y hasta me tiré al suelo. De nada sirvió el berrinche. Mis padres no cedieron. Sentía que me habían abandonado. En los días siguientes, cuando dio comienzo el tratamiento, experimenté la soledad más absoluta, la ausencia, la pérdida, otra vez la pérdida, de nuevo la pérdida. Pocas veces he vuelto a ser tan consciente de mi propia fragilidad, tan humana y sin embargo inasumible. Durante mucho tiempo, me consolé pensando que aquel día mis padres se marcharon del hospital con el corazón roto y sin tener la conciencia tranquila. Tardé en darme cuenta de que hicieron lo que debían, y de que de no haberme ingresado en ese hospital hoy probablemente no estaría aquí escribiendo estas líneas.

Estuve tres meses sin poner un pie en la calle, y fueron los tres meses más largos y duros de toda mi vida. Al principio, durante las primeras semanas, ni siquiera pude salir de la habitación. En esa etapa, mi rutina diaria, de lunes a domingo, se limitaba a estar tumbada en la cama. Tenía prohibido levantarme de ella, pues debía guardar reposo, especialmente después de ingerir, con mucho esfuerzo, unos batidos grumosos que me obligaron a tragar, por prescripción facultativa, hasta que fui capaz de volver a masticar algún alimento sólido. Cuando lo conseguí, me sentí liberada y exhausta. Era el primero de los muchos pasos que me quedaban por dar allí dentro, un paso pequeño, pero crucial. Hoy me parece mentira —quizá por eso, también, haya decidido escribirlo, para nunca olvidarlo— que llegara a perder el apetito hasta tal punto que el estómago se me redujera tanto como la resonancia magnética mostró. Mientras tecleo, los recuerdos de entonces son cada vez más nítidos, y el miedo a que todo aquello vuelva, a que la pesadilla se repita, permanece intacto.

Lejos de los espejos que me devolvían una imagen deformada de mí misma y que fueron desterrados de mi vida el tiempo que los médicos estimaron oportuno, lo mismo que las básculas, cada avance en forma de gramos ganados era recompensado con un paseo por el largo pasillo de la planta, siempre en compañía de alguien por si me desvanecía. Y si por voluntad propia o flaqueza de ánimo retrocedía en mi mejora, llegaba el castigo: nada de lectura —durante lo que me pareció una eternidad, estuve alejada de los libros, la escritura y el estudio, pues, aunque pocas, conllevaban pérdida de calorías y, por tanto, eran prescindibles en aquel estadio de mi enfermedad—, nada de charlas, nada de televisión... Se trataba de «volver a aprender a comer», según me repetían en las sesiones de terapia, individuales y de grupo, a las que, ya en la segunda parte del tratamiento, comencé a asistir diariamente.

No sé en qué fase empezaron las visitas, no lo recuerdo, pero cada vez que mis abuelos, mi hermana o Marta aparecían por la habitación me daba un vuelco el corazón, experimentaba una súbita alegría que desaparecía en el mismo instante en el que se marchaban. Eran subidas y bajadas que trastocaban mi ánimo, pero que me permitían afrontar los días allí dentro de otra manera, a veces incluso con una media sonrisa. Ahora me pongo en su lugar y me pregunto qué pensarían ellos al verme, sobre todo Marta, la única de mis amigas que vino al hospital. Recuerdo que la primera vez que me visitó, con Rosa, su madre, se presentaron con dos regalos, el *Diario*, de Ana Frank, y un diario para que yo escribiera en cuanto me dejaran hacerlo de nuevo.

—Ha sido cosa de Marta, a mí no me mires —me aclaró Rosa cuando abrí los paquetes.

—Así que Ana Frank... —le dije a Marta.

—Para que veas que hay encierros mucho peores... No lo has leído, ¿verdad? —me contestó ella.

No, no lo había leído. Y eso que, como comprobé en cuanto salí del hospital y pude volver al pueblo, formaba parte de la biblioteca de Filomena. Pero hasta entonces no me había acercado a él, no me había atrevido, pese a mi curiosidad, seguramente convencida de que no estaba preparada para su lectura, que me llegó, como todo, cuando debía, y gracias a Marta. Aquella edición de bolsillo se convirtió en uno de mis libros más queridos, en el fondo y en la forma, y sigue ocupando un lugar destacado en mi biblioteca, que nunca llegará a ser como la de Filomena, pero me procura una felicidad bastante parecida a la que sentía en la de la maestra.

Con mis padres, en cambio, no me comportaba

así. Cuando los veía me mostraba indiferente hacia ellos, con un desdén impostado. Era como si, de algún modo, todavía los culpara por estar ahí y buscara castigarlos. Pero esto lo comprendí después.

Con todo, tuve suerte. Conseguí evitar la sonda nasogástrica, un suplicio doloroso y repugnante del que muchos pacientes no se recuperaban, ni física ni psicológicamente. Eso comentaban las chicas, también ingresadas, como yo, con las que empecé a coincidir en el comedor una vez que tuve permiso para hacer allí todas las comidas del día. Aunque pisé poco aquella sala repleta de ventanales. En cuanto los médicos detectaron que tendía a imitar a algunas de las pacientes, ocultando la comida en las servilletas de mil enrevesadas maneras o vomitando a hurtadillas en el baño ubicado un piso más arriba y al que me escapaba al menor despiste de las enfermeras y de las monjas, decidieron que volviera a comer sola en mi habitación. Pero aquel aislamiento, después del que empecé a mejorar por mucho que yo lo viviera como una condena más, no evitó que me enterara de lo que al cabo de unas semanas ocurrió en esa ala del hospital. Confieso que no sé cómo enfrentarme a las palabras que deben venir a continuación, porque nunca he logrado ordenarlas en mi cabeza, ponerlas en su sitio justo y que dejen de provocarme dolor. Quizá el problema hasta ahora haya sido ese, que es imposible que sean inocuas, tienen que hacer daño, es la única forma de que al leerlas, una vez escritas, sirvan para algo.

Se llamaba Virginia y llevaba tanto tiempo ingresada en el Levi-Montalcini, del que salía con la misma frecuencia con la que entraba, que las monjas que allí trabajaban, al igual que el resto del personal del centro, tenían con ella una relación especial. Era un trato entre cariñoso y desconfiado, pues a esas alturas de sobra la conocían y sabían que Virginia era capaz de cualquier cosa, para bien y para mal. Fue en un descuido de la madre Auxi, diminutivo de Auxiliadora. Los grandes ventanales del comedor del que yo había sido desterrada estaban siempre cerrados con llave. Pero por las mañanas, después del desayuno, las hermanas del Perpetuo Socorro los abrían para ventilar mientras las pacientes acudíamos a las distintas consultas, asistíamos a los talleres en los que debíamos ocupar nuestro tiempo, si teníamos permiso para ello, o permanecíamos en nuestras respectivas habitaciones. Y aquel día a la madre Auxi se le olvidó el último ventanal, qué sabía ella por qué, era incapaz de acordarse. Tal vez fue porque la reclamaron en el control de enfermería para atender una llamada de su hermana, «la que se fue a vivir a Zamora de jovencita con un novio que se echó y allí se quedó», según relató ella misma al rememorar lo sucedido. El caso fue que el ventanal quedó cerrado, pero sin la llave echada. Virginia acechaba en el pasillo sin que nadie reparara en ella, tan acostumbrados estaban todos allí a su presencia, y se coló en el comedor en cuanto vio salir a la monja. Abrió el ventanal y se tiró. El departamento del Levi-Montalcini que dirigía el doctor González estaba en la cuarta planta del hospital. Murió en el acto.

Aunque no la vi, porque no me atreví a acercarme al comedor cuando oí el vocerío y los gritos de socorro en el quicio del ventanal, la imagen que me formé del cuerpo inerte de Virginia sobre la acera se me quedó grabada en la mente y me persiguió durante años. En aquel momento, en mi habitación del hospital, sentada en la cama de la que me había caído la noche anterior por culpa de un agitado sueño, quién sabe si previendo lo que estaba por suceder, me juré y perjuré que saldría de allí lo antes posible.

No fue fácil. Fue, de hecho, lo más difícil que he tenido que afrontar... O quizá no, hay algo peor, mucho peor. Pero todavía no sé cómo contarlo, aún no encuentro las frases exactas para describir lo que sentí cuando tuve que amar de la forma más generosa y dolorosa posible. No tiene sentido lo que digo... Empiezo a perder la cordura, si es que ha llegado a acompañarme en toda esta narración. A veces lo mejor es dejarse arrastrar por la frenética locura de las palabras. Me acuerdo de aquellos días en el hospital y los mezclo con los de las últimas semanas... Muertes, enfermedades, renuncias, ausencias, pérdidas, errores, equivocaciones, amor, mucho amor, amor puro e infinito, de mil maneras y formas diferentes, todas igualmente maravillosas... La historia de mi vida. Cada vez tengo más claro que todo sucede siempre por algo, y cuando debe ocurrir. No es un típico tópico, ni una frase hecha. No hay en este relato nada de eso. Yo salí de aquel hospital más fuerte de lo que entré, magullada y dolorida, pero ansiosa por vivir y convencida de que nunca más volvería a entrar. Y así ha sido.

Desde el día que murió Virginia, no quise volver a saber nada de las tretas y de los engaños del resto de las pacientes. Y eso que a algunas las apreciaba bastante, incluso las quería de una forma solidaria y fraternal, empática. Como a esas gemelas a las que cariñosamente todos llamábamos Ricitos de oro y que, como luego comprendí, competían por el afecto de sus padres, recién divorciados, llamando su atención a base de perder kilos.

Viví el primer paseo, de media hora más o menos, fuera del Levi-Montalcini, en compañía de mi madre —a mi padre no le dieron permiso en la caja, aunque con el tiempo he llegado a pensar que se escudó en eso por miedo a lo que pudiera encontrarse—, por un parque que estaba justo enfrente, como el preso que tras años de encierro pisa la calle con un permiso o en libertad condicional. Al poco tiempo, siguiendo la estricta dieta de mil quinientas calorías y cinco comidas diarias, con sus correspondientes descansos, llegaron las estancias de fin de semana en el piso de Marcelo Usera. El primer día que volví a casa me sorprendí y hasta llegué a ilusionarme un poco, lo confieso, al ver que mi padre llevaba un tiempo allí instalado.

—Es algo temporal. Al estar tu padre aquí nos organizamos mejor con Clara y con todo lo tuyo —se justificó innecesariamente mi madre al percatarse de que, al entrar, me había quedado mirando el sofá, en uno de cuyos brazos mi padre había dejado las sábanas arrebujadas.

—Claro, así es más fácil —le contesté yo, en un gesto cómplice que estoy segura mi madre agradeció, y me fui a mi habitación, donde Clara me esperaba con ansiedad y entusiasmo. Al vernos, nos miramos y sonreímos como si nada, ni el tiempo siquiera, hubiera pasado desde la última vez que estuvimos juntas en nuestro cuarto.

A medida que iban pasando los días e iba recuperando las fuerzas y el apetito, sentía que retomaba también las riendas de mi vida, que todo volvía otra vez al justo desorden cotidiano en el que lo dejé. Empecé a reconocerme en los gestos, en las palabras, en las miradas... propias y ajenas. Sabía que sería un proceso lento que se prolongaría durante años, pero de algún modo volvía a ser yo. Pese a los antidepresivos, que me impedían llorar lo mismo que reír, la sensación de libertad que experimenté entonces es difícil de describir. Aprendí a valorar las cosas que solo unos meses antes había considerado del todo prescindibles. Me agarré a cada momento que pasé fuera del hospital. Nunca he sido tan cortoplacista, ni siquiera ahora. Poco a poco, fui volviendo a la rutina que había dejado suspendida, en el aire, cuando ingresé en el hospital. Me reencontré con mis libros, con la escritura, con Marta... Solo a ella le conté lo que sentí después de la muerte de Virginia, el miedo paralizante a que me sucediera lo mismo, a perder la cabeza sin remedio, a no ser capaz de salir de allí. Y solo ella leyó el diario que me regaló y que rellené, a veces con un pulso febril, durante los meses que pasé encerrada. Marta, algo mayor que yo, había sobrevivido a una infancia llena de cariño pero privada del afecto y la protección de su padre, Roberto, al que idealizó tanto que procuró buscarlo en cuantos hombres fueron formando parte de su vida hasta que se casó. Y en nuestra tardía adolescencia, ya casi juventud, ella, nuestra amistad, fue mi mejor sostén, el amor más importante de aquella etapa de mi vida.

En ese tiempo, el equipo del doctor González accedió también a que hiciera alguna visita a mis abuelos. Ajenos a los muchos cuchicheos que mi extraña enfermedad despertó en el pueblo —en la tienda de Baudilio llegó a decirse que me habían dado descargas eléctricas, así de majareta estaba—, me recibieron nerviosos y sin saber cómo tratarme por miedo a que en un achuchón me fuera a romper.

—No pasa nada, estoy bien —le dije a mi abuela al rato de estar sentadas en el patio el primer día que nos vimos allí—. ¿Por qué no me cuentas lo que ha pasado en mi ausencia?

Ella interpretó mi actitud como lo que era, un intento desesperado por que todo volviera cuanto antes a la normalidad. Yo quería dejar de sentirme un bicho raro, quería dejar de ser el centro de todas las miradas que en mí se clavaron en cuanto bajé aquel día del coche. Quería escuchar de nuevo, sin miedo a perder el hilo por falta de fuerzas, las historias que mi abuela Carmen todavía debía contarme, pues el tiempo, entonces yo ya lo sabía, apremiaba. Y así lo hizo ella. Cogió mi cara, todavía ojerosa y flacucha, entre las manos, me dio un beso en la frente y retomó su narración, sin importar el punto en el que se hubiera quedado. No estaba curada, ni mucho menos, pero en aquel momento, cuando mi abuela empezó a hablar, sentadas las dos en el patio bajo la atenta mirada de mi abuelo, me sentí aliviada y, como siempre a su lado, protegida.

Sería absurdo mentir, no reconocerlo y pretender que todo aquel proceso de recuperación, de rehabilitación en realidad, fue un camino de rosas. En absoluto. Hubo momentos tortuosos e incluso peores que los que había pasado en el hospital. Ya no contaba con aquella red protectora de médicos y enfermeras a mi alrededor. Todo dependía de nuevo de mí... y de los fármacos. Esa fue, tal vez, la peor parte. No sé cuántos comprimidos debía tomarme al día, pero eran muchos, los suficientes para mantenerme en un estado de ánimo controlado. Estaba drogada, realmente drogada, dopada, aturdida, y me costó tanto acostumbrarme a aquel tratamiento psiquiátrico como, con el paso del tiempo, desengancharme de él. Pero ni siquiera las pastillas evitaron que tuviera recaídas. Formaban parte del proceso, era muy normal en un caso como el mío, especialmente al haber conseguido salir tan pronto del hospital. Eso nos explicaron los médicos, con el doctor González a la cabeza. Toda mi familia tuvo que asistir durante un tiempo a terapia, por mucho que mi padre refunfuñara cada vez que le tocaba acudir. Pero lo escuchado en esas sesiones no ayudó a mis padres a manejar lo que sucedió en uno de los últimos fines de semana de permiso que tuve antes de que me dieran el alta hospitalaria definitiva. Aunque no creo que haya manual de psicología que recoja cómo debe uno comportarse ante una situación así, y si lo hay de nada sirve.

Mi padre seguía instalado en casa, pero aquel viernes había quedado a cenar con su hermano mayor y, para no coger el coche, pues se había tomado una copa, decidió pasar la noche en el piso del barrio de Oporto que todavía tenía alquilado. Al levantarme al día siguiente y ver que no estaba durmiendo en el sofá, me entró el pánico, me encerré en el baño y eché el pestillo. Fui una estúpida. No sé lo que en aquel momento se me pasó por la cabeza. O sí. Sí lo sé. Estaba harta de todo aquello, cansada de que cada día fuera tan duro. No podía más. Y, exhausta, me dejé vencer por el desánimo. Fueron solo unos minutos, los suficientes para que me embargara, como un chute de dopamina, el consuelo de saber que ya no hacía falta seguir luchando, que todo se acabaría, por fin, todo aquel dolor desaparecería. Pensé en saltar por la ventana, como Virginia, pero era tan pequeña que no me habría cabido ni medio cuerpo. Tampoco tenía a mano las pastillas, así que empecé a buscar cualquier cosa punzante con la que me pudiera hacer daño. Saqué todo lo que había en los cajones, pero no encontré nada. Mis padres, advertidos por los médicos de que las tendencias suicidas a veces se daban en la enfermedad, habían hecho desaparecer tijeras, cortaúñas y todo objeto puntiagudo o con filo del armario. Desesperada, me dejé caer sobre el frío suelo de baldosas y empecé a llorar. Alertada por mis gemidos, mi madre se levantó y empezó a aporrear la puerta del baño. «¡Noray, hija mía! ¡Sal, por favor, te lo ruego!» Recuerdo sus gritos como si los estuviera oyendo ahora mismo. Pero yo era incapaz de girar el pestillo, mi mente no me obedecía. Hasta que, en un instante de lucidez, recordé la imagen del cuerpo inerte de Virginia en la acera y, muerta de miedo, abrí la puerta.

Al verme, mi madre me dio primero un cachete en la cara y luego me abrazó. Acurrucada junto a ella me sentí profundamente culpable de ser la causante de su dolor. Durante los días siguientes, mis padres no se separaron de mí. En las sesiones de terapia de esas semanas, los psicólogos les dijeron que no se asustaran. Pero la única verdad es que la mañana de aquel sábado me encerré en el baño plenamente consciente de que me quería matar. Y no fue la única vez. El espectro del suicidio nunca me ha abandonado, ni el de la enfermedad, van siempre juntos, de la mano. Solo escribirlo, verbalizarlo primero en mi mente, en un solitario silencio, para después convertirlo en palabras, me ayuda a seguir adelante, a no caer en la tentación del desánimo, siempre tan placentero. Esa luz que encuentro en la escritura, que se proyecta sobre las sombras de mi enfermedad, de mi triste pasado, me ilumina en mis peores momentos. También ahora, pues sé que cuando acabe de contarlo todo encontraré el sentido a tanto sufrimiento... y el dolor desaparecerá. Porque tiene que ser así. No hay vuelta atrás.

~

Así que eso fue lo que pasó... Ismael empezaba a entender muchas de las cosas que hasta entonces le habían parecido del todo incomprensibles en el comportamiento de Noray. Cuando se conocieron, cuando tuvo el valor de acercarse a ella, lo atrajo esa aura de misterio que siempre parecía desprender, incluso físicamente. A medida que la fue conociendo, que ella le fue dejando formar parte de su vida, fue descubriendo a una mujer fascinante, pero llena de aristas y doliente aún después de todo lo sobrevivido. Y eso que Ismael nunca estuvo al tanto de lo más duro, porque ella no quiso. Solo buscaba protegerlo, que no se viera salpicado por tanto dolor. Y él no tenía derecho a juzgarla. Ahora se daba cuenta.

Un toctoc en la puerta lo sacó de sus divagaciones e Ismael temió que fuera la madre de Noray. Él no la había llamado, pero... ¿y si lo había hecho Ignacio? ¿O Estrella? Era imposible que la hubieran localizado, ni siquiera tenían su teléfono, y tampoco el de Clara, o eso creía él... No se habrían atrevido a... ¡Dios! Nunca había logrado entenderse del todo con Olivia. Le parecía una mujer distante, fría... ¿Qué le diría? ¿Cómo le explicaría su presencia allí, que los médicos lo hubieran avisado a él y no a ella?

Cuando la puerta se abrió, apareció una enfermera. Ismael respiró tranquilo y se levantó, dejando el cuaderno de espiral sobre el sillón.

—Buenas noches. Toca renovar la bolsa de suero y mover un poco a la paciente.

—¿Mover? —preguntó Ismael confuso.

—Sí, cambiarla de postura. Lleva muchas horas en la misma posición y no es bueno. Con el calor que hace hasta le podrían salir llagas en la espalda. ¿Me ayuda?

A Ismael le parecieron un poco exagerados, y prematuros, los temores de la enfermera, pero la obedeció, manso. Al acercarse a Noray sintió como se ponían alerta todos los músculos de su entumecido cuerpo, hasta estremecerse. Soltó un respingo que incomodó a la enfermera y se colocó en el lado derecho de la cama, que fue donde ella le había dicho que se ubicara. Noray seguía respirando pausadamente mientras él iba descubriendo a través de la lectura quién era, cómo se sentía. Al girarla, su espalda quedó al descubierto, e Ismael se fijó en la cicatriz de la parte inferior derecha. Sin importarle la presencia de la enfermera, la recorrió suavemente con los dedos. Era lo que siempre hacía cuando dormía a su lado. Le acariciaba la cicatriz con cuidado y, aunque Noray aseguraba que no sentía nada, que todo aquello era carne muerta, en sus movimientos, casi imperceptibles, él notaba que le provocaba placer. Pero no un placer sexual, ni siquiera sensual. Era el agrado de sentirse querida a través de sus heridas, pese a ellas.

La enfermera miró a Ismael con ternura y, tras darle unos instantes para que se recompusiera, pues veía sus ojos acuosos incluso en la oscuridad de la habitación, entre los dos levantaron el torso de Noray y ella colocó una almohada justo a la altura de la cicatriz. Noray estaba sudando, pero seguía desprendiendo el olor almizclado que a Ismael le arrebataba. La tendieron de nuevo sobre la cama, en una postura distinta, un poco ladeada hacia la ventana, y la enfermera retiró la manta que Ismael le había puesto a Noray sobre los pies.

—Quién habrá sido la lista que ha decidido ponerle una manta a la pobre chica en pleno verano... En fin, qué desastre. Estas cosas no pasaban cuando yo estaba en el otro turno, pero, claro, consiguieron lo que querían... Vuelva a sentarse y acomódese bien, que le espera todavía una larga noche por delante

—le dijo la enfermera a Ismael, y se fue refunfuñando por donde había venido.

Pasados unos minutos, durante los que permaneció de pie junto a la cama, como si Noray fuera a protestar por la nueva posición, Ismael se sentó otra vez en el sillón y volvió a abrir el cuaderno de espiral.

# 17

*Hace años que recibí las dos altas, la hospitalaria y la médica, y, sin embargo, sé que la enfermedad me acompañará siempre, será mi sombra perpetua, acechante, igual que los alcohólicos deben procurar, el resto de sus vidas, no probar ni una sola gota de vino por muy bueno que este sea y aunque se trate de una celebración especial. Yo debo respetar cada comida. Para mí son tan importantes como para ellos la abstinencia. Aunque la tentación de saltármelas, de fingir un olvido o falta de tiempo y dejarme caer por la empinada pendiente del ayuno, aparece cada cierto tiempo. Los engaños, eso sí, se terminaron. Nunca miento cuando me preguntan si he comido. No es que me haya acostumbrado a vivir con la anorexia. A veces, incluso, la omito en mi historial cuando acudo a un nuevo médico. No me gusta hablar de ella, y por eso estas páginas son, quizá, las más difíciles de escribir. Poca gente de mi entorno sabe, de hecho, que la sufrí. Ni siquiera la considero un mal crónico. He procurado vivir de espaldas a ella, como hago con mi cicatriz, al menos con la superficial, consciente de que está ahí, agazapada, en silencio, esperando un descuido.*

En aquel tiempo, tan lejano y tan cercano, pues los recuerdos son el material más dúctil de nuestra memoria, mi proceso de recuperación, mi rehabilitación, tuvo un efecto peculiar en la relación de mis padres. En vez de alejarlos, mi enfermedad los acercó, volvió a unirlos. Incluso hubo alguna noche, mientras yo estuve ingresada en el hospital, en la que el sofá del piso de Marcelo Usera se quedó vacío, según me contó luego mi hermana Clara. Yo notaba que se buscaban con la mirada cuando estaban en la misma habitación o en las sesiones de terapia del Levi-Montalcini, y procuraban rozarse con disimulo siempre que se encontraban lo suficientemente cerca. Y me sentí extraña al advertirlo, pese a haberlo deseado tanto y tantas veces. Probablemente, temía volver a empezar, sufrir de nuevo de esa manera tan irracional e inconsciente... ¿De verdad quería que se reconciliaran, pese a todo lo que trajo el odio cotidiano en el que terminó convertida su convivencia? No lo supe entonces, ni lo sé ahora.

Pero aquella fue una ilusión tan corta como el roce esporádico de esos dos cuerpos que tantas veces, en su historia reciente, habían sido uno solo. A medida que yo me fui reincorporando a la vida normal, ya de vuelta en el colegio —los entrenamientos de baloncesto nunca pude retomarlos, porque me prohibieron terminantemente hacer deporte, igual que pesarme—, a los libros y a la escritura, mis padres traspasaron de nuevo la delgada línea que separa el amor del odio. Y supongo que si alguna vez se llegaron a plantear la idea de una posible reconciliación la terminaron desechando, por inconveniente. Al poco tiempo ambos empezaron a salir con otras personas, aunque hasta ahora solo le ha funcionado a mi padre, y sospecho que no del todo. Tiendo a pensar que los dos siguen anclados a la idea de que el amor solo tiene una forma, la que descubrieron en su juventud, y únicamente son capaces de querer así.

Mis abuelos estaban como locos por pasar tiempo con nosotras, todo el que mi enfermedad les había robado. Así que el verano siguiente a mi salida del hospital, con la tranquilidad que les daba comprobar que yo iba ganando kilos y tallas de pantalón, mis padres no se opusieron a que mi hermana Clara y yo nos trasladáramos al pueblo durante las vacaciones escolares, como habíamos hecho siempre. Fue durante las noches de aquel estío cuando empecé a hablarme, que diría mi abuela Carmen, con Jose. Sé que mi abuelo Tomás se llevó un buen disgusto al enterarse, pues todo le parecía poco para mí y, además, la historia siempre se repite. Bien es cierto que fue Jose quien me robó un beso, inocente y casto, pero el primero de toda mi vida, en la discoteca de verano que regentaba Baudilio, el de la tienda de comestibles. Era el comienzo de un noviazgo adolescente que Jose pensó que sería para toda la vida. Cuando rompí con él, nada hice por compensarlo, por reconducir nuestra relación hacia la amistad, que hubiera sido la mejor forma de seguir queriéndonos. Lo perdí también como amigo, y esa pérdida ya es, me temo, irreparable. Al principio, nuestra relación nos sirvió a los dos como entretenimiento en los largos y calurosos días estivales, durante los que nos hicimos compañía y empezamos a experimentar, pese a nuestra juventud o quizá debido a ella, ese amor ilusionante que solo se siente la primera vez. Pienso ahora en cómo debía de verme yo entonces, en la inseguridad que arrastraba desde que me habían dado el alta, incómoda con un cuerpo que todavía no podía ver reflejado en el espejo y que, por tanto, desconocía. No era cuestión de verme guapa o fea. Ni siquiera me planteaba que los chicos pudieran fijarse en mí. De ahí la sorpresa cuando Jose se acercó aquella noche en la discoteca. Más allá de constatar que volvía a sentir, pese a los fármacos que entonces tomaba, aprendí a quererme de nuevo a través de él, gracias a él.

Pero llegó el final del verano y tuve que regresar a Madrid. Prometimos llamarnos, cosa que hicimos, y nos vimos todas las veces que yo fui al pueblo en los meses siguientes. Con el paso del tiempo, yo me centré en mis estudios y, sobre todo, en mi escritura, ese espacio privado, íntimo, tan mío que era el único lugar en el que me encontraba a salvo incluso de la enfermedad. Fue entonces, creo, cuando empecé a recurrir a las palabras para explicarme mis propios sentimientos, nunca los ajenos, pues siempre he procurado juzgarme únicamente a mí misma, a partir de entonces a través de la escritura, que se convirtió en una herramienta terapéutica, reparadora. Como lo está siendo ahora, aunque duela. Verme reflejada en la ficción era mucho más fácil que mirarme al espejo, me daba menos miedo, y, además, solo allí me reconocía, solo aquí sé quién soy.

Mi relación con Jose acabó convertida en encuentros intermitentes que se prolongaron a lo largo de los años, hasta que conocí a Ismael. Y como cada uno amamos a nuestra manera, pero con la misma libertad, mi hermana Clara empezó a salir, también en uno de los veraneos de su adolescencia en el pueblo, con Carlos, nieto del tío Vicente y la tía Flores y, por tanto, primo hermano de Marta. Su madre, según mi abuela Carmen una «manejanta de agárrate y no te menees que habría dejado que Rosa y su hija se quedaran sin un céntimo» tras la muerte de su hermano Roberto, quiso que su hijo acudiera a los mejores colegios privados de Madrid. Esa decisión, tomada más por el qué dirán que pensando en el porvenir de su hijo y sufragada gracias al capital de los Chicorro, facilitó que la relación entre Carlos y mi hermana se fuera afianzando sin que nadie, ni de una parte ni de la otra, se interpusiera. Solo Marta y yo fuimos cómplices en su despreocupado tránsito por la juventud.

La anorexia provocó numerosos efectos secundarios en mi cuerpo. Mi riñón derecho quedó bastante afectado y, a lo largo de los años, tuve que someterme a dos operaciones que me dejaron la llamativa cicatriz que tengo en la espalda. Nunca me ha molestado, lo reconozco, seguramente porque no la veo, así de simple. Pese a que aquellas intervenciones lograron salvarme el riñón, me funciona bien, todavía hoy sufro dolorosos cólicos que me recuerdan cada uno de los motivos por los que nunca volveré a pisar el hospital Levi-Montalcini. Además, nuestro organismo es muy sabio, sabe perfectamente cuándo debe quejarse, decir basta, y el cólico siempre llega en mis momentos de mayor cansancio, de estrés, de nerviosismo... o cuando como peor o sencillamente no como. Es un resorte, una alarma que salta justo a tiempo. Debido a la anorexia perdí también parte de la visión lateral, y me aumentó la miopía que padezco desde tercero de EGB y a punto estuvo de frustrar mi primera cita con Ismael. Ahora, después de todos los errores cometidos, algunos evitables, otros obligados, me consuelo pensando en instantes como aquel, cuando la dicha del amor incipiente era lo único que importaba.

Cuando llegó el momento de elegir carrera, después de haber afrontado el examen de selectividad como quien se enfrenta a un juicio sumarísimo, con la sensación de sentirme juzgada en vez de evaluada, no tuve problemas para entrar en Medicina, y eso que la nota de corte fue ese año de las más altas. Mis padres no entendían qué se me podía haber pasado por la cabeza para decantarme por una profesión como aquella. Yo siempre había sido de letras, pese a que los números se me daban tan bien o mejor que a mi tío Jerónimo, el de la pitonisa. Me pasaba las horas muertas leyendo y a esas alturas ya había agotado las reservas literarias de la biblioteca de Filomena y las del piso de Marcelo Usera. Y sabían que llevaba años escribiendo lo que ellos pensaban que eran cuentos sin importancia, por puro entretenimiento... ¿Qué pintaba yo vistiendo una bata de médico? Solo podían pensar, y estoy segura de que fue lo que hicieron, que algo tendría que ver en mi sorprendente elección el hecho de que Marta llevara ya un par de años estudiando en esa facultad, y que yo habría decidido seguir el camino académico de mi amiga, no tanto con el propósito de imitarla, sino de no perder su compañía. Marta era la única que conocía mi verdadera motivación, que nada tenía que ver con la influencia de nuestra amistad. Yo quería estudiar Medicina para especializarme en Psiquiatría. Estaba obsesionada con mi enfermedad. Pero eso lo sé ahora, claro.

—¿Estás segura de lo que vas a hacer? —me preguntó Marta cuando me acompañó a recoger el carné de conducir, que me saqué el mismo verano en el que aprobé la selectividad.

—Pues claro que estoy segura. ¿A qué viene esa pregunta?

—No sé, Noray, nunca te ha interesado la Medicina...

—¿Y a ti sí?

—A mí sí, lo sabes de sobra.

Claro que lo sabía. Marta llevaba toda su vida, desde que tuvo uso de razón, convencida de que quería ser médico. Buscaba reparar, de algún modo, en su ánimo y en el de su madre, el daño causado por la muerte de su padre y darles a otros la oportunidad que Roberto no tuvo, la de seguir viviendo.

—No todos somos iguales, Noray, y con tu historial..., no sé si será demasiada presión...

No se atrevía a verbalizarlo, pero sé que a Marta le daba miedo que mi perfeccionismo, mi autoexigencia, que no habían desaparecido, ni mucho menos, después de dejar atrás el rastro más evidente de la enfermedad, me pasaran factura ante la extrema dureza de una carrera para la que, ante todo, se necesitaba vocación.

—No digas tonterías, anda. Eso ya es agua pasada...

—Sí, de la que no mueve molino, que diría mi abuelo, ¿verdad?

—Exactamente. El tío Vicente siempre ha sido un sabio, incomprendido, pero un sabio —le contesté yo.

Así zanjé la conversación, e intenté buscar la intrascendencia a un momento que había despertado en mi interior a ese fantasma que desde que cogí la carta de manos de Mari Miura siempre me atormentaba, igual que hoy lo sigue haciendo: el miedo a haberme equivocado, a haber cometido un error imperdonable.

Pero los temores de Marta no eran infundados. Aguanté únicamente el primer cuatrimestre de Medicina. Aunque mi decisión de abandonar —todavía me cuesta emplear ese verbo, pero fue lo que hice, ¿no?— no se debió a la dureza de la carrera o a la cantidad de horas que tenía que pasar en la biblioteca memorizando nombres de enfermedades que ni sabía que existían. El problema llegó el primer día que tuve que ponerme la bata blanca para entrar en una inhóspita sala de la facultad repleta de huesos que un día habían tenido dueño. Y recordé todo lo vivido en el Levi-Montalcini. Rememoré las pesadillas, protagonizadas por esqueletos que me perseguían hasta un acantilado desde el que siempre terminaba saltando, y por culpa de las cuales acababa en el suelo de mi habitación, tan alterada que había noches en las que decidía no volver a subirme a la cama por miedo a caerme de nuevo. Y lo supe. Supe que si seguía por el camino que me indicaban los huesos, perfectamente ordenados en cajas según su procedencia anatómica, regresaría a ese agujero del que tanto me había costado salir.

Al día siguiente, después de haberme saltado dos de las cinco comidas con las que debía cumplir a diario, decidí dejar la carrera. Llamé a mis abuelos antes de decírselo a mis padres, y su apoyo, su comprensión, me animó a seguir adelante. Sus palabras evitaron que me recreara en mi fracaso o cayera en la autocompasión. Me sugirieron que me fuera con ellos al pueblo un tiempo, y tal vez habría sido esa la salida más fácil, pero en aquel momento necesitaba tomar algo de distancia, poner tierra de por medio, no sé, desubicarme para poder encontrarme, aunque resulte contradictorio. Finalmente, aproveché que un par de amigas estaban a punto de iniciar un viaje a París y me sumé a ellas. Intenté que Marta nos acompañara, pero se excusó en lo mucho que tenía que estudiar para no reconocer, porque le daba un poco de vergüenza y se ruborizaba al hablar de ello, que la verdadera razón era Benjamín, un farmacéutico recién licenciado y con botica propia al que acababa de conocer.

—Ay, ya te vas mañana... —suspiró mi hermana Clara la noche anterior al viaje, cuando me vio haciendo la maleta sobre mi cama en la habitación del piso de Marcelo Usera que todavía compartíamos.

—Sí, el tren sale a última hora de la tarde, pero los abuelos vienen a despedirse, porque piensan que me voy a París para no volver, ya ves tú, y por la mañana quiero acompañar a la abuela Carmen a la residencia a ver a Filomena.

—Pobre mujer...

—Desde luego.

—¿Cuántos años lleva ya allí?

—Ni idea, pero desde antes de que yo naciera, eso seguro.

—Madre mía...

—¿Qué pasa, Clara? —Yo sabía, por su expresión, que algo sucedía.

—Nada...

—Qué.

—Bueno, es que... Me preocupa mamá.

—Sí, a mí también, pero no podemos hacer nada.

—Pero es que cambia de novio como de chaqueta. ¡Hasta Carlos me ha dicho que en el pueblo no se habla de otra cosa!

—¿Y qué sabrán en el pueblo? Y, sobre todo, ¿qué les importa? Seguro que ha sido su madre, que no tiene otro entretenimiento.

—Noray...

—Vale, vale, ya me callo. Pero esa mujer es una manejanta, que lo sepas. Siempre lo ha dicho la abuela Carmen.

—Esa mujer es la madre de mi novio y, por tanto, será mi futura suegra.

—¿Suegra? ¿Te vas a casar? ¡Pero si aún no has empezado la carrera!

—Es un suponer, Noray, aunque a los dos nos gustaría casarnos, llegado el momento. Carlos quiere estudiar Informática, ya lo sabes. Es un cerebrito, aunque no sé de dónde ha sacado tanta cabeza teniendo en cuenta...

—¿Ves? Ahora eres tú la que mencionas a su madre...

Clara no tuvo más remedio que echarse a reír.

—No te preocupes, anda, que todo va a ir bien. Te prometo que en cuanto vuelva de París tendré una charla de hija a madre.

—¿Y tú qué vas a hacer con tu vida? ¿Ya lo has decidido?

—Uy, no pienso casarme, no quiero repetir los mismos errores que mamá.

—No me juzgues, Noray, yo no soy como tú. Me refería a los estudios...

—No pretendía juzgarte, ni mucho menos. Cada una debemos hacer con nuestra vida lo que queramos. Si tú eres feliz casándote y dándome muchos sobrinos, pues bienvenidos sean, seré su tía preferida, no lo dudes. Solo digo que Carlos y tú aún sois muy jóvenes.

—Anda, pásalo bien en París —se despidió mi hermana, y se fue al salón a esperar a mi madre, que esa noche había tenido su primera cita con un anestesista al que había conocido a través de Rosa.

De todos los recuerdos que conservo de mi aventura parisina, algunos idílicos y otros no tanto, el que más vívido se me presenta siempre sucedió un día antes de que regresáramos a Madrid. No sé cómo acabamos en él, pero estábamos en un restaurante inmundo del Barrio Latino. Cuando iba a hincarle el diente al faláfel que había pedido, se me cayó al suelo. Sin miramientos, lo recogí y me lo comí, porque había forzado tanto mi presupuesto que ya no podía gastarme más dinero. Al reconocerme en ese gesto y disfrutar masticando aquella croqueta de garbanzos de aspecto sospechoso, me sentí paradójicamente feliz. Sonreí, tragué y cerré los ojos, aliviada. Con el tiempo, después de aquel primer síntoma de extraña normalidad, conseguí llegar a disfrutar de la comida, me reconcilié con los sabores y las texturas de los alimentos y dejé de sentirme culpable cada vez que me comía una palmera de chocolate. De hecho, ahora, cuando quiero recompensarme por algo, me compro una.

~

En ese momento, Ismael sonrió. Era la primera vez que lo hacía desde que había entrado en el hospital. Se acordó de todas las ocasiones en las que había visto a Noray riendo, muchas de ellas delante de una palmera de chocolate. Y, pese a todo lo ocurrido, se sintió afortunado. Afortunado de que lo hubiera querido de esa forma tan suya, como solo Noray sabía querer. Durante el tiempo que estuvieron juntos, Ismael nunca llegó a entender qué pudo ver en él. Las primeras noches, observaba a Noray, a su lado, mientras dormían, y no se lo podía creer. No es que se menospreciara, aunque tampoco tenía un ego desorbitado. Pero bastaba mirar a Noray para darse cuenta de que podía aspirar a quien quisiera... y sin embargo se había fijado en él. Fue una noche, durante un concierto en el que los dos se mostraron igual de torpes. Cuando Ismael la vio, Noray estaba cerca del escenario en el que en ese momento el cantautor que actuaba aquel día estaba a punto de terminar su canción más conocida. No era esa la música que a Ismael más le agradaba, aunque sus gustos no estaban muy definidos; le valía lo que le pusieran, no le hacía ascos a casi nada, salvo a la salsa, eso sí que no lo aguantaba. Pero había acudido al concierto animado por dos amigos que, en realidad, lo querían como intérprete de un par de estudiantes de Erasmus que habían conocido en el bar de la facultad y a las que necesitaban decirles algo más que *hello* y *goodbye*. Pese a su evidente desgana, Ismael aguantó allí hasta el final de la actuación, y entonces fue cuando se decidió a hablar con Noray.

Parecía que había pasado un siglo desde aquello... De pronto, Ismael se sintió cansado. Por primera vez en las muchas horas de lectura, empezó a entrarle sueño. Pero no podía quedarse dormido, debía seguir leyendo. El silencio que desde hacía rato reinaba en la planta, lógico en mitad de la noche, no ayudaba. Se levantó, dejó el cuaderno en el asiento y salió de la habitación. Se dirigió a la máquina expendedora que había visto al final del pasillo y compró una Coca-Cola, con la esperanza de que la cafeína lo ayudara. Volvió al cuarto y siguió leyendo.

~

Aquel viaje a París fue como una catarsis para mí y de pura excitación, desvelada por la revelación que se me presentó cual profecía mirando por la ventana, permanecí despierta todo el trayecto de vuelta en el tren, ayudada por el traqueteo del coche cama. Tras años de cavilaciones y tumbos, de narraciones desnortadas y lecturas iniciáticas, por fin lo tenía claro, aunque seguramente lo supiera desde el día que descubrí la biblioteca de Filomena: quería escribir, dedicar mi vida a ello, y sabía cuál era el camino más corto para conseguirlo. Hoy, mientras tecleo en el ordenador, en la casa que aún habitan los fantasmas de mis abuelos, sé que no me equivoqué. Estaba destinada a escribir esta historia, hasta el final.

A mis padres no les hizo mucha ilusión el nuevo rumbo académico que decidí emprender al regresar de París. Pero bastante tenían ellos con sus respectivas vidas, perdidas en el sinsentido que siempre genera el corazón cuando queda anestesiado, como para atreverse a cuestionar mis decisiones. Aunque tampoco habría servido de mucho que dijeran una sola palabra al respecto. Me mostré tan pertinaz que si para estudiar Periodismo hubiera tenido que mudarme a otra ciudad lo habría hecho sin dudarlo. El problema fue que tuve que echar mano de ingenio y, sobre todo, de influencias para poder incorporarme al curso sin perder más tiempo del que ya me había dejado por el camino. Y recurrí a mis abuelos.

—Tomás, ¿por qué no llamas a Vito? —le dijo mi abuela a mi abuelo en mitad de la conversación telefónica que tuve con ellos, cada uno con medio auricular en una oreja, a los pocos días de volver de París.

—¿A qué Vito?

—Pues, ¿a quién va a ser? ¡A tu primo Vito!

—¿Al de Pura?

—A ese mismo.

—¿Y para qué?

—Coñe, Tomás, qué corto eres a veces, hijo. Pues para que ayude a Noray.

—¿Vito? ¿El de la Pura?

—Sí, Tomás, tu primo Vito, el de la Pura.

—¿Y qué podría hacer él por Noray? No digas tonterías, anda, que a veces se te ocurren unas sandeces que miedo me da que te estés volviendo chaveta...

Yo seguía escuchando, expectante y sin decir nada, al otro lado de la línea.

—Aquí el único tonto pareces tú, perdona que te diga, que hay que explicártelo todo. ¿Vito no ha trabajado toda su vida para un mandamás de la Universidad en Madrid?

—Sí, creo que sí, ahora que lo dices, sí...

—Ahora que lo digo, ahora que lo digo... Qué paciencia hay que tener contigo, hijo de mi vida, de verdad...

—¿Y qué quieres que haga?

—¡Pues que lo llames! ¿Qué voy a querer? Le cuentas lo que ha pasado con Noray, y ya verás como se soluciona. La Trini, que en gloria esté, decía siempre que cualquier bedel tiene más mano que un ministro, lo mismo da de lo que sea.

—Pero Vito nunca ha sido bedel de ningún sitio. Era conductor...

—Mira, Tomás, o lo llamas o te mato, te lo juro.

—Qué mujer, Virgen santa, la calda que me da... Me vas a volver loco, eh...

—Tú tranquila, prenda, que lo llamará —remató mi abuela, y colgó.

Mi abuelo, efectivamente, llamó a Vito, que se

mostró dispuesto a hacer cuanto pudiera para ayudar. Y debió de ser mucho, porque a los pocos días de que mi abuelo se pusiera en contacto con él empecé a asistir a las clases de Periodismo en la facultad.

# 18

Es lo malo de las expectativas, sobre todo cuando son tan altas como las que yo puse cuando comencé la nueva carrera. La realidad, aunque siempre se vea superada por la ficción, y este relato es la prueba más evidente de ello, al final termina imponiéndose a los deseos. Fue lo que a mí me sucedió. No sé qué esperaba descubrir en las aulas de aquel edificio horrible, de cemento tan gris como el aspecto de los profesores que daban allí clase. Quizá el problema fuera mi descontrolada imaginación, nutrida a base de demasiadas novelas, demasiadas películas, demasiadas historias en las que los periodistas eran personajes cultos e intrépidos que se pasaban el día escribiendo. Nada parecido a lo que me encontré, claro. Pero, superada la decepción inicial y recordándome constantemente que aquella carrera era el medio, no el fin, conseguí sobrellevarlo hasta convertirlo en una rutina más. Cuando mis abuelos me preguntaban si estaba contenta, después de lo que había hecho por mí Vito el de la Pura, yo les decía que estaba encantada, y con esa mentira piadosa tranquilizaba mi conciencia y los dejaba a ellos satisfechos de haber cumplido con el deber de cuidarme. Además, aprobar las distintas asignaturas no me costaba trabajo, por lo que me sobraba tiempo para todo lo demás, que era lo que de verdad me importaba.

Como en la facultad tenía turno de tarde, cada día me levantaba bien temprano y me pasaba toda la mañana escribiendo. Cuando, siendo solo una niña que empezaba a garabatear, redacté mis primeros cuentos, recuerdo que guardaba las cuartillas en los pesados tomos de la Enciclopedia Larousse que formaban parte de la biblioteca de Filomena. No es que temiera que mis abuelos los encontraran. Es más, estaba deseando que lo hicieran. Entonces, la escritura era solo una diversión, una especie de escondite al que jugaba yo sola y en el que me guarecía cuando la realidad que me veía obligada a habitar no me gustaba. Con el tiempo, fui acumulando cuadernos llenos de historias, algunas verídicas y otras realmente inventadas, en las estanterías del cuarto que compartía con Clara en el piso de Marcelo Usera. Y cuando mi madre instaló, en mitad del salón, un ordenador por recomendación de un novio que trabajaba en IBM, empecé a trasladar todas esas narraciones, y muchas más, a cientos de folios. Siempre durante el día. Por la noche era incapaz de escribir, las palabras no me salían, así que leía con fruición antes de meterme en la cama. En esa época releí más que nunca en mi vida. Seguía descubriendo libros, autores..., pero en aquel momento la relectura fue mi fuente primordial de placer. Volví a Thomas Mann, a Philip Larkin, a Scott Fitzgerald, a Jo y sus *Mujercitas*, a las hermanas Brontë, a Cortázar y su Maga, a Laforet y su Andrea... Fue como reencontrarme con todos esos viejos amigos a los que había conocido gracias a Filomena y a los que ahora entendía más y mejor, porque ya sabía lo que buscaba en sus páginas: la cadencia de mi propia escritura.

Pero no vivía solo a través de la literatura. También solía ir a la filmoteca varias veces por semana con Marta y acudía a los conciertos que en aquella época se celebraban en un colegio mayor que llevaba por nombre el de uno de los doce apóstoles. Fue allí donde conocí a Ismael. Recuerdo que lo primero que pensé al verlo, en mitad de una densa nube de humo cargada de alcohol de garrafón y olor a sudor rancio, fue que me chocaba encontrarme allí con alguien como él, con su aspecto. Por la forma en la que se movía, perdido en aquel ambiente de universitarios progres pero estirados y con tendencia a mirar por encima del hombro, se notaba que no encajaba, no estaba a gusto.

Seguí su recorrido hasta la barra, en la que se acodó junto con dos chicos y dos chicas que parecían extranjeras. Por su forma de vestir, pantalón vaquero, deportivas y sudadera, estaba claro que la ropa le importaba un pepino. Esa apariencia, más bien anodina, no lograba eclipsar la inocencia que desprendía su rostro, y eso que ya se podían apreciar las primeras arrugas que comenzaban a surcar su frente, seguramente de tanto fruncir el entrecejo. Me fijé en sus ojos. Desde donde yo estaba no podía identificar su color —después, cuando estuve cerca de él, descubrí que eran grisáceos—, pero había algo en ellos que me intrigaba. Parecían querer esquivar a su propia mirada, como si le diera miedo, o más bien reparo, observar el mundo a su alrededor, medroso, seguramente, de encontrarse con personalidades como la mía. No es una descripción objetiva. Pero es que con Ismael nunca podré serlo. Me lo he negado muchas veces en todo este tiempo, necia en mi obstinación de evitar el dolor, propio y ajeno, pero ahora tengo claro que cuando lo vi aquella noche supe que mi propósito de no ceder ni someterme al amor romántico y sus consecuencias, fruto de la convivencia con mis padres durante años, se había ido al garete. Sin buscarlo, como siempre sucede, sucumbí a una de las formas más literarias del querer: la que se experimenta a primera vista.

—¿A quién miras? —me preguntó Marta.
—¿Eh? —traté yo de hacerme la tonta.
—Digo que a quién estás mirando, Noray, que te has quedado alelada.
—Ah, no, a nadie, a un chico que hay ahí, en la barra.
—¿A quién? ¿A ese de ahí? —Marta señaló a Ismael con tanto descaro que temí que se diera cuenta.
—¿Pero qué haces?
—¿Te gusta o qué?
—No digas tonterías, ¿cómo me va a gustar? Si no lo conozco de nada.
—Digo su aspecto, si te gusta físicamente...
—¿Ese? ¿Cómo me va a gustar? Pero si es desgarbado y está esmirriado, míralo, y eso que es bien alto... —intenté defenderme, aunque no hubiera motivo.

Y he de decir que no era mentira, o no del todo.

Ismael nunca me ha parecido guapo. Y tiene ese color de pelo indefinido que parece empezar siendo negro clarito pero termina como un marrón oscuro de los que dejan en las señoras mayores los tintes baratos comprados en los supermercados. Pero me da igual, siempre me ha dado igual.

—Bueno, aquí te quedas, yo me voy, que mañana tengo que madrugar para estudiar. Ya me contarás en qué queda la cosa entre tú y el esmirriado —me dijo Marta.

Me despedí de ella y cuando quise volver a ubicar a Ismael en la barra ya no estaba. Al final del concierto, mientras yo esperaba a que el cantautor por el que en aquella época bebía los vientos, a saber por qué, me firmara lo que quisiera, lo mismo me daba un folio que un nudillo, el caso era conseguir su autógrafo, Ismael se acercó a mí. Por cómo me miraba, estaba claro que no tenía ni idea de qué hacer a continuación, entre el bullicio reinante y su manifiesta incapacidad para ligar.

—Hola —me dijo.
—¿Es a mí?
—Sí, claro, ¿a quién quieres que sea?
—Yo qué sé. Aquí hay cantidad de gente y no te he visto en mi vida, así que he asumido que no te dirigías a mí.

Estaba decidida a no ponérselo fácil, al menos de primeras.

—Me llamo Ismael. He visto que estás esperando y he pensado que quizá te gustaría que hiciese yo la cola por ti...

—Pues yo soy Noray, y soy perfectamente capaz

de esperar unos minutos, o el tiempo que haga falta, no me voy a desmayar.

Hasta yo me di cuenta de que me había pasado. Ismael se giró, cabizbajo, y se alejó sin despedirse. Me sentí ridícula. Si aquel chico me gustaba, era absurdo que no me diera la oportunidad, al menos, de conocerlo. Y luego ya se vería. No tenía que ser algo serio. Entonces me acordé de eso que siempre me decía mi abuelo Tomás: «Noray, solo te arrepientes de lo que no haces», y antes de que se perdiera entre la gente, lo localicé y en un tono bastante más agradable le dije:

—Empecemos de nuevo.

Y eso hicimos. Mientras yo apuraba la última cerveza de la noche en la barra, Ismael se quedó en la cola esperando hasta que el cantautor de las narices estampó su firma, con un vanguardista dibujo incluido, en una hoja de un cuaderno de anillas de tamaño llamativamente pequeño. A la mañana siguiente, llevé a enmarcar el garabato a una tienda que me recomendó la sobrina de Marina, la que se había hecho cargo de la peluquería cuando su tía se fugó con el crupier del casino de Torrelodones. Después de darme las indicaciones pertinentes, la peluquera aprovechó para contarme que, en edad ya de jubilarse, no sabía qué hacer con el negocio, porque su hija le había dejado bien claro que ni loca iba a meterse ella allí. Ese cotilleo gratuito, que en otro momento me habría aburrido a más no poder, incluso me divirtió. Porque estaba feliz. Ya no me da miedo reconocerlo. Ahora solo temo que sea demasiado tarde para volver a sentirme así.

Aquellos días, tras mi primer encuentro con Ismael, quise acercarme a mi madre, tener esa conversación que llevábamos años postergando ambas sobre cómo se sintió cuando su historia con mi padre fracasó, acabando con sus ilusiones y con las mías. Que me explicara por qué seguía buscando en ligues sin fundamento esa forma de amor que únicamente había encontrado en él hasta entonces. Que comprendiera que se merecía otra oportunidad para ser feliz. Si yo podía, ella también. Pero no me atreví. Y sé, por cómo se comportó conmigo entonces, que ella intuía que algo había cambiado, que la pared que con tanto esmero yo había ido levantando por miedo a que me hicieran el mismo daño que a ella empezaba a caer. Porque así era. Así fue. Al menos al principio.

—He conocido a alguien —le confesé a Marta esa misma semana al salir de la filmoteca.

Hacía tiempo que no nos veíamos y habíamos quedado allí atraídas por las excelentes críticas de una película sueca que resultó ser un muermo de aquí te espero. Marta seguía saliendo con Benjamín, el farmacéutico que además de botica propia tenía mucha prisa por casarse —qué lata dio hasta que lo consiguió, por Dios—, y a la pobre no le daba la vida para más, entre las clases y la atención que él le reclamaba.

—¿Cómo que has conocido a alguien?

Y ante mi silencio, con el que buscaba despertar todavía más su curiosidad, Marta siguió preguntándome.

—¿Cuándo?, ¿dónde?, ¿cómo? ¡Cuéntame!

—Te ha faltado el *¿por qué?* para el pleno al quince del periodismo —le respondí.

Marta se echó a reír y me zarandeó pidiendo respuestas.

—¿Me quieres decir qué te ha pasado?

—Pues eso, que he conocido a alguien. La historia no es muy larga, al menos de momento. ¿Te acuerdas del chico de la otra noche en el concierto del Johnny?

—Claro que me acuerdo, si casi te eché yo en sus brazos.

—Qué idiota eres... Se llama Ismael y le di mi teléfono, aunque no sé si me llamará...

—Pues claro que te llamará. La cuestión es si tú quieres que lo haga.

—Sí, bueno, me da igual, la verdad...

—Noray, no te hagas la tonta conmigo, anda... Te mueres por que lo haga.

Miré a Marta y sonreí, reconociendo, sin decirlo, que sí, que estaba deseando que sonara el teléfono en el piso de Marcelo Usera y, al descolgarlo, fuera Ismael.

—¿Y qué va a pasar con Jose? —me preguntó de repente.

—¿Qué quieres decir?

—A ver, Noray, le tendrás que decir algo si lo vuestro es serio.

—Marta, para el carro, que te conozco, y a este chico, de momento, no lo he visto más que una vez en mi vida.

—Sí, Noray, y yo también te conozco a ti, y sé que si el tal Ismael no te hiciera tilín no me habrías dicho nada.

—No pienso casarme con él, si es eso lo que estás pensando.

—¡No digas tonterías! Pero si no habéis tenido ni una primera cita en condiciones... Solo quiero que andes con cuidado para que nadie salga herido, especialmente tú.

Me quedé pensando en lo que Marta acababa de decirme. La cogí del brazo, como si fuéramos dos señoras remilgadas de esas con las que me cruzaba cuando iba con mi abuela Carmen a ver a Filomena a la residencia, que estaba en un barrio bien porque así lo quiso el doctor Rull, y empezamos a caminar sin añadir nada más.

Ismael y yo acordamos que la primera cita, la de verdad, fuera en la Cafetería Santander, céntrica y alejada de nuestras respectivas casas por si nos cruzábamos con alguien conocido y le daba por preguntar de más. Tan nerviosa estaba antes de salir del piso que se me olvidaron las gafas —hacía poco que había dejado de usar lentillas porque, tras años de abuso, me habían provocado úlceras en los ojos— y al no reconocerlo entre el gentío de la cafetería estuve a un tris de irme. A ese encuentro, en el que Ismael pidió unas tortitas con nata y sirope que terminamos compartiendo con el mismo tenedor, le siguieron muchos más. En ellos, Ismael me habló de sus padres, de su abuela Enriqueta, que se fue a vivir con ellos al piso que tenían detrás del Gómez Ulla cuando su hija se dio cuenta de que estaba perdiendo la cabeza, y, sobre todo, de su hermano Ignacio. Era más joven que él, y había padecido un cáncer siendo solo un niño. Lo superó, pero Ismael siguió tan pendiente de su hermano que no reparó en que él también existía y tenía, incluso, corazón, por muy magullado que estuviera. De ahí que nunca, ni siquiera tras empezar la universidad, hubiera llevado chicas a casa. Por eso estaba deseando hablarles a sus padres de mí y que fuera con él un domingo a comer pollo asado, que era costumbre en su familia. Yo lo escuchaba y me limitaba a asentir sonriendo, supongo, pues acabábamos de empezar a salir y bastante tenía con asumirlo como para plantearme nada más.

Cuando estuve segura de que, aunque no supiera lo que era ni tampoco adónde me llevaba, aquello no tenía pinta de rollo pasajero, hice caso a Marta y llamé a Jose para decirle que lo mejor era que en adelante fuéramos solo amigos, omitiendo la aparición de Ismael en mi vida. Telefoneé desde una cabina cercana al piso de Marcelo Usera para evitar a mi madre y a mi hermana Clara y, al colgar, tuve una extraña sensación. No de dolor, ni de pena tampoco, pero sí de tristeza. Fui consciente, quizá por primera vez en mi vida, de lo que se siente al perder a un amigo, de esa angustia que nada tiene que ver con la que provoca un desengaño amoroso, una ruptura o una infidelidad, y deja un vacío emocional tan hondo, por irreemplazable, como la muerte de un ser querido.

Según iba pasando el tiempo, me encontraba tan a gusto, acomodada en esa sensación similar a la felicidad, tan parecida al amor, que incluso llevé a Ismael al pueblo para que conociera a mis abuelos. Ellos habían estado siempre a mi lado, en mis peores épocas, y se merecían que compartiera con ellos los sentimientos que acababa de descubrir. Cuando se lo propuse a Ismael, no le pareció mal. A él nunca le parecía mal nada. Solo le extrañó que quisiera que conociera a mis abuelos antes que a mis padres, y medio me reprochó que yo todavía no hubiera accedido a ir a comer el dichoso pollo asado, con la de veces que su madre me había invitado desde que nos pilló en su casa un sábado que Ismael me aseguró que estaríamos solos. El caso fue que un fin de semana de aquella primavera nos presentamos en el pueblo. Mis abuelos no sabían que íbamos, porque yo no se lo había dicho, y se llevaron una sorpresa.

—¿Pero cómo no nos has avisado? —se quejó mi abuela Carmen cuando nos vio aparecer.

—Bueno, quería que fuera sorpresa —le dije yo.

—Ya lo creo que lo ha sido... ¿Y quién es este muchachito que te acompaña?

—Es Ismael, un amigo.

—Ah, muy bien, muy bien, pues bienvenido, Ismael. Pasad, pasad, anda, que verás qué alegría se lleva tu abuelo.

Y es verdad que se la llevó. No solo porque constató que ya no «me hablaba» con Jose, sino porque estoy segura de que percibió en mis ojos el mismo fulgor que los suyos seguían manteniendo cuando miraba a mi abuela. Los llevamos a comer a un restaurante del pueblo de al lado, un asador que entonces estaba de moda, y cuando volvimos a casa, entrada ya la tarde, Ismael se quedó ayudando a mi abuelo a partir unos trozos de leña, pues mi abuela se empeñó en que quería hacer un cuajao para que nos lo lleváramos, y yo me fui con ella de paseo hasta el Corchuelo.

—¿Estás enamorada, hija? —me preguntó al llegar al final de nuestro recorrido.

—Ay, abuela, qué cosas tienes... No lo sé, acabamos de empezar a salir.

—Eso se sabe desde el principio. Yo lo supe la primera vez que vi a tu abuelo Tomás, aquí, precisamente.

—Bueno, pues yo no lo sé.

—Claro que lo sabes, prenda, claro que lo sabes... Y espero que no te niegues el derecho a ser feliz. Te lo mereces, Noray, te mereces que te quieran de esa forma tan extraordinaria.

Yo miré a mi abuela sin saber qué decir. La agarré del brazo y la animé a que siguiéramos caminando. Confieso que aquel día volví a Madrid convencida de que Ismael era mi Tomás. Y a medida que lo fui conociendo, percibiendo esa bondad que hacía que se preocupara por mí incluso mientras dormía, me fui enamorando, poco a poco, de él. Ojalá me hubiera quedado ahí. A veces todavía me odio por no haber sido capaz. Pero no pude. Me venció el miedo.

Conforme iba dándome cuenta, siendo consciente de mi amor por Ismael, intenté, con una vehemencia a veces desagradable hasta para mí, refrenar aquel estado de embobamiento que tanto me asustaba, pues de ninguna manera quería acabar como mi madre, no podía permitírmelo. Yo estaba decidida a rehuir el compromiso, a ser, el resto de mi vida, un espíritu libre, solo atada a mi escritura, a la que seguía siendo fiel todas las mañanas, sin descanso. No me di cuenta, cegada por mi inseguridad, de que la única engañada era yo. Y empecé a vivir mi propia ficción. Qué personaje tan patético y triste, tan ruin. El peor de todos los que he creado. Nadie, ni yo misma, me reconocía en ese papel. Pero no importaba. Y cuanto más me lo negaba, cuanto más actuaba para demostrar lo contrario, más lo iba queriendo, y peor me sentía, más frágil y vulnerable. El imposible equilibrio. Incluso recurrí a los fármacos para ver si me anestesiaban como lo habían hecho en el pasado. Solo conseguí una semana de resaca peor que la que siempre me dejaba la ginebra y otra de síndrome de abstinencia. Así que me dejé arrastrar una vez más por la corriente sin saber dónde acabaría. Pero entonces ya éramos dos. Y yo nunca lo tuve en cuenta. Nunca lo tuve en cuenta a él.

Ismael siguió tratándome con la misma delicadeza y entrega. A veces hasta me daba rabia que se plegara tanto a mis deseos, y lo ponía a prueba, sometiéndolo a situaciones que solo buscaban forzar una discusión. Mi estado de ánimo era como una montaña rusa que iba cada vez a más velocidad. Hasta que un día ya no me quedó más remedio, ni excusas tampoco, y accedí a acompañarlo a comer a su casa un domingo, con toda su familia.

—¿Nora dices que te llamas, como la de Líchesten? —me preguntó su abuela, a la que sentaron a mi lado en la mesa.

—No, abuela, se llama Noray, con i griega al final —le contestó Ismael.

—¿Y ese qué nombre es? —insistió la señora.

—Pues uno como otro cualquiera, abuela —siguió su nieto.

—Eso no es nombre ni es na. Seguro que ni viene en el santoral, ¿a que no?

No supe qué responder, o no quise hacerlo, más bien. Y así me quedé, prácticamente en silencio, durante el resto de la comida.

Pese a las múltiples atenciones que ese día recibí en casa de Ismael, me sentí atrapada en mitad de aquella escena de familia feliz que yo misma podría haber protagonizado si mis padres no hubieran sido tan cobardes e infantiles, tan egoístas... Sé que esa no era la intención de Ismael. Ahora lo sé. Él solo quería presumir de que, por fin, tenía novia delante de sus padres y de su abuela Enriqueta. Pero yo viví la dichosa comida como si me hubiera tendido una trampa. Me sentí engañada, frustrada. La montaña rusa echó a andar de nuevo, y empecé a visualizar todas las ocasiones en las que mis padres habían discutido delante de la misma vajilla de la Cartuja que ese día sacó la madre de Ismael en lugar de los platos de Duralex. Y temí repetir sus errores, acabar encerrada en una relación de broncas y reproches continuos, sin espacio para la felicidad o la comprensión. ¿Por qué no pensé en mis abuelos? ¿Por qué eran mis padres siempre el referente cuando se trataba de algo tan delicado como el amor? ¡No lo sé! No lo supe entonces, cuando lo estropeé todo, ni lo sé ahora. Quizá sea una tara irreversible en mí, que me impide amar y dejarme querer... Mi temor es no poder llegar a saberlo, nunca. Aquel día, mi berrinche interior, absurdo e injustificado, me llevó a un cabreo monumental, irracional, con Ismael, con el que siempre lo terminaba pagando todo, aunque la única responsable fuera yo. Y por la noche, cuando me llevó a casa, tuvimos una discusión, provocada, para la que ni él ni yo estábamos preparados.

—Te he dicho mil veces que no me gustan las formalidades —me quejé antes de salir del coche.

—No entiendo por qué te pones así. Ha sido solo una comida, nada más.

—Ha sido una encerrona, eso es lo que ha sido.

—¿Pero qué dices? Si encima no has probado bocado.

Cuando empecé a salir con Ismael, le conté, presionada por Marta y obviando los detalles más escabrosos, porque entonces no era capaz de recordarlos, de enfrentarme a ellos, mi peculiar relación con la comida. Y la consecuencia de aquella somera confesión fue que siempre que nos sentábamos a la mesa, fuera donde fuera, Ismael se comportaba como un maníaco controlador, cosa que a mí me ponía furiosa.

—¿Has contado las migas de pan que he comido o qué?

—No, no las he contado, pero está claro que no estabas a gusto, porque no has abierto la boca, ni para comer ni para ninguna otra cosa.

Sin decir nada más, bajé del coche dando un portazo y me metí en el portal del número 43 de la calle Marcelo Usera. Ya arriba, al entrar en el piso, me encontré a mi hermana Clara y a mi madre brindando en el salón con las copas de champán que Mari Miura les había regalado a mis padres por su boda y que solo se sacaban en las ocasiones muy especiales.

—¿Qué celebramos? —les pregunté visiblemente molesta.

—A Carlos le han ofrecido un puesto en Edimburgo —contestó Clara.

—¿Un puesto de qué?

—Pues de qué va a ser, hermanita, ¡de lo suyo! Va a trabajar como informático en una multinacional que estaba buscando talentos en su facultad y ha dado con él —me explicó Clara sin poder disimular la sonrisa.

—Pero si ni siquiera ha acabado la carrera, le faltan..., ¡yo qué sé lo que le falta! Pero, vamos, que no ha terminado, casi acaba de empezarla, ¿no?

Entonces mi madre me miró compasiva, como si hubiera detectado en mi reacción el miedo a perder a mi hermana, que era justo lo que estaba sintiendo.

—Ya, pero aun así lo quieren. Dicen que puede continuar sus estudios allí, acabarlos. Es una gran oportunidad, y yo...

—¿Y tú qué?

—Pues yo me voy a ir con él, Noray.

—¿Cómo que te vas a ir con él? ¿Y tu carrera, qué pasa con ella?

Clara estaba estudiando Magisterio porque quería ser profesora, como mi madre.

—Ya tendré tiempo de retomarla, ahora lo importante es él.

—¿Y papá y tú estáis de acuerdo? —le pregunté a mi madre, dirigiéndole una mirada furiosa, acusadora.

—Si es lo que tu hermana quiere, sí, claro que lo estamos. Ya sois mayores, las dos, para tomar vuestras propias decisiones.

—No entiendo nada, de verdad que no entiendo nada. Parece que todos os habéis vuelto locos hoy...

—No te pongas así, Noray, que no me voy al fin del mundo...

—Mira, haced lo que queráis, yo me rindo —rematé, y en lugar de irme a mi cuarto salí por la puerta del piso de Marcelo Usera.

No sé cuántas horas estuve vagando por las calles sin rumbo, ni físico ni emocional. Esa noche, al perder el control de todo lo que me rodeaba, volvieron los pensamientos suicidas, las ganas de dejar de comer.

Tras el anuncio de mi hermana Clara, me volví cruel con Ismael. No podía soportar la idea de perderla, de que se marchara a vivir su vida sin importarle la mía, de que me abandonara, y lo pagué todo con quien menos lo merecía y de la peor manera posible. Nuestra relación se volvió turbulenta y por momentos insoportable. Pero siguió adelante, porque, por mucho que me lo negara, lo quería más de lo que nunca sería capaz de reconocer. En contraste con mi hermana, quizá para evidenciar mi oposición rotunda a su decisión, me mostraba reacia al compromiso, y cuando Ismael, que había empezado a trabajar en una consultoría, me sugirió, supongo que como huida hacia delante, que nos fuéramos a vivir juntos, me negué, alegando que yo no podría pagar el alquiler. Entonces, en el espejo de mi cuarto, en el que ya podía mirarme sin caer en la prohibición, empecé a ver el reflejo de mi madre, pero devuelto por un cristal roto.

Ansiosa por salir del piso de Marcelo Usera antes de que mi hermana Clara se fuera, conseguí entrar de becaria a media jornada en una de esas editoriales que sacaban libros como si fueran chorizos de Cantimpalo. El puesto no era la panacea, ni mucho menos. Mi labor consistía, básicamente, en hacer fotocopias y llevar cafés a una sabionda que se las daba de editora, aunque en su vida no hubiera leído más que algún que otro ejemplar de Agatha Christie de esos que se vendían por fascículos en los quioscos. Pero me permitía estar más cerca de mi ansiado sueño de convertirme en escritora. Tenía muy claro el libro que quería y debía escribir, llevaba años sabiéndolo. Pero ninguno de los relatos acumulados, comienzos de distintas novelas que eran siempre la misma, me valían. Nunca estaba satisfecha. Todo me parecía insulso. Nada era lo suficientemente auténtico. Recuerdo que eso era lo que siempre les decía a mi hermana y a Ismael cuando, ansiosos por leer algo, lo que fuera, con una página les bastaba, me pedían que los dejara acercarse a ese universo que con tanto cuidado llevaba tiempo construyendo. Esta historia es, supongo, mi compensación por aquello, por todo aquello. Espero que si algún día llegan a leerla me perdonen.

Desde hacía años, mis padres, lo mismo que mis abuelos, aunque de formas muy distintas y distantes, vivían pendientes de que yo no tuviera recaídas, pero camuflaban su preocupación como podían, pues sabían que no soportaba sentirme observada. Y supongo que por eso mi madre quiso hablar con Ismael, si bien no eligió el momento adecuado ni el lugar ideal.

Fue durante la boda de Marta y Benjamín. El farmacéutico logró por fin llevar a mi amiga al altar, cosa que llevaba persiguiendo casi desde que la conoció, pues le sacaba doce años. Yo respeté la decisión de Marta, qué otra cosa podía hacer, solo deseaba su felicidad, y si eso era lo que ella quería... Pero no pude evitar sentirme abandonada, y por eso le pedí a Ismael que fuera conmigo al enlace.

Hacía largo rato que se habían alejado de la pista de baile en la que en ese momento sonaba una versión horrible de Queen, el grupo favorito de Benjamín, por lo que decidí acercarme a ellos.

—¿De qué estáis hablando? —les pregunté, elevando el tono de voz hasta el grito debido al volumen de la música, ensordecedor.

—¿Eh? De nada, de nada, cosas sin importancia —se justificó mi madre.

—¿Sin importancia tratándose de ti, mamá? Ya me extraña a mí... A saber qué os traéis entre manos... Anda, vámonos, que esto ya está más que finiquitado —le dije a Ismael, y nos marchamos sin despedirnos de nadie.

Aquella charla me dejó inquieta e incapaz de contenerme, pues estaba segura de que yo había sido el tema de conversación, y en el camino de vuelta a Madrid —el banquete se celebró en un club de campo de la carretera del Pardo— le pregunté a Ismael por ella. Fue un error, lo sé. Pero no buscaba una pelea con él, entonces no. Solo quería dejar de ser el centro de las preocupaciones de todo el mundo. Sentirme normal, intrascendente. Pero me sentí expuesta, vulnerable, traicionada, y reaccioné haciéndolo saltar todo por los aires. Y provoqué a Ismael... y lo provoqué todo.

—¿Se puede saber qué mosca te ha picado? —le dije en mitad del trayecto.

—¿A mí? ¿Por qué? —se defendió él.

—No sé, estás más callado de lo habitual. No has dicho ni mu desde que nos hemos subido al coche.

—Ah, no, es que estoy cansado.

—Cansado, ¿eh?

—Sí, cansado.

—¿Solo eso?

—Sí, solo eso, Noray.

—¿Estás seguro de que no tiene nada que ver la conversación que has tenido con mi madre?

—Segurísimo.

Ismael siguió conduciendo en silencio durante unos minutos. Pero yo seguí pinchándolo.

—¿Y de qué habéis hablado?

—No sé, de nada... No te pongas pesada, anda, que es tarde y lo único que quiero es llegar a casa.

—Habéis hablado de mí, eso está claro.

—¿Y qué más da?

—Pues sí que da, a mí me da. ¿Qué te ha dicho?

—Y dale...

—¿Te ha hablado de mi enfermedad?

—Joder, pero qué coño me va a haber hablado ni qué...

En ese momento estallé, aterrada ante la posibilidad de que mi madre le hubiera contado a Ismael aquello que tanto tiempo llevaba escondiendo en mi interior, ignorándolo para ver si así desaparecía de mis peores recuerdos, los más amargos: mi intento de suicidio. Había decidido ocultárselo a Ismael para ahorrarle ese dolor, y temí que mi madre me hubiera traicionado. Pero me precipité, y los dos salimos heridos.

—Te lo ha contado todo, ¿verdad? —insistí, interrumpiéndolo.

—¿Pero qué es todo, Noray, qué es todo, a ver?

—¡Pues todo, joder, todo! ¡Ya lo sabes, ya sabes que soy una trastornada!

—¿Qué estás diciendo? ¿Has perdido la cabeza o qué? Tu madre no me ha dicho nada, aunque me vendría bien algo de ayuda para entender...

—¿Mi manera de ser? ¿Acaso te vuelvo loco? ¿Es eso?

—No, no es eso, Noray, pero...

Entonces noté que a Ismael le costaba trabajo encontrar las palabras adecuadas, si es que las había. Sin haberme atrevido a mirarlo en todo el camino, me fijé en su rostro, con su característico entrecejo. Estaba blanco, en contraste con la oscuridad de la noche que se filtraba por las ventanillas del coche.

—¿Pero qué? —insistí yo.

—Estoy cansado, Noray, estoy agotado, de verdad —acertó a decir, por fin—. No entiendo a qué viene esta absurda pelea, no entiendo de qué estás hablando, qué buscas... No entiendo nada, Noray. No te entiendo.

Tras esas palabras, y sin soltar el volante ni dejar de mirar hacia la carretera, Ismael empezó a llorar. Sin saber cómo habíamos llegado hasta ahí, ni por qué, no supe qué decir, qué explicación darle para justificar mi comportamiento. Y permanecí en silencio, previendo lo inevitable ya, tal vez lo que realmente buscaba, estúpida.

—Siento que has puesto una barrera impenetrable entre nosotros. De veras que intento llegar a ti, con todas mis fuerzas, te lo juro, pero no me dejas, no me dejas, Noray, y no entiendo por qué... Déjame quererte, Noray, por favor, te lo ruego, deja que me acerque a ti, que te cuide... Dame una oportunidad.

Incapaz ya de seguir conduciendo, pues el llanto inconsolable en el que acabó convertida aquella súplica le impedía ver con claridad, Ismael detuvo el coche en el arcén y me miró implorante.

—Tranquilízate, ¿vale? —le dije yo.

—Estoy tranquilo.

—No, no lo estás. Estás llorando como una magdalena y sin motivo, además.

—¿Qué temes que tu madre me cuente?

—Pues cosas de mi enfermedad, cosas que prefiero no recordar.

—¡Pero soy yo, Noray! ¡Soy yo!

—Precisamente por eso, ¡porque eres tú! De sobra sé lo mal que lo pasaste con la enfermedad de tu hermano, que todavía lo pasas, de hecho, como para cargarte con una preocupación más, innecesaria, encima, porque estoy curada, ¡joder! ¡Estoy curada! En su momento te conté todo lo que debía contarte...

Ismael me miró con tristeza y volvió a poner en marcha el motor del coche. En el resto del trayecto hasta el piso de Marcelo Usera no volvimos a dirigirnos la palabra. Los dos permanecimos en un silencio de los que ahogan, porque las palabras se quedan atascadas en la garganta y no dejan pasar el aire.

A la mañana siguiente, consumida por la culpa de que Ismael tuviera que cargar con una responsabilidad, y su consecuente dolor, que no le correspondía, decidí poner fin a nuestra relación. Resuelta, aunque mi corazón me indicara lo contrario, apunté todo lo que quería decirle en uno de mis cuadernos. Pero cuando nos vimos, a eso de las cuatro de la tarde, en la Cafetería Santander, la misma en la que tuvimos nuestra primera cita, no me salió ninguna de las palabras que horas antes había escrito sobre el papel. La realidad superaba, una vez más, a la ficción.

—Es mejor que a partir de ahora sigamos con nuestras vidas por separado —improvisé, sin darle opción a rebatir con argumentos sólidos, de peso, una decisión precipitada y que sin duda, ahora lo sé, era fruto del miedo, del pavor que yo tenía a sufrir y, sobre todo, a que los demás sufrieran por mi culpa.

—¿Eso es lo que quieres? ¿Apartarme? —me respondió Ismael abatido.

—Es lo mejor para los dos, créeme.

—¿Y cómo sabes tú lo que es bueno para mí?

—Porque te conozco.

—No tienes ni idea, Noray, pero ni puta idea —soltó, con una brusquedad inusitada en él y, sin decir nada más, se marchó de la cafetería.

Yo me quedé desolada. Sentada en aquella mesa, delante del descafeinado que ni llegué a probar, sentía que el pecho me iba a estallar. Era un dolor tan intenso que por un momento temí estar sufriendo un infarto. Intenté reprimir el llanto, como siempre cuando me sentía herida, pues era la mayor evidencia de mi vulnerabilidad, pero no pude. Empecé a llorar desconsolada y dejé que las lágrimas cayeran sobre el hule.

Estuvimos meses sin vernos ni hablarnos. Hasta que un día cualquiera de los siete que tienen todas las semanas nos encontramos, repentinamente, a la salida de la filmoteca. Yo me acababa de mudar a un apartamento de alquiler en el barrio de Chueca. Era un tercero poco aparente y aún menos luminoso, pero no me salía muy caro. Aunque todavía no había acabado la carrera —ya solo iba a la facultad para presentarme a los exámenes—, me habían contratado en la editorial en la que estaba trabajando como becaria y, pese al despotismo de mi jefa, procuraba sacarle provecho a mi nueva situación laboral, sobre todo en lo económico. Y entre reuniones, planes de marketing y lecturas de manuscritos, robaba tiempo para seguir escribiendo, tanto en la editorial como en el piso del barrio de Chueca. Bajo la ventana de mi habitación coloqué una mesa de madera y encima el ordenador portátil que me compré con mi primer sueldo en la editorial.

Aquel día yo iba precisamente con Marta, que vio a Ismael —y a la chica que iba con él— e intentó que no me diera cuenta. Pero, aunque no le había dicho nada, yo ya me había fijado en ellos antes, mientras salían de la sala —habían ido a ver la misma película que nosotras—, y estaba decidida a saludarlos con intención de descubrir quién era ella.

—¡Anda, hola! Qué casualidad, ¿no? —les dije, en un tono tan fingido que habría incomodado a cualquiera, que era lo que yo pretendía, claro.

Ismael se quedó pálido al verme y soltó la mano de su acompañante.

—Eh... Hola, sí, vaya casualidad... —se atrevió a decir.

—¿No nos vas a presentar? —continué yo.

—Esto..., claro, claro, por supuesto. Estrella, estas son Noray y Marta, unas..., unas amigas de la facultad —aclaró él.

—Sí, eso, somos unas amigas —contesté yo provocativa—. ¿Y tú quién eres? —le pregunté directamente a Estrella.

—Soy Estrella, la novia de Ismael.

Reconozco que aquella palabra, *novia*, me dejó muda y Marta, al advertirlo, salió a mi rescate.

—Hola, Estrella, encantada de conocerte. Ismael, hace siglos que no te veo, ¿cómo estás, qué tal va todo?

—Bien, bien, todo va bien, como siempre, sin cambios...

—Bueno, sin cambios no, teniendo en cuenta lo bien acompañado que se te ve —dije yo, saliendo de mi estupefacción y tratando de mostrarme todo lo digna que pude y un poco borde también.

—Sí, es que como hace mucho que no nos vemos... Llevamos poco tiempo saliendo juntos, ¿verdad, Estrella?

—Ay, amor, te estás poniendo supercolorado...

—Por su actitud, estaba claro que Estrella no entendía a qué venía la reacción de Ismael—. Pues ya que nos hemos conocido, ¿por qué no vamos a tomar unas cañas? Ismael y yo íbamos a ir ahora a picar algo por aquí, ¿verdad, cariño?

—Pero seguro que Marta y Noray ya tenían planes... —alegó Ismael.

Marta, que ya me veía a punto de desbarrar y sumarme al plan para arruinarle la noche a Ismael, intervino.

—Sí, hemos quedado con Benjamín.

—Pues nada, otra vez será —remató Ismael aliviado, y nos despedimos.

Los cuatro juntos no volvimos a coincidir, pero Ismael y yo sí nos vimos de nuevo, esa misma semana, a solas y por iniciativa mía. A los pocos días de nuestro incómodo encuentro en la filmoteca, muerta de celos, lo llamé desde la editorial.

—¿Dígame? —dijo una voz con un desagradable tono agudo.

Yo no contaba con que Ismael respondiera a la primera, pero su abuela... A ella sí que no sabía cómo manejarla.

—¿Diga? ¿Oiga? ¿Quién es? —continuó la señora, ya a voz en grito.

Ante el temor de que acabara enterándose todo el vecindario, me decidí a hablar.

—Hola, buenas tardes, doña Enriqueta. Soy Noray, la amiga de Ismael. ¿Se acuerda de mí? ¿Está su nieto por ahí?

—¡Ismael! ¡Es la de Líchesten! —se limitó a decir la señora y, sin despedirse, le pasó el teléfono a su nieto.

—Te echo de menos —dije cuando supe, por su

respiración, entrecortada e inconfundible para mí, que Ismael ya estaba escuchándome al otro lado—. Quiero verte.

—¿Cuándo? —respondió él de manera automática.

—Cuando tú quieras.

—¿Y dónde?

—Donde tú quieras también.

—Fuiste tú la que me echó de tu vida, Noray.

—Lo sé, pero... quiero verte.

Y nos vimos, siempre a escondidas, tantas veces que ambos perdimos la cuenta.

~

Ismael alargó la mano para coger la lata de Coca-Cola que había dejado sobre la mesilla, pero al acercársela a la boca para beber se dio cuenta de que estaba vacía. La estrujó, y el ruido resonó en la habitación, inundada por la quietud de la madrugada. Al levantarse para tirarla a la papelera, donde se acumulaban las gasas y los algodones, Ismael se sacó el móvil del bolsillo del pantalón, porque a esas horas ya lo incomodaba hasta la ropa que llevaba puesta, y se acordó del último mensaje de Estrella. Dejó el teléfono sobre la repisa, junto a la mochila de Noray, en un intento poco efectivo de alejarse de las palabras que había leído en la pantalla antes de apagarlo.

Cuando Noray lo abandonó, Ismael tuvo la dolorosa certidumbre de que jamás podría tener con ella una relación normal, estable. Por eso empezó a salir con Estrella, y se dejó llevar sin pensar en la posibilidad de volver a encontrarse con Noray. Al cruzarse aquella noche con ella en la filmoteca, supo que estaba perdido. Y cuando días después lo llamó, se entregó a la más irracional de cuantas formas tiene el amor, esa en la que hay varias personas involucradas y todas terminan sufriendo.

Después de conocerla en la filmoteca, y alertada por la reacción que Ismael había tenido cuando la vio, Estrella quiso saber quién era Noray, porque no se creía que fuera solo «una amiga de la facultad». Ismael le contó que habían salido durante un tiempo, pero que había sido «poca cosa, nada serio», y empezó a mentir sin darse cuenta de las consecuencias que aquel engaño tendría para todos. La excusa que ponía para poder ver a Noray, para escaparse con ella a casas rurales, a cenas y a comidas en restaurantes alejados del centro de Madrid, siempre era la misma: sus amigos, esos amigos que antes de conocer a Estrella no tenía.

Y, sin embargo, pese a todo lo que vino después, Ismael estaba seguro de que había merecido la pena. Ahora lo estaba. Se acercó a Noray, le dio un beso en los labios y siguió leyendo con intención de llegar hasta el final de su historia.

~

Ismael y yo estuvimos así un tiempo durante el que fuimos relativamente felices. Yo, al menos, lo fui. Le pedí que no me hablara de su vida con Estrella, que la dejara al margen. No quería enterarme de nada por miedo a ser consciente del daño que los dos estábamos provocando. Pero lo quería para mí. No me importaba que estuviera con ella, siempre y cuando volviera a mi lado. Marta, que lo sabía todo, me martirizaba con las posibles consecuencias de mi comportamiento caprichoso. Además, esa inestabilidad me resultaba paradójicamente confortable, me tranquilizaba pensar que no estábamos atados, que podía decidir, cuando quisiera, ponerle fin. Me estaba engañando de nuevo. Hasta que Ismael quiso más, justo lo que yo no podía darle.

Estábamos pasando el fin de semana en una casa rural cerca del pueblo de mi padre. Para no despertar las sospechas de Estrella, supongo, Ismael dejó su coche en Madrid y fuimos en el mío. No sé qué se inventó esa vez, y tampoco me preocupaba, la verdad. El sábado por la noche, cuando salí de la ducha, Ismael tenía preparada una escena de lo más romántica: pétalos de rosas sobre la cama, champán con hielo en la cubitera y la mesa lista para cenar, con dos velas altas presidiéndola. Al verlo, yo me eché a reír.

—¡Sigues siendo un cursi! —le dije, y me colgué de su cuello.

Ismael respondió a mi abrazo con un largo beso y, acto seguido, me separó y puso un gesto serio.

—¿Pasa algo malo? —le pregunté extrañada.

—No, no, todo lo contrario. Siéntate, quiero hablar contigo.

Obedecí, pero antes le pedí que abriera el champán. Tras llenar las copas dijo:

—Voy a dejar a Estrella, Noray. Mañana mismo, en cuanto volvamos, se lo diré. Quiero que vivamos juntos, que pasemos juntos el resto de nuestra vida.

Y en ese momento el espejo en el que llevaba años mirándome sin lograr verme se astilló por completo. Entré en pánico. Hasta me costaba respirar. La montaña rusa había vuelto a ponerse en marcha. Dejé la copa sobre la mesa, metí la poca ropa que había llevado en la mochila, salí de la casa rural, me metí en el coche y apreté el acelerador sin mirar atrás. Hui del amor de mi vida.

# 19

Pese a ser los principales protagonistas de esta historia, la razón por la que empecé a escribirla, mis abuelos permanecieron sus últimos años en la sana distancia que les ofrecía el pueblo. Estoy segura de que, hasta el final, vivieron cada nuevo día como si fuera una prórroga, con la única aspiración de seguir valiéndose por sí mismos, sin necesitar ayuda de nadie el tiempo que les quedara en «este valle de lágrimas», como llamaba mi abuela al mundo loco que les había tocado habitar. Desde la casa que un día fue la de don Francisco, observaban nuestro devenir, el mío, el de mi madre y el de mi hermana, sin preocupación. No es que pensaran que nada malo podía sucedernos ya. Bien sabían ellos, porque lo habían sufrido a veces con ensañamiento, que todo, cada situación, era siempre susceptible de empeorar y que las desgracias no es que vinieran juntas, es que llegaban siempre en tropel y sin tiempo para respirar, siquiera, entre unas y otras. Simplemente, habían llegado a un punto de sus vidas en el que el camino recorrido era tan extenso y arduo que ese acontecer los había dotado del don más preciado al que cualquiera que alcanza la vejez con algo de dignidad puede aspirar: la perspectiva. Y gracias a eso atisbaban el destino de los suyos, que era el nuestro, con respeto, sin entrometerse en decisiones en las que, además, no les habríamos dejado intervenir ni para decir que les parecía bien tal cosa o la de más allá.

«Ay, mira, yo no me meto. Vive y deja vivir, Tomás, esa es mi filosofía», le decía mi abuela a mi abuelo cada vez que en sus conversaciones salía el nombre de mi madre a relucir. Sé que a él se lo llevaban los demonios al ver que su hija seguía coleccionando novios igual que yo hacía con los cromos de fútbol que me compraba en el quiosco del sordomudo cuando era pequeña e íbamos al Calderón a ver un partido del Atleti. Mi abuela empezó a actuar así, sin mostrarse indiferente pero procurando restar importancia a las cosas, cuando yo volví de París y, al principio, a mi abuelo le indignó su despreocupada actitud. Pero con el tiempo se dio cuenta de que, como siempre había demostrado desde que la vio por primera vez subido a un caballo a la vera del Corchuelo, mi abuela era la más inteligente de los dos. Y gracias a ella pudo reconducir su talante, a veces impetuoso de más y otras de menos, por la senda de la calma y hasta de la felicidad. Porque sí, a pesar de los pesares, habían sido muy felices juntos. Y seguían siéndolo. Poco importaban ya los disgustos que a él le daba su Atleti y los quebraderos de cabeza que a ella le generaban las sopas de letras —nunca lograba terminarlas, siempre se le resistía alguna palabra en vertical, aunque de las horizontales no fallaba ni una, cosa curiosa, oye.

Mi abuela se había aficionado a esos pasatiempos durante las tardes en las que visitaba a Filomena en la residencia. Yo la acompañaba a menudo. Se sentaba a su lado, junto a su silla de ruedas, y unía unas letras con otras, deletreando en voz bien alta cada nueva palabra encontrada para que aquella mujer que le había enseñado todo cuanto sabía lo escuchara, aunque nada en la cabeza de Filomena tuviera ya significado ni sentido. En varias ocasiones la vi rezar, incluso delante de ella, para que Dios se la llevara pronto del reino de los vivos. Pero las oraciones de mi abuela no fueron escuchadas. El severo deterioro cognitivo de Filomena no tuvo su equivalencia física y el cuerpo de la maestra se resistió cuanto pudo a enfermar. Y eso que su mente llevaba ya tanto tiempo exánime que a todos los que la trataron en otro tiempo les costaba trabajo recordarla en plenitud de sus facultades psíquicas, con lo que había sido... «Esto no es vida», decía mi abuela siempre que se despedía de ella. Después cogíamos el autobús y volvíamos al piso de Marcelo Usera, donde seguía lamentándose del injusto final de su amiga. Yo la consolaba cuanto podía y algunas veces estuve tentada de decirle que aquello no sucedería si existiera una ley ajustada a las necesidades humanas, y no a las que los representantes de Dios en la Tierra estipulaban. Pero luego pensaba que bastante tenía ya mi abuela y me contenía, cambiando de tema.

Aunque hacía tiempo que las visitas al pueblo ya no eran tan regulares ni en familia, yo solía ir a ver a mis abuelos con cierta frecuencia, sobre todo después de que mi relación con Ismael acabara como lo hizo, siendo yo la única responsable, la culpable, de nuevo. La primera vez que me vieron llegar sin él, y con la cara mustia, supieron lo que había pasado. Pero no me dijeron nada. Permanecieron en un silencio prudente que solo se atrevieron a romper esa noche, mientras cenábamos.

—¿Estás bien, Noray? —me preguntó mi abuelo.

—Sí, claro que lo estoy —respondí yo.

—¿A quién pretendes engañar con esa cara, mi niña? —intervino mi abuela.

—Anda, Carmen, no la atosigues.

—No la atosigo, Tomás, solo quiero que vea las cosas como son.

—Cada uno las ve cuando debe verlas, mujer...

—El amor es paciente, prenda, volverá... —remató mi abuela.

Yo no dije nada, y los dos siguieron comiendo con sigilo.

Uno de los fines de semana que estaba allí con ellos, a primera hora de la mañana del sábado, mientras mi abuela regaba los tiestos del patio con la manguera que mi abuelo usaba para refrescar el suelo en verano, sonó el teléfono. Era el doctor Rull. Filomena había fallecido la noche anterior. Una arritmia severa que hasta ese momento no había dado la cara. No sufrió. Tras colgar el auricular, que debió de parecerle tan pesado como un yunque, mi abuela se fue a la habitación donde todavía está la biblioteca de su amiga, en la que ahora estoy yo escribiendo este recuerdo. Desde la puerta, vi cómo recorría, uno a uno, los estantes, extendiendo la mano con delicadeza por los lomos, como si acariciara los libros, y deteniéndose en los títulos favoritos de Filomena, los mismos que yo había leído muchos años antes hasta desgastar sus páginas. Al acabar el recorrido se sentó en la mecedora que mi abuelo había rescatado de la basura un invierno del siglo pasado y empezó a llorar. No había amargura en su llanto, que fue calmante y reposado. Por la mañana, mientras preparaba el café de puchero, me contó que esa noche había soñado con su amiga, pero no para despedirse de ella, sino para hacerle un hueco, el principal, en cada página de su imaginación.

El funeral de Filomena se celebró el jueves siguiente. Yo fui con mi madre. Para no incomodar a la familia del doctor Rull, que fue quien lo había organizado todo, nos sentamos en una de las últimas filas de la iglesia de los Jerónimos. Mis abuelos no acudieron. Pusieron como excusa que el coche de mi abuelo, que todavía conducía pese a las quejas de mi madre, llevaba varias semanas en los Talleres García y no había manera de que dieran con lo que le pasaba. Yo les propuse acercarme a por ellos al pueblo para que pudieran asistir a la misa, y lo mismo hizo mi madre, pero se negaron. «Anda, anda, para qué vais a andar viniendo. Con lo mal que está el tiempo —llevaba días lloviendo, como si el cielo llorara también por la maestra—, no hay ninguna necesidad de ponerse en carretera», me dijo por teléfono mi abuelo, convertido en improvisado portavoz. No intenté convencerlos ni persuadirlos. Aunque ella no me lo confesó, estoy segura de que fue una decisión de mi abuela. No se atrevía a ver materializada la muerte de su amiga más querida, la suya no. Eso habría supuesto dejarla ir para siempre. Y no estaba preparada. Prefería seguir charlando con ella en sus sueños, como hacía en las iglesias con su tío Francisco. Ni siquiera fue a la novena que mis tías Antonia y Juana encargaron al cura del pueblo para honrar a Filomena, lo mismo que mi bisabuela Aurora y la tía Eulalia hicieron tantos años atrás por Paco.

Al cabo de unas semanas, al volver al piso de Chueca después de una aburrida jornada en la editorial, recibí una llamada de Ismael. No habíamos vuelto a hablar desde que me marché de la casa rural. Me dijo que se casaba con Estrella, y que yo estaba invitada, por supuesto. Ni siquiera se atrevió a contármelo en persona. En el fondo, sabía que tarde o temprano Ismael terminaría dando ese paso al que yo lo había empujado, pero me dolió tanto como si me estuviera confesando una infidelidad. A medida que fui escuchando sus palabras, sentada en la misma silla en la que escribía cada mañana, el inestable castillo de naipes que había conseguido levantar, controlando mi estado de ánimo y sin saltarme ni una sola de las cinco comidas diarias, se fue derrumbando poco a poco. Al final de la conversación, en la que yo apenas intervine, Ismael se despidió con un «Ya nos veremos» hueco al que fui incapaz de responder. Era mi justo castigo, verlo camino del altar de la mano de otra. Solo podía pensar en eso. Nunca fui digna de él, ahora lo tengo claro. Mientras escribo siento un profundo desprecio por mí misma. Pero no busco mi perdón, sino el suyo, aunque sé que no lo merezco.

Tras colgar el teléfono, con un hondo desasosiego pero sin furia, saqué mecánicamente la maleta que guardaba en la parte superior del armario empotrado de mi habitación, el único de toda la casa. La coloqué sobre la cama, la abrí y metí en ella el ordenador portátil y cuatro prendas de ropa. La cerré, salí apresurada del piso y me marché a casa de mis abuelos. No di ninguna explicación en la editorial, y tampoco a mis padres. Solo Marta tuvo noticias mías, pero cuando ya estaba allí instalada. De habérselo dicho antes, después de la llamada de Ismael, mi amiga habría intentado disuadirme. Pero me ahogaba, y sabía que el único sitio en el que podría respirar era allí, junto a mis abuelos, en la vereda del Corchuelo.

En el pueblo, mi abuela, a la que notaba con un brillo distinto en los ojos, como apagados, me procuró todo el consuelo que yo necesitaba a través de sus narraciones, cada vez más fragmentarias. A eso de media tarde, cuando su memoria ya estaba agotada, nos sentábamos en el patio y yo le leía capítulos de los libros que previamente había elegido en la biblioteca de Filomena. Mi abuelo no me preguntó a qué venía aquella visita, que se convirtió en prolongada estancia, y la aprovechó para disfrutar de mi compañía y hacerme cómplice de su última voluntad.

*Nadie está preparado para vivir, ni para narrar, los acontecimientos que me dispongo a relatar con palabras seguramente insuficientes. Todavía no tengo muy claro lo que sucedió, todo permanece aún en la espesura del amargo recuerdo, por muy reciente que esté, pero sí por qué ocurrió. Todo fue consecuencia del amor más puro, profundo y generoso. Los exonero a ellos. Soy yo la única responsable de mis actos. Y por primera vez en mi vida no me siento culpable. Asumo todas las consecuencias. Aunque, si queda algo de justicia en este mundo absurdo, no las habrá. Mi voz, privada de la calma tan necesaria en este momento del relato, se apoyará en las de mis abuelos para poder poner fin a la historia de su vida, en la realidad y en la ficción.*

Una tarde, mi abuelo y yo nos fuimos dar un paseo antes de que anocheciera. Ese día, mi abuela estaba achacosa porque no había dormido bien, y se quedó con sus hermanas, que habían cogido la costumbre de ir todos los días a verla. Se ubicaban las tres en el patio y, cada una con su distracción, ya fueran los pasatiempos, el punto o la cavilación de los pensamientos, dejaban pasar las horas haciéndose compañía.

—Tengo algo que contarte —me dijo mi abuelo cuando llevábamos ya un rato caminando.

—Claro, dime —le contesté yo sin parar de caminar.

—Es algo serio, Noray... Muy serio.

—No me asustes, anda. ¿Qué ocurre?

—Es tu abuela... Está pachucha.

—¿Cómo que está pachucha?

Me detuve y lo miré de frente.

—Tiene cáncer, hija...

En ese momento, mi abuelo se abrazó a mí y empezó a llorar. Era la primera vez que lo veía hacerlo.

Su llanto me partió el alma. Era él quien siempre me había consolado a mí, y ahora debía ser yo la que lo reconfortara... Pero no hay alivio para ese dolor. Sin saber aún la gravedad de la situación, traté de calmarlo como pude, respondiendo a su abrazo y apretándolo con fuerza, como si intentara decirle que no lo iba a soltar, que conmigo estaba seguro. Todavía siento sobre mis hombros el peso de su cuerpo.

—Lo supimos hace un tiempo —continuó cuando logró recuperar la compostura—, pero ella no ha querido decir nada a nadie. Como ya te habrás dado cuenta, a tu madre procura llamarla más bien poco y solo para decirle que ni se le ocurra venir por aquí, que bastante lío tiene en el colegio. Tampoco me ha dejado que os lo cuente a vosotras. Ni siquiera lo sabe tu tío Sixto, y eso que fue él quien nos consiguió cita para que la vieran en una clínica de Talavera cuando empezó a encontrarse mal.

—¿Y qué hacéis en el pueblo? ¿Por qué no habéis ido a Madrid? Tiene que empezar a tratarse lo antes posible, abuelo —le dije, intentando controlar los nervios.

—No quiere tratarse, Noray... Bueno, en realidad no hay tratamiento para lo que ella tiene. «Cáncer retroperitoneal en estadio cuatro, es decir, metastásico», creo recordar que esas fueron las palabras exactas del médico que la diagnosticó, aunque ya no estoy seguro, todo se ha vuelto muy confuso... Se está muriendo, Noray. Le queda poco tiempo, meses...

—¿Y me lo dices así, de sopetón? ¡Por Dios, abuelo!

—No te lo estoy diciendo de sopetón. Te estoy pidiendo ayuda...

—Hay que llamar a mamá, ¡pero ya!

—No me estás escuchando, Noray. Tu abuela ha tomado una decisión. No quiere que nadie lo sepa y, sobre todo, no quiere sufrir, no quiere que el tiempo que le queda sea una agonía. Quiere morir con dignidad. Y yo con ella.

—¿Cómo que tú con ella? Vamos a ver, abuelo, ¿qué me estás diciendo?

—Te estoy diciendo lo que no estás queriendo entender, Noray. Pensé que tú, mejor que nadie, nos comprenderías, que te pondrías en nuestro lugar y nos ayudarías. Sé que se puede hacer, aunque sea ilegal, alegal o lo que coño quieran inventarse. Bastante poco me importa ya a mí la terminología jurídica y todas esas paparruchas... Lo único que quiero es cumplir con la última voluntad de mi mujer, respetar sus deseos, que es lo que llevo intentando hacer desde que la conocí, hace siglos, que somos más viejos que la escarapela.

—¿Eres consciente de lo que me estás pidiendo?

En ese momento de nuestra conversación noté cómo me flojeaban las rodillas y estuve tentada de dejarme caer, derrotada, sobre la tierra rojiza de ese tramo del camino.

—Perfectamente, prenda, perfectamente. Y lo siento en el alma, siento hacerte cargar con esto. Pero le he dado mil vueltas y no sé a quién podría recurrir si no es a ti. Al fin y al cabo, tú estudiaste Medicina, aunque fueran solo unos meses... Seguro que sabrás qué hacer.

—Es que no estoy de acuerdo. No tenéis derecho a...

—¿A qué, Noray? ¿A decidir que ya ha llegado nuestra hora? Creemos que es su opuesta, pero la muerte forma parte de la vida. Tu abuela y yo llevamos preparándonos para ella desde que nacimos.

—¿Qué haré sin vosotros? No quiero perderos, ahora no, por favor, todavía no...

No pude contener más el llanto y empecé a sorberme las lágrimas como cuando era niña. Mi abuelo, que solo unos minutos antes había buscado mi consuelo, me ofreció entonces el suyo. Sacó el pañuelo de tela que llevaba siempre en uno de los bolsillos del pantalón, con sus iniciales bordadas en él, y me lo tendió.

—Puedo meterme en un lío muy gordo, pero muy gordo, abuelo... —argumenté, finalmente, con el pañuelo en las manos y el llanto convertido en un sollozo.

—Eres una chica lista, siempre lo has sido, Noray. Y, además, aquí, en el pueblo, nadie removerá nada. Nos dejarán descansar en paz, estoy seguro.

Miré a mi abuelo Tomás con dulzura, sin rastro de condescendencia, y le di un cálido abrazo con el que sellé un compromiso para el que, sin ser consciente, sin darme cuenta ni siquiera en esos momentos, llevaba toda mi vida preparándome, ahora lo sé. Poco después reanudamos el paseo cogidos de la mano, como si hubiéramos retrocedido a ese tiempo en el que el dolor se debía solo a algún trastazo con la bici a la que me empeñé en quitar los ruedines demasiado pronto sin que mi abuelo se opusiera.

Al volver a casa, ya con la noche casi sobre nuestras espaldas, mi abuelo se entretuvo en la puerta charlando con su vecino Manolo, que venía de su parcela, y yo me fui directa al patio. Allí encontré a mi abuela. Hacía poco rato que había despedido a sus hermanas. Estoy segura de que mis tías sabían que algo no marchaba bien, tenían que verlo en la mirada, cada vez más ausente, de mi abuela, y por eso alargaban todo lo que podían —lo que ella les dejaba, en realidad— sus visitas vespertinas. Mientras escuchaba a los grillos tararear sus baladas nocturnas, mi abuela estaba disfrutando de esa soledad que solo resulta placentera cuando es escogida. Me acerqué a ella y le di un beso en la mejilla. Mi abuela supo entonces que yo ya estaba al tanto de todo. No cruzamos palabra alguna al respecto, ni sobre ninguna otra cosa. No hizo falta. Sin decir nada, nuestros gestos lo expresaron todo. Me senté a su lado, le cogí la mano y ella cerró los ojos. Buscaba, imagino, algo de alivio en los recuerdos que, al menos, conservó indemnes hasta el final. Estoy segura de que se acordó de las personas a las que más había querido y en ese momento tanto añoraba, todas protagonistas de este relato. Ella me había hecho depositaria del legado que más apreciaba, su memoria, para que no se perdiera. Y yo la fui atesorando consciente del inmenso valor del material literario más sensible que existe, la propia vida.

Aquella noche la pasé entera en vela, dando vueltas en el colchón de muelles en el que tantas veces, siendo niña, mi abuela se acomodó junto a mí para ver si así me quedaba dormida. En mi mente, no paraba de oír, como si fueran una letanía, las palabras de mi abuelo, su petición, mi compromiso... Sin posibilidad de afrontar el dolor que todo aquello me producía, que sabía que me desgarraría por dentro con el lento paso del tiempo que se sucedería a lo largo de los próximos meses, de todos los siguientes años, sentía que me iba a estallar la cabeza. No podía fallar a mis abuelos, y estaba sola en esa tesitura. Pensé, instintivamente, como siempre que me sentía perdida, en Ismael. Su boda con Estrella era dentro de nada y me había comprometido a ir, se lo había prometido a mi abuela... Desesperada, cuando el reloj del campanario dio las cinco, me levanté para prepararme un vaso de leche migada. Al pasar por delante del cuarto de mis abuelos, vi la puerta entreabierta y me fijé en que mi abuela no estaba. La busqué en la cocina, en el patio, donde el rocío de la mañana estaba ya cubriendo, con su manto de perlas transparentes, los geranios que ella cuidaba con tanto celo... Y la encontré en la biblioteca de Filomena, sentada en la mecedora.

—Pero, abuela, ¿qué haces levantada? Que aún no han puesto ni las calles...

—No podía dormir, hija mía, lo mismito que tú.

—Ay, esa cabecita tuya...

—¿Sabes, prenda? Yo quiero mucho a tu abuelo, pero creo que el amor más bonito es el que uno siente por un amigo.

—¿El que tú sentiste por Filomena?

—Por Filomena, por Mari Miura, por Emilia, por Margarita, por la Trini, por Blanca..., por todas ellas, cariño.

Agachada, con las manos sobre sus rodillas, le di un beso y le dije:

—Es verdad, abuela, no hay amor más bonito.

Mi abuela, como siempre, tenía las respuestas a todos mis interrogantes.

La ayudé a incorporarse, la llevé a su cuarto y la dejé metida en la cama junto a mi abuelo. Los tapé con la manta perillana que siempre tenían a los pies y me fui a mi habitación. Me acurruqué en una esquina del colchón y esperé a que amaneciera.

Por la mañana, al poco de levantarme y de desayunar, llamé a Marta. Acababa de llegar de una guardia de veinticuatro horas y al principio no se creyó lo que le estaba contando... y pidiendo.

—¿Pero te has vuelto loca? —me dijo, en un tono apagado, contenido, para que no la oyera nadie, aunque antes de decirle nada yo me había asegurado de que Benjamín no estaba en casa.

—Lo sé, lo sé, pero no puedo fallarles, Marta, yo no...

—No vamos a seguir hablando de esto, no puedo, me niego.

—Escúchame, Marta, por favor. Si tuviera otra alternativa, te juro que no te lo pediría, pero es que no sé qué...

No pude terminar mi argumentación. Marta colgó el teléfono y dejó la conversación en suspenso, algo que nunca antes me había hecho. Me quedé paralizada, con el auricular en la mano. En ninguna de las elucubraciones de la noche anterior, mientras dejaba que las horas fueran pasando con la esperanza de no volverme loca, había imaginado que Marta respondería de ese modo. Hoy soy consciente, igual que entonces, de lo que le estaba pidiendo y de que, tal vez, no tenía derecho. Aunque en eso consiste la amistad, en la entrega incondicional, en el amor absoluto, el más bonito... El mismo que llevábamos demostrándonos la una a la otra en todos nuestros muchos años de amistad.

Cuando, instantes después, fui capaz de reaccionar, cogí la vieja bicicleta de montaña que todavía guardaba en la cuadra y, sin decir nada a mis abuelos, que seguían entretenidos en sus quehaceres matutinos, me fui a dar un largo paseo.

Marta no dio señales de vida en las dos siguientes semanas, y yo sobrellevé ese tiempo en el pueblo como pude, pero no la llamé de nuevo, porque sabía que no debía. Combatía la ansiedad escribiendo, releyendo los libros de Filomena y atendiendo a mi abuela, cuyo estado de ánimo tenía tantos picos al cabo del día como la calentura que ya la amedrentaba al llegar la noche. Y así continué, sin noticias de Marta, hasta unos días antes de que me fuera a Madrid para la boda de Ismael.

—Te llama Marta —me dijo mi abuelo una mañana, a eso del mediodía.

Yo estaba en la habitación cambiando las sábanas de la cama que mis abuelos nunca dejaron de compartir pese a los comentarios de todos aquellos que no sabían en qué consistía el amor, al menos no el suyo, y corrí apurada a responder.

—¿Me dejas sola? —le pedí a mi abuelo.

—Claro, faltaría más —contestó él, y se perdió en la mortecina luz que entraba por las contraventanas de la casa, que ambos procurábamos tener cerradas para que la claridad no molestara a mi abuela.

—Marta... —empecé diciendo yo.

Pero ella no contestó, no de inmediato. Así permanecimos, en silencio, unos segundos que a mí se me hicieron eternos. Hasta que, finalmente, Marta exhaló un largo suspiro al otro lado del teléfono y dijo:

—Está bien. Pero, una vez que pase, no volveremos a hablar del tema, nunca.

Y así fue.

Benjamín tenía la farmacia en una esquina del edificio propiedad de su familia a cuyo séptimo piso se fue a vivir con Marta cuando se casaron, y solía subir a casa cada vez que tenía hambre. Pero, con la excusa de que debía dejarme un vestido para la boda de Ismael y que aquello era cosa de mujeres, Marta lo convenció para que no apareciera en toda la tarde el día que allí acordamos vernos. Me recibió hecha un flan y en cuanto me vio me entregó un pequeño frasco de cristal envuelto con papel de aluminio.

—¿Qué es? —le pregunté, ya con el frasco en la mano y después de que me hubiera detallado las pocas instrucciones que había decidido darme, porque, según ella, no necesitaba, ni me convenía, estar al tanto de nada más.

—Ni lo quieres saber, ni yo te lo voy a decir. Lleva la dosis suficiente para los dos. Tendrán que ser rápidos, porque en cuanto lo tomen dispondrán de poco tiempo para... —En ese punto, a Marta se le quebró la voz—. Ay, Noray, estamos cometiendo un delito, por Dios... Mira que si les hacen las autopsias y ven que... Júrame, por lo que más quieras, que esto jamás saldrá de aquí.

—Te lo juro. ¿Estás segura de que funcionará?

—Segurísima, por desgracia.

—Eres mi alma gemela, Marta. Lo sabes, ¿no?

—Lo sé... Anda, vete ya, que si no terminaré arrepintiéndome y, además, no me fío de que Benjamín aparezca en cualquier momento, que este hombre es incapaz de controlarse, no puede pasar más de dos horas sin comer algo...

Me despedí de Marta con el abrazo más largo e intenso que nos habíamos dado nunca y me marché. Sé que con estas palabras, con este relato, no estoy traicionando su voluntad ni rompiendo la promesa que le hice. Ella mejor que nadie sabe que la escritura es para mí, ante todo, una terapia, un desahogo. Y si alguna vez llega a leer estas páginas lo entenderá, claro que lo hará... Después, quedará borrado para siempre.

Al día siguiente acudí a la boda de Ismael y Estrella. Estoy segura de que todos los que allí estaban atribuyeron las lágrimas que derramé durante la ceremonia a la derrota consumada, al hecho de haber perdido definitivamente al amor de mi vida. Nadie sabía que mi tristeza entonces era otra, mucho más profunda, inconsolable.

Tras desprenderme de la terrible resaca que me dejó el enlace, regresé al pueblo. Cuando llegué a la casa me encontré a mi abuelo en la puerta. Venía de la farmacia y llevaba un par de bolsas. Al verme, suspiró aliviado. En mi mirada, circunspecta, intuyó que había cumplido con mi compromiso.

—Los dolores son cada día peores, hija, ya no sé

qué hacer —me dijo en cuanto entramos en casa—. Le he pedido a la farmacéutica una caja de dolotil, y se ha quedado muy extrañada. Vengo de allí ahora. Al final me lo ha dado, y eso que no tenía receta. Apenas sale de casa... La gente está empezando a sospechar que pasa algo. Estoy convencido de que tus tías lo saben. Tu madre, cada vez que llama, le pregunta si se encuentra bien... El día menos pensado se presentará aquí sin avisar y entonces...

—Nolotil.

—¿Cómo?

—Nolotil, abuelo, le has pedido a la farmacéutica que te diera Nolotil —lo corregí, y me acordé de una anécdota muy parecida que viví con mi abuela Carmen cuando yo solo era una cría que nada sabía aún de lo que le esperaba.

—Eso mismo, lo que sea.

—¿Dónde está?

—En la cama. Se levanta tarde, al mediodía, más o menos. Tú, en cambio, hoy has madrugado, por lo que veo... Tienes unas ojeras que ni el conde Drácula, prenda mía...

Me turbé, aturdida ante el recuerdo de lo que había pasado solo unas horas antes, pero intenté concentrarme y pregunté:

—¿Estás seguro, abuelo, de veras lo estás?

—Te lo dije en su momento y te lo vuelvo a repetir: lo estoy. Lo he dejado todo arreglado. No te preocupes.

—¿Seguro que no quieres hablar con mamá? Es tu hija...

—Seguro. No quiero implicar a nadie más. Bastante turbia está ya mi conciencia por haberte metido a ti, y, además, todo lo que había que decir está dicho. Tú dime lo que debemos hacer y ya está. Eso sí, no quiero que estés aquí. Te marcharás a Madrid cuanto antes. Es la mejor forma de que no te vinculen con lo que va a pasar.

Ahora sí que estaba ante el momento más doloroso de toda mi vida, y no supe qué más decir, incapaz de encontrar las palabras adecuadas, porque no las había. Bajé la mirada, apesadumbrada, y cuando estaba a punto de echarme a llorar mi abuelo me dijo:

—Anda, ven, que voy a hacer unas migas para comer.

Me acarició la mejilla y me llevó a la cocina, donde había dejado preparados, antes de ir a la farmacia, los trozos de pan duro en la cesta de mimbre en la que tantas veces, en el pretérito de esta historia, la Trini le trajo a mi bisabuela Aurora manjares de su huerto.

Tras la mestresiesta, llevé a mis abuelos en coche hasta el Corchuelo. Fue lo que acordé con mi abuelo, que me pidió que los dejara allí a solas y regresara al cabo de un rato, «una media hora, más o menos»; mi abuela parecía haberse despertado esa tarde con un brío inusual en las últimas semanas, y ambos quisimos aprovechar ese momento porque posiblemente no volvería a darse. Cuando me alejé, observé por el retrovisor cómo, en lugar de quedarse allí quietos, mi abuela había echado a andar y mi abuelo la había seguido, tomándola de la mano.

# Epílogo

Cuando Ismael cerró el cuaderno de espiral, el día ya había empezado a desplegarse ante sus cansados ojos con la tímida luz del amanecer. Las farolas aún estaban encendidas, indiferentes al paso del tiempo, y a través de la ventana de la habitación 205 de aquel hospital podía ya verse a los primeros trabajadores, los más madrugadores, que se movían apresurados, el rostro medio escondido. Ismael se estiró en el sillón de acompañante y creyó escuchar el crujido de algún hueso aletargado. La lámpara que estaba encima de la cama iluminaba de forma tenue el semblante de Noray. Ismael la apagó y se tumbó a su lado. Nunca se había sentido tan cerca de ella. Aspiró su olor almizclado, la abrazó por encima de las sábanas que tapaban su maltrecho cuerpo y experimentó, con toda su intensidad, en total libertad, el extraordinario amor que sentía hacia ella.

Apoyado en su hombro, sin darse cuenta, ni poder evitarlo, empezó a llorar y sus lágrimas cayeron sobre el cuello de Noray. Se las secó besándola con cuidado, con la misma delicadeza con la que siempre acariciaba su cicatriz, entregado a cada movimiento, ajeno a todo aquello que no fueran ellos dos en ese instante. Tenía tantas ganas de que despertara, de que abriera sus ojos color miel, heredados de su abuela Carmen, que le susurró al oído: «Te quiero». Pero de pronto empezó a embargarlo un miedo aterrador, paralizante, el temor a que Noray no despertara de la sedación y se quedaran sin la oportunidad de amarse como se merecían, habiendo aprendido ya a hacerlo. Le puso la mano sobre el pecho y comprobó que respiraba con calma, siguiendo un ritmo acompasado, ni muy acelerado ni demasiado lento. Se incorporó e intentó calmarse, pensando en las palabras que le había dicho el doctor Sánchez: «Ya está fuera de peligro, eso es lo importante». Las repitió una y otra vez en su mente, cerrando los ojos y moviendo la cabeza hacia delante.

Al cabo de unos minutos, Ismael notó que tenía la boca seca, pastosa, incluso le costaba trabajo tragar. Se levantó con cuidado de la cama, salió de la habitación y se fue a buscar una botella de agua a la máquina expendedora del final del pasillo. Una vez saciada la sed, pensó en que no le vendría nada mal un café solo, bien cargado, para despejarse y afrontar todo lo que quería que aquel día le deparara. Bajó a la cafetería por las escaleras, pues prefirió evitar el ascensor por si se quedaba atrapado, que esas cosas a veces pasaban, y en el trayecto se encontró con la enfermera que el día anterior había tratado a Noray y que a él le había ayudado a sobrellevar la jornada. Ella lo reconoció y lo saludó con una suave inclinación de cabeza.

—La quiero, ¿sabe? —le dijo él sin venir a cuento.

Al expresar en alto lo que sentía por Noray, Ismael se liberó.

—Buenos días —le contestó la enfermera, y le dirigió una sonrisa cómplice.

Ninguno dijo nada más y los dos siguieron su camino. Ismael, en dirección a la cafetería, y la enfermera, hacia la sala en la que debía cambiarse para incorporarse al turno de mañana que ese día le había tocado.

Al regresar a la habitación, con la cabeza igual de embotada pese a la cafeína, Ismael vio saliendo del cuarto a la enfermera a la que unas horas antes, no sabía cuántas, porque había perdido por completo el sentido del tiempo, había ayudado a cambiar de postura a Noray en la cama.

—Perdone, ¿va todo bien? —le preguntó Ismael antes de volver a entrar.

—Se acaba de despertar —le contestó la enfermera.

—¿Cómo? ¿Ya? Pero el médico dijo que...

—Es buena señal, eso quiere decir...

Pero la enfermera no pudo terminar la frase. Ismael la dejó cortada, en un gesto impropio de su carácter, y entró en la habitación cerrando la puerta tras él. Noray estaba despierta, sí, y miraba hacia la ventana, siguiendo el mudo contoneo, a ese lado del cristal, de la vida que se abría paso ya a esa hora de la mañana, también en el cuarto del hospital. Al percatarse de la presencia de Ismael, con el que había soñado durante el tiempo que había permanecido sedada, según recordaría en los días posteriores, Noray giró su rostro y lo observó con dulzura. Los dos se quedaron así unos segundos, quietos, mirándose como probablemente nunca lo habían hecho, con la intensidad de estar viendo cada uno en el interior del otro.

Fue Noray quien los sacó a ambos de aquel embeleso al estirar el brazo derecho, del que le colgaba la vía intravenosa por la que le seguían suministrando suero y algún relajante, para intentar coger el cuaderno, que Ismael había dejado sobre la mesilla cuando acabó de leerlo. El mohín de dolor, debido a la punzada que le provocó la aguja, alertó a Ismael, que se acercó a la cama, todavía incapaz de decir nada, y tomó el cuaderno, ofreciéndoselo.

—Así que lo has leído —le dijo Noray, con esfuerzo, carraspeando al final de cada palabra.

—Lo he leído, sí —contestó Ismael, que no pudo evitar que un cierto temblor se apoderara de su voz.

—Bueno, pues ya lo sabes todo...

—¿Por qué no me lo dijiste, Noray? Podría haberte ayudado, los dos podríamos...

—¿Podríamos qué, Ismael?

—No lo sé, pero no debiste hacerlo sola. No puedo ni imaginarme por lo que has pasado..., por lo que estás pasando...

Noray lo miró y cerró los ojos, emitiendo un largo suspiro que le costó exhalar, como si su pecho todavía no se hubiera despertado del todo.

—Lo siento, Ismael, lo siento mucho... —dijo a punto de romper a llorar.

—Chis, calla, no hagas esfuerzos —la contuvo él, sentándose a su lado en la cama pero sin atreverse a tumbarse junto a ella, como lo había hecho antes.

Acto seguido le cogió la mano, que percibió seca y agrietada, y se la besó.

—¿Podrás perdonarme algún día? —continuó ella.

—No hay nada que perdonar. Esta historia... —dijo Ismael, señalando el cuaderno de espiral— es una historia maravillosa, muy dura, pero maravillosa, Noray. Gracias a ella, ahora sé quién eres. Me ha hecho verte, comprenderte y darme cuenta de lo más importante.

—¿Y qué es lo más importante?

—Que te quiero, Noray, que te amo con toda mi alma, y de una forma de la que no he podido ser consciente hasta que no he leído tus palabras, todas tus palabras.

Ella lo escuchaba paladeando aquella confesión, aquella declaración de amor que no estaba segura de merecer, ni siquiera entonces, pero que la hacía profundamente feliz.

—¿Cuánto tiempo llevas escribiéndola?

—¿Toda la vida? —respondió por fin Noray, intentando sonreír—. Su muerte lo ha precipitado todo, también la escritura.

—Pero es tu familia, cuentas cosas que... Nunca podrás publicarla. Lo sabes, ¿no? Si trasciende lo que...

—No la he escrito para publicarla. Simplemente lo necesitaba, necesitaba contarme la historia a mí misma para poder entenderla, desahogarme y compartirla, llegado el momento, con todos a los que tanto daño os he hecho a lo largo de mi vida...

—Pero es la novela de tu vida, Noray, en todos los sentidos.

—Lo sé, y eso buscaba ser.

—¿Así me ves? ¿Desgarbado, esmirriado y no muy guapo? —dijo Ismael, ya con la sonrisa asomando a su rostro—. Al menos reconoces que soy el amor de tu vida...

—Cualquier parecido con la realidad es pura ficción... —contestó Noray, que en ese momento le apretó con fuerza la mano y sonrió, por fin, correspondiendo así a todo lo que Ismael sentía.

—¿Y ahora qué?

—Ahora solo quiero descansar.

Noray cerró los ojos e Ismael se tumbó a su lado.

Pasados los días, cuando saliera del hospital, Noray sabría que un nuevo capítulo de su historia estaba aún por escribir, porque Estrella estaba embarazada.

# Agradecimientos

Gracias a Belén, que ahora está en cada página de mi imaginación. Ella me abrió la puerta de ese otro lado del espejo en el que soñar es posible con las palabras. Ni esta novela ni los libros anteriores habrían sido posibles sin su empeño y entusiasmo. Mi editora, mi amiga, mi ángel, siempre en el recuerdo. Cada nuevo amanecer me esfuerzo por cumplir con su convicción, que es una certeza: la alegría es nuestro deber diario.

Gracias a Laura, lectora y compañera paciente, en la ficción y en la realidad, y a Pili, que llegó a aprenderse esta historia, tan mía que es casi propia, de memoria y creó para mí un hogar en el que sentirme a salvo, cuidada y querida. Sin ellas nunca habría escrito estas páginas. Sin ellas no sería quien soy.

Gracias a David, por su generosa lectura y por sus consejos de amigo fiel.

Y gracias a Pau, que creyó en mí y me animó a seguir el camino de baldosas amarillas.